W0366453

C A R A EDITIONS
Contact : cara.editions@yahoo.com
ISBN : 978-2-9576775-1-1

Conception graphique, mise en pages et impression par Copy-Media - www.copy-media.net

Le Code de la propriété intellectuelle interdit les copies ou reproductions destinées à une utilisation collective. Toute représentation ou reproduction intégrale ou partielle faite par quelque procédé que ce soit, sans le consentement de l'auteur ou de ses ayant cause, est illicite et constitue une contrefaçon, aux termes des articles L.335-2 et suivants du Code de la propriété intellectuelle.

LAUREN LE BAUBE

G.S.R

2

SÉCURITÉ NATIONALE

SERVICES SECRETS

CARA
EDITIONS

À toutes les femmes et les hommes de l'ombre qui par leur dévotion totale contribuent à sécuriser les intérêts de la France dans le monde au péril de leur vie…

« Les personnages et les situations de ce récit étant purement fictifs, toute ressemblance avec des personnes ou des situations existantes ou ayant existé ne saurait être que purement fortuite. »

Retrouvez notre actualité sur les réseaux sociaux

Les personnages « Sécurité Nationale »

Membres actifs du B.S. I[1] actifs pour la mission « SAC NOIR » :

– Lieutenant-colonel Gabriel Saint-Régent / couverture : Charles SANSON/ Romain de MAINAMANI / Dan ROY
– Major Élodie B. – membre du Service Action
– Capitaine Éléonore A. - Bureau Identification
– Capitaine Basile S. Direction des Opérations/ Service Action
– Maître Hamid A. / Ancien du Commando Hubert
– Adjudant Cyril R. alias « Iron » / Ancien des forces spéciales du 1er RPIMa
– Adjudant-chef Bruno B. Chef de la Sécurité du B.S.I / Ancien du Service Action
– Sergent Cécile L. – Chef du Bureau des Analystes
– Lieutenant Pierre P. – Directeur des Moyens Généraux
– Lieutenant Yoni I. -Armurerie
– Lieutenant Maxime D. – Direction technique/informatique
– Sergent-chef Jérôme L. – Unité D.A.S.E.M
– Caporale Ambre K. et le Sergent Arthur D. – Commandement d'Hermès
– Docteur Benjamin F. – Médecin attitré du B.S.I
– « Mojo » - Hackeur

Membre consultant externe du B.S.I pour la mission « SAC NOIR » :

– Me Gilles S. avocat attitré du B.S.I

Membre administratif B.S.I. détachée à la direction agence :

– Marine CENLARG

Membres recrutés par le B.S.I. pour la mission « SAC NOIR » :
1 membre du C.O.S, unité du G.A.O.S. :

– Sous-lieutenant Orso P. / Couverture mission : Léandro SPINOZA

---

1 B.S.I. : Bureau Secret d'Intervention – budget annuel : 188M€ - nombre d'agents : 55

2 commandos du 13ème R.D.P. :

– Sous-lieutenant Alexandre D./ en réserve
– Sous-lieutenant François B. / en réserve

1 commando des Forces Spéciales du Commando parachutiste de l'air N°10 :

– Lieutenant Tom D. alias « Pearl »

Le Dirigeant de la « Banque Française Nationale » membre du C.A.C 40, représentant des actionnaires du B.S.I :

– Hector CHEVALIER

L'acheteur marocain de la liste des agents infiltrés :

– Zakaria EL KHARMAZ

Le directeur des ports francs de GENEVE :

– Alan DECRAUPAZ

Les sources de Gabriel Saint-Régent :

– Simon
– Hector

La compagne (& la fille) du Lieutenant-colonel Gabriel SAINT-REGENT :

– Cara DUBECCI / Couverture Ennara FROST
– Cassandra

Membre du service Technique & Informatique dit « piège à miel » :

– Hippolyte Z.
– Addison GUILLIA nom de couverture / Luana LEVIN du S.R.C

Chapitre 1
Introduction

La Sécurité Nationale est aujourd'hui et plus que jamais associée à la mondialisation des temps nouveaux du fait de sa situation. Les échanges économiques, les rapports de force internationaux sont de rigueur, les multicanaux de diffusion de l'information ainsi que la connaissance font une restructuration permanente de la Sécurité Nationale. Ces changements peuvent être identifiés depuis la fin de la guerre froide ayant connu les grandes heures de l'espionnage et du contre-espionnage.

Ceux qui ont agi pour la mondialisation devaient être loin d'imaginer, enfin je l'espère, de penser aux malveillants profitant de la démultiplication de la contamination des virus informatiques (sans omettre la contamination sanitaire…) par le réseau planétaire informatique. Ces odieux peuvent créer en un clic une crise économique, financière, un acte dit terroriste ou encore des tensions politiques entre États.

Dès lors, il faut user et abuser de stratégies en matière de défense, en matière de sécurité intérieure et en contrôles de nos frontières, « passoires » notoires !

Aux pouvoirs successifs de définir les objectifs à atteindre avec les moyens à mettre en place nécessaires pour protéger notre population, nos intérêts vitaux et notre territoire. De là, il est possible de déterminer l'étude des menaces et des risques pesant sur notre sécurité par la cohésion des grands ministères concernés.

La France s'est dotée du premier fameux « Livre Blanc » dès 1972 dans lequel étaient consignés les principes de la politique de la défense de la France avec les bases de la stratégie de dissuasion nucléaire.

Le deuxième Livre Blanc est publié en 1994 consacré à la fin de la guerre froide et la réorientation des forces armées à l'extérieur du territoire national pour une professionnalisation de l'Armée Française en 1996.

En 2008, le Président Nicolas Sarkozy dirige le Livre Blanc vers la mondialisation après les attentats du 11 septembre 2001 pour définir une stratégie de sécurité nationale dans toute son envergure.

Puis en 2013, après plusieurs mois de travail, un nouveau Livre Blanc est engagé par le Président François Hollande sur la défense et la sécurité nationale tenant compte des changements majeurs intervenus dans l'environnement international et économique. Il fixait la stratégie de la France en matière de défense et de sécurité nationale commune de l'Union Européenne et avec l'Alliance Atlantique et ce pour les vingt années à venir.

Le niveau d'accréditation (Confidentiel Défense, Secret Défense, Très Secret Défense) est déterminant pour éviter la circulation d'informations qui pourraient nuire gravement à la défense nationale.

Les Services de Renseignements ont pour mission de garantir notre sécurité nationale face aux menaces qui pèsent, telles l'expansion du terrorisme, la prolifération des attaques numériques, en renforçant ses dispositifs à l'intérieur comme à l'extérieur de notre pays.

Chapitre 2

Bureau Secret d'Intervention – Paris 16ème – mercredi 09h30

Depuis ma prise de fonction officielle en tant que Directeur Exécutif du B.S.I, j'ai fait le choix de maintenir mes actions sur le terrain aux côtés de mes équipes lorsqu'une situation l'exigerait. Cette orientation sera favorable et profitable tant que mon état physique le permettra ce qui me laisse encore quelques années. Enfin je l'espère !

Le message est bien passé à l'ensemble des chefs de service et des chefs d'unité ayant recours à ma dévotion habituelle.

Ces deux dernières semaines, j'ai reconduit l'utilité opérationnelle de la cellule Alpha/Oméga[2] en défendant le budget alloué auprès de nos financiers.

Puis, comme évoqué lors de la mission « SWIFT [3]» avec le Major Élodie B., une équipe de proches collaborateurs rassemblée autour de mon unique commandement, non affectable aux autres services du B.S.I, est définitivement scellée et surtout acceptée par les membres sélectionnés.

Tout en gardant un respect sans limite à mon ancien mentor ayant dirigé de main de maître le B.S.I, une évolution de fonctionnement de notre agence de renseignements parallèle était nécessaire. La direction des Opérations, dont fait partie le Service Action, anciennement sous mon commandement, est déléguée au Capitaine Basile S., officier aguerri lors de missions pour le B.S.I essentiellement sur le continent africain.

Le bureau des Analystes se voit confier le service traduction dans son environnement ce qui me paraît plutôt pertinent.

Enfin la direction technique, notre service informatique, est confiée définitivement au Lieutenant Maxime D.

La Capitaine Éléonore garde la pleine gestion de son service, le Bureau Identification en collaboration avec la direction technique.

Notre agence est bien plus intime que « La Centrale [4]» sur le plan international, car très exposée et engagée dans des opérations

---

2 Cellule d'intervention opérationnelle 24h/24 composée d'élites des Forces Spéciales, unité crée par le Colonel Archibald de GANS.

3 Cf. Black Bank.

4 Surnom de la D.G.S.E : Direction Générale de la Sécurité Extérieure.

à l'étranger mais notre circuit-court de décision et d'intervention est de ce fait non négligeable, car beaucoup plus rapide. En outre, leur univers est bien plus généraliste que le nôtre.

Le XXIème siècle offre malheureusement des instabilités permanentes pour notre République et pour les intérêts économiques de nos financiers composés des entreprises qui représentent le C.A.C. 40. Notre mission première est leur protection économique, industrielle et technique, alors je me dois de garder cette raison essentielle pour laquelle mon prédécesseur avait créé le B.S.I.

Le Sergent Cécile L., chef du Bureau des Analystes, frappe à la porte grande ouverte de mon bureau. Accompagnée du Sergent-chef Jérôme L., chef de notre unité du D.A.S.E.M.[5], et du Lieutenant Maxime D. chef du service informatique, les trois m'offrent un regard laissant imaginer un état de panique.

Dans l'intimité, seuls mes proches ont l'autorisation de m'interpeller par mon prénom.

– Entrez ! Que vous arrive-t-il à tous les trois ?!

– Mes respects Lieutenant-colonel ! Je viens d'intercepter un message codé émis d'une boîte mail provenant d'un serveur marocain.

– Sergent-chef, et… ?

– Gabriel, La Personne, non identifiée encore, offre 5M€ en échange de la liste d'agents français infiltrés dans le protectorat des entreprises sensibles françaises !

– Vous avez échangé avec votre homologue de La Centrale ?

– Affirmatif ! Ils valident cette menace en mettant en branle leur direction technique pour étudier une éventuelle fuite ou intrusion dans leur système.

– Et nous ? Tout est scanné, Maxime ?

– Affirmatif Gabriel. Nous n'avons subi aucune attaque. Notre cybersécurité est à ce jour non violée.

– L'adresse I.P.[6] est identifiée ?

---

5 D.A.S.E.M : unité de Détection Analyse des Signaux Électromagnétiques.

6 I.P. : Internet Protocol ; c'est un numéro d'identification attribué de façon permanente ou provisoire à chaque périphérique relié à un réseau informatique

– Malheureusement non ! Il a dû générer un anti-virus hyper-protecteur ou un pare-feu via un routeur causant l'erreur d'identification. Ils doivent maîtriser le fonctionnement.

– Donnez-moi ce message, j'en réfère plus haut.

En règle générale, ce genre de menace est un leurre pratiqué habituellement pour instaurer un climat de tension dans notre univers et pousser certains de nos agents à paniquer. Du fait de leur formation, ils sont habitués à gérer ces crises lorsqu'ils en sont informés et sont rompus à ne pas céder au climat de nervosité recherché. En principe…

Mais un doute subsiste pour ma part compte tenu de notre mission première, celle de la protection des intérêts des entreprises du C.A.C. 40 dans le monde. Jamais le renseignement économique n'a été au cœur de la détection et la neutralisation le plus tôt possible lors d'une menace. Cela m'incite à appeler notre ministre de tutelle puis le directeur de la D.G.S.E pour connaître leur avis.

Après de brefs échanges, ils m'indiquent ne pas être inquiets par ce mail habituel depuis de nombreuses années, mais la responsabilité d'aller plus loin me revenait. Le directeur de la D.G.S.E quant à lui me livre une confidence, compte tenu de ma nouvelle fonction, au sujet de la disparition de deux agents infiltrés au Moyen-Orient depuis deux semaines. Leur Chef d'antenne déploie des actions à ce stade malheureusement restées sans retour. Alors je lui indique profiter de cette future rencontre pour tenter de récupérer de précieuses informations.

Nos forces armées présentes dans différents pays dits sensibles, n'ont pas à nouer de liens privilégiés avec les entreprises implantées, donc aucune alerte n'est envoyée. Cette exposition nuirait à leur sécurité et à leurs collaborateurs travaillant sans imaginer le danger réel. L'ambassade est le lien premier en cas de conflits pour organiser les plans d'évacuation des ressortissants français lorsque cela est nécessaire.

Alors, je descends rejoindre mes chefs de service et leur demande d'organiser une rencontre avec ce généreux donateur en concevant la création d'une boîte mail fictive. Une légende autour de cette demande doit être créée immédiatement par notre bureau d'identification.

Trente minutes plus tard, une réponse est apparente sur la plateforme « X ». Le contact demande des garanties avant tout contact physique.

Dès lors, les équipes s'affairent à produire mon profil d'ancien cadre supérieur licencié pour corruption aggravée d'une start-up spécialisée en cybersécurité militaire œuvrant avec l'État français.

Afin de paraître totalement crédible, ma fausse identité répondant au nom de Charles SANSON, né le 14 août 1975, est immédiatement diffusée auprès d'INTERPOL et tous les organes de Services de Renseignements européens avec une appellation d'utilisateur de méthodes criminelles en même temps que « menace potentielle » !

Fausse identité, fausses empreintes digitales, fausse reconnaissance faciale, faux profil ADN, faux passeport, sont joints à ma légende de cybercriminel surveillé dans l'Europe entière. Un parfait profil de délinquant en col blanc.

Partant du principe que le technicien/lanceur de ce mail est de niveau supérieur, ma nouvelle identité sera consultable en 0,5s par tout hackeur ou cracker solide sur le serveur d'INTERPOL. L'alerte lancée par ce mail aux lourdes conséquences est bien identifiée venant des hackeurs de types « Black Hats [7]».

Cette étape bien orchestrée ayant nécessité une heure de travail par cinq personnes, elles envoient les garanties demandées.

Notre adresse I.P étant impossible à tracer, quelques mails sont échangés avant de proposer un rendez-vous par nos soins dans soixante-douze heures, soit samedi prochain. Le vendredi aurait été plus adapté, mais c'est le jour de prière chez les musulmans pratiquants donc il est évident de nous adapter à leur calendrier religieux. L'heure proposée est 1:00pm. Après deux propositions de sa part, nous obtenons son accord sur la préférence de notre lieu de rendez-vous, un hôtel situé à l'Est de MARRAKECH.

Il précise venir à deux. La localité choisie est l'hôtel TIGMIZA, bien connue de moi pour savoir qu'une « Villa Suite Royale » isolée et à l'abri des regards trône en plein milieu d'un parc arboré. Ayant

[7] Black Hats : chapeaux noirs par opposition aux « White Hats », chapeaux blancs, plutôt accès sur la dénonciation de failles de sécurité pour aider à les sécuriser. Les Black Hats sont d'origine criminelle et cherchant à obtenir des données informatiques confidentielles.

besoin des dimensions exactes, j'obtiens de la directrice, Ghizlane G. les surfaces en quelques minutes. Elle reste étonnée de ma question mais je botte en touche pour ne pas éveiller de soupçons en justifiant d'inviter un couple d'amis pour quelques heures de repos mérité.

Cette « Villa » est composée de deux magnifiques et immenses suites dont une de 200m^2, avec une salle de bain de 55m^2, l'autre de 90m^2 avec salle de bain de 30m^2, d'un salon d'accueil exceptionnel d'environ 130m^2, avec cheminée, d'une pièce-bureau séparée qui servira peut-être de lieu de rencontre. Elle est entourée d'une parcelle de 300m^2 avec piscine privative. Aussitôt je fais booker la réservation pour m'assurer de sa disponibilité. La réservation est confirmée par la directrice en personne quelques minutes après notre demande.

Instantanément je réquisitionne le Maître Hamid A. pour se rendre sur place afin d'installer tout notre matériel de haute technologie d'enregistrement. Également, nous allons lancer l'utilisation de notre logiciel français appelé « Babar [8]» inspiré de celui créé par la N.S.A. Il va falloir amener notre homme à apporter son ordinateur portable pour le tracer avec notre keylogger. De plus, une fois son numéro de téléphone identifié lors du contact sur place, et s'il est détenteur d'un smartphone, nous devrons installer à distance un programme fantôme pour le transformer en espion. Même éteint, un smartphone continue de transmettre les informations sur son contenu. Peu de personnes savent que seule la batterie enlevée permet son isolement total.

Lors du rendez-vous en « face to face », le Maître revêtira le rôle de mon interprète si jamais la langue arabe est utilisée par l'acheteur.

Pour des raisons évidentes, je n'utiliserai pas notre service d'aviation privée mis à disposition par nos financiers. Je voyagerai sous ma fausse identité en empruntant la ligne AIR-FRANCE en vol direct au départ de l'aéroport ROISSY Charles de GAULLE. En revanche, et pour pouvoir acheminer le matériel de pointe et certaines armes en cas de danger, il ne lui faudra passer aucun contrôle grâce aux échanges habituels entre pays amis. Donc, seul le Maître Hamid aura l'obligation de se rendre à MARRAKECH avec un de nos FALCON. Ma

[8] Logiciel français issu des services de renseignement dit « malveillant » à buts d'espionnage.

rencontre ne se fera pas sous mon apparence physique naturelle mais transformée par la Capitaine Éléonore pour correspondre au visage de la couverture créée, Charles SANSON.

Une réunion de brief s'improvise dans le bunker[9] entre le Maître arrivé deux heures plus tard et moi-même au sujet de son intervention technique post rencontre, ainsi que son rôle à tenir une fois en face de l'homme mystère ayant donné un prénom vraisemblablement inventé, « Zakaria ». Surpris que nous ne soyons que deux lors de la rencontre, je le rassure quant au fait de ne pas être en danger à première vue. Le dénommé Zakaria cherche à acheter une liste d'agents infiltrés, je vais lui en proposer une fictive après avoir déterminé ses attentes. À ce stade, pas d'exfiltration envisagée avant de connaître l'identité d'un groupe ou d'un donneur d'ordres pour lequel il serait mandaté. Il se peut aussi que lui seul soit l'instigateur de cette demande. Rassuré, le Maître confirme être prêt à décoller avec le matériel nécessaire pour le filmer, le photographier et lancer nos systèmes de surveillance. Parlant parfaitement la langue arable il certifie avoir la capacité de déterminer ses origines lorsqu'ils se salueront. La Capitaine devant être invisible dans la villa, sa seule mission est de transformer mon visage avant de décoller de PARIS puis elle sera dans le même avion sans que nous soyons ensemble. Une fois sur place, elle devra entretenir mon apparence grâce au latex posé sur le visage de Charles SANSON.

Amusé par mes pensées en hommage au Colonel, je me vois prolonger son habitude de créer un nom de mission légèrement « ringard ». Alors, me vient l'idée d'un code de circonstance, « SAC NOIR ».

Le Lieutenant Pierre P. est chargé de nous réserver nos places d'avion sous nos fausses identités, de confirmer la réservation de la « Villa Suite Royale » et d'organiser nos deux transferts séparés entre l'aéroport de MARRAKECH-MENARA et l'hôtel TIGMIZA.

Le prénom Zakaria est lancé dans nos bases de données croisées du renseignement sans succès réel. Ce prénom ressort mais rien en lien avec le terrorisme international ou avec une organisation criminelle identifiée.

---

9 Nom de code interne au B.S.I. affilié à cette salle hermétique.

Chapitre 3
Hôtel TIGMIZA – MARRAKECH

Villa Suite Royale

Arrivé le jeudi matin à MARRAKECH, le Maître Hamid m'appelle à midi précise pour m'informer d'avoir été actif en plaçant huit micro-caméras et autant de micros dès l'entrée de la suite incluant aussi les sanitaires. Il ajoute avoir opéré les tests de liaison avec le Sergent-chef Jérôme L. pour s'assurer de la retransmission en direct de la future rencontre. Le félicitant pour sa rapidité, je lui confirme mon heure d'arrivée le soir même après trois heures vingt de temps de vol.

Avant de quitter PARIS, je retrouve Cara à l'appartement pour l'informer de mon premier déplacement en mission depuis notre retour de ROME. Notre idylle étant forte émotionnellement mais récente, je me dois être dans l'information lorsque je pars sur le terrain comme le pratiquait mon mentor avec son épouse. Nous nous sommes rencontrés au cours de la mission « SWIFT », Cara connaît donc mon métier pour avoir été confrontée à mon action. Le temps de préparer une valise-cabine avec quelques vêtements basiques correspondant à ma couverture, elle s'approche de moi laissant transpirer une envie érotique en m'embrassant langoureusement. L'effet produit par ce baiser ne me laisse pas indifférent. Tandis que j'enlève son pull pour voir apparaître un dessous noir et rouge, mes mains caressent sa poitrine par-dessus ce soutien-gorge. Sans tarder, Cara déboutonne ma chemise et d'un geste brusque me fait tomber sur le lit. Elle vient s'asseoir sur moi en tenant mes poignets la laissant ainsi libre d'embrasser mon torse. Son sourire permet de me libérer de son emprise afin de rapprocher mon visage du sien. Un nouveau baiser s'échange pendant que je retire son dessous laissant à l'air libre sa poitrine. Alors je prends dans mes mains ses seins puis relève ma tête pour aller lécher ses tétons, sa zone érogène la plus sensible. L'excitation monte à un point où nous entrons dans une étreinte sexuelle torride laissant nos corps transpirer durant de longues minutes, allant du lit au large fauteuil de la chambre. Assise sur moi, ma beauté brune serre à nouveau mes poignets au-dessus de ma tête pour mener à bien son plaisir orgasmique. D'une voix douce elle me demande de jouir en elle argumentant son ultime plaisir en me sentant venir en elle. Sans bloquer un tel plaisir en comprenant que ma compagne aime les relations sexuelles ardentes, je me laisse aller à l'orgasme tout en la serrant fort entre mes bras.

Quelques mots sont échangés au sujet de nos relations physiques de plus en plus intenses avant de rejoindre la douche.

M'habillant d'une tenue des plus sobres, j'embrasse tendrement Cara avant de rejoindre le B.S.I. pour passer entre les mains expertes de la Capitaine, puis direction l'aéroport C.D.G.

Jeudi 8:10pm – Aéroport MARRAKECH-MENARA

Lors de l'arrivée à ROISSY C.D.G en taxi, la Capitaine me rappelle par téléphone de faire très attention lors de mon franchissement du portique de sécurité, de ne surtout rien avoir sur moi car toutes les données incluses dans les passeports ou cartes de crédit pourraient être aspirées des puces R.F.I.D contenues à l'intérieur. Il ne faudrait surtout pas être remarqués… Je dois reprendre les bons réflexes.

Le passage de la douane marocaine est une obligation pour tout voyageur lambda que je suis aujourd'hui. Le seul avantage d'être dans une file dédiée, c'est mon billet en Business Class. En à peine quelques minutes de patience, mon magnifique vrai-faux passeport est tamponné accompagné d'un « bienvenu à Marrakech Monsieur SANSON ». J'adore !

Devant le terminal attendent deux vans au nom du TIGMIZA Hôtel. Je m'engouffre dans celui dont la pancarte indique mon nom de scène. La Capitaine prendra celui qui lui est réservé plus tard.

Vingt minutes de trajet m'amènent devant l'hôtel, la route pour s'y rendre offre une vue splendide sur l'Atlas enneigé sur les sommets. Le chauffeur fait ouvrir la barrière de l'entrée du parking privé de la Villa Suite Royale permettant de nous stationner devant l'allée conduisant à la porte d'entrée.

Une fois remercié ce chauffeur pour sa gentillesse, j'entre enfin dans cette merveille de villa.

Le Maître Hamid A. m'accueille avec un « Salam aleykoum Gabriel » traditionnel auquel je lui réponds « wa aleykoum salam Hamid ».

– Suis-moi Gabriel que je te fasse visiter les lieux

– Tu as intérêt ! C'est magnifique !

La visite prenant fin, je pose mes bagages dans la suite principale de 200m² pour bien montrer à notre invité lors de sa venue que ma faculté d'être un corrompu avec de gros moyens est bien réelle.

En suivant, la Capitaine fait son entrée, émerveillée à son tour par le lieu. Avec le Maître ils seront logés dans la plus petite suite où sont installés les écrans de contrôle reliés aux micros et caméras.

Avant de nous coucher, de nouveaux tests de liaisons sont effectués par nos réseaux satellites connectés avec le DA.S.E.M du B.S.I Je profite de cette action technique pour rappeler aux deux membres de mon équipe que nous devrons impérativement être attentifs au moindre mot prononcé par Zakaria. Non seulement il faudra que je l'amène à dévoiler le plus d'informations possibles, mais aussi lui évoquer la confidence de la D.G.S.E au sujet de deux agents infiltrés disparus.

– Hamid, tu devras être ultra concentré et prêt à intervenir si un danger me fait face. Tu es à 100% ? Tu seras présent lors des présentations puis tu te dirigeras vers ta suite.

– Affirmatif Mon Colonel !

– Capitaine, tu ne pourras pas te dévoiler, même en cas de confrontation physique si la rencontre dégénère. Tu es focus sur les écrans en liaison radio avec le Sergent-chef Jérôme

– J'ai bien compris ! Tu es conscient que nous vivons ensemble peut-être la vingtième mission en extérieur ?

– Vingt deuxième Capitaine.

– Je m'incline.

– Trêve de plaisanterie, le but est de l'amener à être en confiance pour le neutraliser plus tard, lui ou les commanditaires dont il dépend. Comme vous le savez depuis le temps, on peut envisager tous les scénarios imaginables, seule la réalité de la rencontre livrera ses surprises face auxquelles nous devrons faire preuve de sérénité et d'improvisation. Donc tout va bien se passer, je ferai mon possible pour lui livrer en temps utiles une liste fictive d'agents infiltrés. Je vous rassure, elle est déjà prête en version codée.

– C'est toi le Boss ! Nous on te fait confiance.

Couché, je ne peux que penser à cette première mission en tant que Directeur Exécutif du B.S.I sans aucune des protections de mon supérieur sur lesquelles j'ai pu m'appuyer durant vingt ans. Pour mes équipes, aucun droit à l'erreur ne m'est accordé. Je ne sais pas pour quelle raison j'ai un pressentiment plutôt négatif. Est-ce ce nouveau rôle qui me livre une part de doute, le poids des responsabilités, le contexte m'ayant amené à être sur le terrain en laissant l'agence sans commandement durant quelques heures, serait-ce cette merveilleuse histoire d'amour intense nouée avec Cara, ou encore la fatigue psychologique accumulée depuis tant d'années... ? Les doutes sont souvent propices à puiser dans nos forces, alors je prends ces réflexions comme profitables pour, au réveil, redevenir un officier solide et toujours autant animé par son patriotisme.

Vendredi 11:30am – Villa Suite Royale Hôtel TIGMIZA

L'enchaînement des conversations téléphoniques depuis tôt dans la matinée m'amène à comprendre que le Directeur de la D.G.S.E est bien plus en alerte qu'il ne veut bien le laisser paraître. Deux de ses agents infiltrés sont toujours irrepérables par les hommes sur le terrain, ce qui l'a amené habilement à me faire prendre la main sur ce mail intercepté. Il est possible qu'il ait misé sur mon expérience de terrain confirmée, mon statut de Directeur d'agence parallèle et aussi sur mes équipes très affûtées, pour ne pas mettre en danger son institution. Peu importe, la mission « SAC NOIR » est bien en route sans possibilité de recul. Mes ressentis de la veille sont bel et bien confirmés car nous allons découvrir beaucoup de choses dans peu de temps. Je suis prêt.

La pause déjeuner nous permet à nouveau de répéter ensemble le rôle de chacun, de laisser le moins de place possible à l'imprévu pour le rendez-vous du lendemain.

Le Sergent-chef Jérôme me prévient de l'arrivée d'un mail émis par Zakaria demandant d'avancer d'une heure l'heure de sa venue au TIGMIZA. De notre côté aucun souci voire plutôt favorable à gagner une heure !

La confirmation étant envoyée, je demande à mes deux officiers d'aller profiter de la piscine privée pour un après-midi de repos/concentration. Il ne leur faut que cinq secondes pour accepter mon offre !

De mon côté je les rejoindrai également après encore et encore des appels officiels et surtout celui destiné à Cara. Cette jeune femme encore énigmatique pour moi, m'offre une part de fascination mélangée à de nombreuses questions sur son passé tout en accordant une confiance absolue en notre avenir.

La fin de l'après-midi approchant, avec le Maître Hamid nous dissimulons différentes armes, dont nos S&W[10] , dans la pièce bureau composée de deux larges canapés, un bureau sur lequel je me tiendrai pour gérer l'entretien avec Zakaria. Il nous faudra être seuls tous les deux, sans l'homme annoncé pour l'accompagner. La villa est suffisamment grande pour qu'il soit ailleurs accompagné du Maître Hamid. Je sais qu'il saura gérer la situation pour nous laisser seuls.

Samedi 11:55am – Villa Suite Royale Hôtel TIGMIZA

Avec une légère avance, un 4x4 TOYOTA PRADO blanc, vitres teintées, se présente à l'entrée privative de la villa. Le Maître se charge d'accueillir nos invités, pendant que la Capitaine rejoint la pièce dédiée au « PC guerre d'observation » pour se positionner face aux écrans retransmettant les images vidéo. J'accentue auprès de mon officier la demande de lancer le logiciel de reconnaissance faciale dès que Zakaria sera à visage découvert. Son pouce se lève acquiesçant cette demande puis elle disparaît.

Les deux hommes entrent par la porte principale laissant passer le premier, absolument immense, vêtu d'un costume sans cravate gris clair, chemise blanche, cheveux bruns très courts, mâchoire carrée, certainement pour s'assurer que je suis seul. Immédiatement je repère le holster qu'il porte sous son blazer. Le calibre laisse imaginer une arme de type automatique. Le ton est donné ! Instantanément, derrière lui, un homme aux cheveux frisés bruns aussi, costume blanc

---

10 Smith & Wesson

cassé, chemise blanche, d'environ 1m70, tenant à la main droite un mashaba[11] ne faisant aucun doute sur son origine maghrébine. Lui aussi détient un holster sous sa veste. Si l'entrevue dégénère, je sais à quoi m'attendre et je dois anticiper la virulence d'une telle scène.

L'homme répondant au nom de Zakaria, me salue dans le respect de la tradition locale, visage fermé. Alors, je me dois de montrer autant de sévérité dans mon attitude et dans mon phrasé. Son golgoth demande dans quelle pièce nous allons-nous entretenir pour une vérification d'usage. À sa main droite, un mini PC portable qu'il déposera, j'espère, sur le bureau le temps que son employeur rejoigne la pièce. Faisant un signe de la main à Hamid, je les laisse atteindre la pièce-bureau en empruntant le long couloir qui le dessert. La Capitaine a forcément repéré avec la caméra l'ordinateur portable ; elle sait parfaitement quoi faire avec le keylogger et « Babar ». Les résultats seront consultés plus tard. Le seul point d'interrogation est au sujet de son smartphone dont, à cet instant, nous ne connaissons pas le numéro.

Voulant mettre à l'aise mon invité, je lui demande s'il souhaite boire un rafraîchissement, offre à laquelle il répond froidement « un thé vert Monsieur SANSON s'il vous plaît ». Par anticipation j'avais tout fait préparer par le room service ce qui me permet immédiatement de nous servir deux tasses. De retour, l'homme au service de Zakaria lui indique que la pièce est clean. Alors je fais signe à mon invité de me suivre jusqu'au bureau laissant les deux hommes seuls dans l'immense pièce principale.

Enfin assis, je m'adresse à Zakaria :

– Monsieur, avant d'entamer le sujet du pourquoi de notre rencontre, vous ne souhaitez rien d'autre ?

– Non Monsieur. Le lieu est splendide ! Vos affaires sont florissantes !

– Des amis séjournent régulièrement au TIGMIZA et m'ont conseillé vivement l'hôtel et encore plus cette « Villa Suite Royale » parfaitement adaptée au calme pour une entrevue discrète.

– Vos amis ont très bon goût.

---

11 Chapelet musulman.

– Merci. J'imagine que Zakaria n'est pas votre prénom ? Il m'a fallu user de nombreuses connexions pour m'apercevoir que nulle part vous n'apparaissez !

– Peu importe Monsieur SANSON. Dans mon univers, il faut savoir disparaître et n'être aucunement repérable. J'ai aussi pris les renseignements nécessaires à votre sujet. Votre parcours laisse bien apparaitre un ancien salarié désavoué et blacklisté par toute entreprise liée de près ou de loin à l'armement ou à l'électronique de pointe. Sans compter que vous êtes fiché auprès de tous les Services Secrets européens. Vous avez de la rancœur ?

– Vous n'ignorez donc pas mes activités. Je détiens beaucoup de renseignements et effectivement, aujourd'hui je les vends aux plus offrants. La rancœur n'est plus d'actualité.

Durant quelques minutes les échanges sont assez virils par le fait que Zakaria veut me démontrer qu'il mène la danse durant notre entrevue. Alors pour éviter de faire traîner en longueur ces échanges stériles, je reprends la main dans la discussion :

– J'imagine que votre temps est compté, le mien aussi. Avant de verrouiller notre deal, j'ai besoin de connaître vos raisons. Si nous concluons au prix annoncé, il me faut savoir pourquoi je vais livrer la vie de femmes et d'hommes agissant pour protéger nos entreprises.

– Vous êtes bien trop indiscret. Je propose 5 millions d'euros, je n'ai pas à justifier mes raisons.

– Vous savez que j'intercepte de nombreuses conversations des Services de Renseignement français. Certains sont agités suite à la disparition de deux agents de la D.G.S.E.

– Vous êtes parfaitement connecté Monsieur SANSON ! J'ai eu vent de ces deux disparitions mais en rien les personnes pour qui j'agis n'en sont responsables.

– Raison de plus pour utiliser à bon escient ce fichier. Permettez-moi d'insister, quelle est votre profonde motivation ?

– Je vous la livrerai une fois notre échange bouclé. À ce propos, avez-vous un compte bancaire dissimulé dans un paradis fiscal ? Car j'imagine qu'une telle somme en cash ne vous arrangerait pas ?

– Oui bien évidemment, je suis titulaire d'un compte off-shore attenant à une société dont le montage a nécessité une stratégie diabolique du fait de la liste noire dressée par l'Union Européenne. In fine, la création est enregistrée à HONG-KONG dans la banque CHINA CITIC Bank.

– Cela ne me concerne pas Monsieur SANSON. Soyons proactifs s'il vous plaît dès à présent. Montrez-moi cette liste.

Ma liste fictive est placée dans le tiroir du bureau, banalement imprimée d'un document Word. Alors, je la saisis, la montre à distance respectable. La liste des noms de femmes et d'hommes est enrichie par les villes dans lesquelles ils sont censés être établis en Asie, en Amérique du Nord, du Sud ou encore au Moyen-Orient.

Zakaria place sur son nez des lunettes de vue en écaille marron tout en avançant son visage. Mais ne lui ayant laissé qu'une petite trentaine de secondes, il s'avoue satisfait ! À son tour il me demande l'IBAN pour procéder, grâce à une tablette, au transfert des fonds. Je ne suis pas un as de la négociation dans ce genre de situation, mais j'avoue que la décision finale se déroule trop rapidement. Ayant là aussi anticipé avec le B.S.I, je tends sur un papier imprimé l'IBAN à mon invité. Cette banque nous sert régulièrement pour recevoir des fonds douteux en fonction des missions confiées depuis cinq ans. Le B.S.I, par une de ses filiales, a eu recours à un « Chartered Public Accountant [12] » local nommé INFINITI GROUP, prestataire spécialisé dans la création de sociétés offshores.

Il me demande de bien visualiser le virement pour m'assurer que les fonds sont en cours de transfert. Bien évidemment, la CHINA CITIC Bank, prévenue par voie diplomatique française officieuse, doit remonter les informations concernant la banque d'où sont émis les 5 millions d'euros dès réception sur notre compte.

D'après Zakaria, les fonds sont disponibles onze minutes après alors qu'un virement international nécessite au minimum cinq jours ! Je saisis alors mon téléphone satellite tout en ne citant aucun nom

[12] Expert-comptable publiant les comptes annuels après la création d'une société à HONG-KONG.

de destinataire. La communication est dirigée vers le B.S.I. et plus particulièrement au Sergent Cécile qui, par langage codé, doit me donner les informations.

Sa réponse est formelle au sujet de l'arrivée de la somme de 5 millions d'euros sur notre banque hongkongaise ! Il faut absolument que le logiciel de reconnaissance faciale ait pu agir lors de sa présence face aux caméras dissimulées. Toute la scène depuis son arrivée est irréelle. Trop facile. Alors je m'adresse à Zakaria :

– Les fonds sont bien présents. Voici votre liste. Vous m'avez annoncé me donner vos motivations, je vous écoute.

Immédiatement il photographie la liste de vingt-trois agents et l'envoie via son téléphone. Il va falloir quitter les lieux rapidement car normalement, en moins de dix heures, il s'apercevra qu'elle est fictive. La logique veut qu'il la fasse vérifier mais autant de personnes censées être sous couverture devrait lui prendre plusieurs heures.

– Je suis un homme de parole Monsieur SANSON. Cette liste comporte des personnes infiltrées dans le protectorat d'entreprises françaises implantées à l'étranger. Alors vous l'ignorez certainement, mais certains dirigeants à leur tête œuvrent par le biais de ces femmes et ces hommes de terrain pour évincer les compagnies que je représente lors de contrats internationaux.

– Dans quelles industries sont vos donneurs d'ordre ?

– Aéronautique civile essentiellement, parfois armement, parfois agro-alimentaire, parfois pétrochimie ou encore dans le traitement des déchets et le recyclage des batteries au plomb, et depuis peu les œuvres d'art échangées sur le marché français nous offrant de magnifiques dividendes. Les industriels français investissent énormément tout en bénéficiant de fiscalités avantageuses. GENÈVE et ses ports francs en sont le garde-meubles ! Bref, différents secteurs à forte valeur ajoutée. Il faut que cela cesse immédiatement. Votre pays doit utiliser des moyens légaux pour atteindre ses objectifs et pas d'actions nauséabondes en sous-marin.

– Donc vous êtes un Saint homme Monsieur Zakaria détenant de grandes valeurs humanitaires !

– Ne soyez pas ironique Monsieur SANSON. Vous venez d'empocher 5 millions d'euros en me vendant une liste de noms ! Soyez assuré que nous ne cherchons pas à attenter à leur vie. Juste à les empêcher d'agir en les bloquant lors de leurs interventions.

– Faites-en bon usage, vos actions ne me regardent pas. J'ai été éjecté du système, je profite maintenant de l'utilisation des logiciels créés par ma garde rapprochée.

– Restons en contact Monsieur SANSON. L'avenir nous permettra peut-être de sceller de nouveaux business. Voici un numéro sur lequel vous pouvez me joindre en cas d'urgence uniquement. Quant aux deux agents de la D.G.S.E, ils sont retenus contre leur gré évidemment, tout en étant bien traités je vous l'assure.

Voilà ses erreurs ! Il me remet un numéro de téléphone en me livrant une information dont il n'avait aucunement l'intention en début de rencontre…

– Au Moyen-Orient ?

– Non ils ont été transférés en Europe. Vous paraissez bien curieux !

– Oh non ! Mes contacts posent des questions, une simple réponse de ma part entretient les bonnes relations !

Ce fut un plaisir de traiter avec vous Monsieur « Zakaria ». Effectivement restons en contact.

– Lorsque nous aurons identifié les noms remis, je vous recontacterai par la voie du courriel uniquement. Nous allons faire de nouvelles affaires ensemble. Vous laissez apercevoir une certaine ambition ravageuse. PARIS pourrait être un futur lieu de rencontre ?

– J'ai des ambitions oui ! Mais ma sécurité doit me faire prendre de nombreuses dispositions et PARIS peut être un lieu adapté effectivement pour une rencontre nocturne.

– Pourtant vous êtes bien arrivé en provenance de C.D.G ?

– Oui effectivement ! Vous êtes bien renseigné !

– J'apprécie savoir comment s'organisent les personnes avec lesquelles je conclus des accords importants

– J'aime prendre des risques calculés. Il est encore trop facile de circuler avec les lignes nationales. Je ne vous livrerai pas mes contacts actifs au sein de la compagnie et de l'aéroport ! Ils me coûtent beaucoup d'argent en liquide mais me permettent encore de circuler au-delà des frontières françaises.

Raccompagnant mon invité jusqu'à la porte principale de la Villa Royale, Zakaria avance de nouveaux compliments quant à la décoration typiquement marocaine plutôt luxueuse mais non ostentatoire. Il avoue même être intéressé à venir y séjourner en famille prochainement. Curieux, il se rapproche de la cheminée, puis se met à visualiser le jardin et sa piscine privative.

Il sort de la villa, rejoint son 4x4, s'y engouffre puis quitte le parking par l'entrée privée de manière rapide. Alors immédiatement, je me précipite vers la deuxième suite où la Capitaine, casque vissé sur les oreilles, est en communication avec le B.S.I.

Son visage a été identifié ! L'homme se prénomme Zakaria, nom de famille EL KHARMAZ signifiant en berbère celui qui aime la bagarre ! Ancien chef de la police marocaine, il est identifié comme « notice rouge[13] » auprès d'Interpol. Par chance notre logiciel de reconnaissance faciale a pu repérer des angles de son visage car la photo d'INTERPOL n'est plus d'actualité. Son nez et ses arcades sourcilières ont subi de la chirurgie esthétique suffisamment pour ne pas être identifié par de simples caméras de surveillance. Sa coupe de cheveux est elle aussi bien différente. Son pédigrée fait apparaître la pratique de tortures sur des citoyens marocains réfractaires au pouvoir politique, détournement de fonds publics et privés et enfin corruption aggravée ! Il est domicilié non pas au MAROC mais en LIBYE. La question est donc comment peut-il se rendre impunément dans son pays d'origine sans y être arrêté en étant fiché fugitif sur Interpol ? En réfléchissant quelques secondes, cela n'est pas bien compliqué quand on détient un C.V comme le sien.

---

[13] Les notices rouges concernent les fugitifs recherchés dans le cadre de poursuite ou pour peine à purger. La notice rouge permet l'arrestation provisoire avant l'extradition.

– Gabriel, il nous faudrait plier bagage et quitter ce lieu au plus vite, non ?

– Oui tu as raison Capitaine. On récupère tout le matériel dissimulé, les armes, et direction l'aéroport séparément.

Hamid tu repars avec le FALCON, nous par AIR-FRANCE comme à l'aller. Je dois être repéré à l'aéroport Ménara pour ne pas éveillé les soupçons de Zakaria s'il me fait suivre.

– A tes ordres. Envoie ce numéro à la direction technique de l'agence. Le Lieutenant Maxime va se charger de remonter jusqu'au véritable propriétaire de la ligne.

– Je vais à la réception régler la note tout en demandant au Lieutenant Pierre P. de me placer dans le prochain vol pour BARCELONE, puis un transfert vers PARIS. Je dois au moins brouiller un suivi. Toi Capitaine direct PARIS pour Roissy.

– Dommage de ne pas profiter quelques heures de cette villa sublime !

– Tu reviendras en vacances avec ton mari et tes enfants Capitaine !

– Si la prime est conséquente, je t'enverrai des photos lors de notre séjour !

– C'est quoi une prime ???!!! Va visiter la salle de bain de ma suite et surtout le hammam privé et sa salle de massage. Je suis certain que ton mari aura plaisir à te prodiguer un massage digne de ce nom !

– Je vais lui faire prendre des cours avant.

– Trêve de plaisanterie, faut accélérer.

Moins d'une heure plus tard, trois vans aux couleurs du TIGMIZA nous attendent à l'entrée de l'hôtel. Excessivement méfiant, je quitte en premier la Villa Royale tout en jetant un dernier regard admiratif dans cette suite sublime, comme si je ne devais jamais plus la revoir.

Un ancien chef de la police marocaine peut avoir fait placer dans l'hôtel de faux employés tout comme je l'aurais fait.

Alors je demande à la Capitaine de quitter les lieux par la sortie de service de la villa tout en se retournant tous les dix mètres. Puis à Hamid d'attendre une bonne heure avant d'en sortir à son tour le plus discrètement. Je le laisse contacter l'équipage pour qu'il puisse décoller au plus vite une fois sur le parking. Chacun est équipé d'un téléphone satellite donc nous convenons d'un appel toutes les quinze minutes pour s'assurer que tout est « OK ». Mon sentiment premier est de n'avoir aucune confiance dans Zakaria EL KHARMAZ. Tout a été trop facile, trop rapide, je n'aime pas.

Maintenant seul à la tête du B.S.I, je n'ai plus que le choix de prendre les bonnes décisions sans en référer à un supérieur ou à un bras droit.

En route vers l'aéroport, j'appelle Marine mon assistante pour qu'elle puisse me confirmer en priorité la validité de mes billets d'avion ainsi qu'un débriefing au sujet des mails professionnels reçus. Les confirmations des deux vols à venir sont bien effectives et aucun mail urgent n'est présent, mis à part des validations en attente de dépenses faites par les services de l'agence.

Reprenant mes analyses après l'entretien, un sujet m'interpelle, celui concernant des œuvres d'art pour lequel il serait engagé et des agents français qui y seraient infiltrés…

Les parties prenantes du monde de l'art sont les artistes, les courtiers, les galeristes, les conseillers en gestion de patrimoine, les collectionneurs, les acheteurs internationaux, les commissaires-priseurs, les antiquaires, toute une fourmilière impliquée de près ou de loin.

Les transactions contiennent régulièrement neuf 0 et même plus, ce qui attire les convoitises… Je suis parfaitement conscient que des personnes indélicates se servent de ce marché pour blanchir de l'argent sale.

Aujourd'hui, PARIS est redevenue « capitale de l'Art » d'où sa demande d'une future rencontre parisienne.

Mes confrères vont devoir m'informer si des agents secrets sont bel et bien infiltrés dans ce monde. La définition n'a guère changé, les Services Secrets ne peuvent rechercher que ce qui existe, même bien caché !

Chapitre 4
Le Bunker

Le périple par BARCELONE pour rejoindre PARIS s'est effectué sans encombre mais le niveau de concentration requis à chaque instant pour m'assurer d'aucun suivi, est épuisant. Chaque quinze minutes hormis les temps de vol, les appels avec mes deux officiers confirmaient pour eux aussi un retour « clean » bien heureusement. L'avenir de cette mission « SAC NOIR » va nous révéler des événements très certainement périlleux et/ou dangereux.

Lundi 08h00 – B.S.I le « Bunker[14] »

Dépendant d'un ministre de tutelle ainsi que d'actionnaires industriels et compte tenu de la rencontre organisée au MAROC, il est urgent de procéder à un nouveau changement administratif. Être le Directeur Exécutif de notre agence est flatteur mais encore pour un certain temps incompatible avec mes actions terrain.

L'entrevue avec Zakaria EL KHARMAZ laisse sous-entendre la mise en danger de notre sécurité nationale ainsi que les démarches commerciales internationales des sociétés du C.A. 40. D'autant plus après les révélations de cet homme aux agissements sulfureux.

Alors, je demande une visio-conférence sécurisée urgente à programmer pour 09h15 avec ma haute hiérarchie au sujet de la nomination d'un ou d'une Directeur/Directrice adjoint/e en qui je pourrai vouer une confiance plus qu'absolue. Je n'ai qu'un seul nom à proposer en espérant sa propre validation en premier. Pour cela, je lui déclenche un appel. À la troisième sonnerie elle décroche.

– Bonjour Major

– Bonjour Gabriel. Tu aurais besoin de quelque chose peut-être pour m'appeler de si bonne heure ? Évite de t'embarrasser avec les formules de politesse, va droit au but s'il te plaît ! On se connaît assez il me semble !

– Ohhhh ! Élodie, quelle joie de t'entendre de si bonne humeur !

– Tu as besoin d'un conseil pour ta relation amoureuse ? Elle te fait paniquer ?

---

14 Nom de code interne au B.S.I. affilié à cette salle hermétique.

– Bon Major, je te remercie de te soucier de ma vie privée, mais sache que tout va très bien, merci.
– Alors je t'écoute Mon Colonel
– Tu es promue au grade de Capitaine à l'instant pour bons et loyaux services récompensant ta carrière au sein du Renseignement français.
– C'est bien ce que j'annonçais, tu as une chose à me demander. Allez, vas-y !
– De plus, compte tenu de tes qualités professionnelles maintes fois prouvées, ton honnêteté…
– STOP Gabriel ! Merde ! Lâche le morceau.
– Je souhaiterais que tu acceptes le poste de Directrice adjointe du B.S.I. La nouvelle mission dans laquelle j'ai plongé va m'éloigner de la gestion au quotidien.
– Mais tu es dingue ???
– Non Capitaine. Tu as les compétences et j'ai besoin d'une très proche collaboratrice ici au bureau pour me relayer. J'ai une confiance illimitée en toi, il est temps de faire avancer ta carrière.
– J'ai droit à combien d'heures pour réfléchir ?
– Une minute. Je dois te proposer immédiatement à notre ministre de tutelle
– Deux minutes ?
– Une seule minute.

Le Major Élodie B., promue au grade de Capitaine serait l'officier la plus adaptée à codiriger l'agence. Elle y officie depuis sa création, n'a jamais fléchi en OPEX, elle est très appréciée par l'ensemble des équipes, redoutable négociatrice quand il le faut, un caractère trempé et pour finir, elle me connaît par cœur depuis tant d'années ce qui lui confère le pouvoir d'anticiper mes réactions ou décisions sur le terrain. De plus, elle habite PARIS à quelques rues du siège du B.S.I.
– Tu penses que notre ministre et nos actionnaires vont accepter ta nouvelle lubie sans poser de questions ?
– Qui est le Directeur Exécutif ?
– Sa Seigneurie le Lieutenant-colonel Gabriel Saint Régent !!!!

– Tu as un humour idéal pour rejoindre les Grosses Têtes avec RUQUIER !

Oui j'ai suffisamment de poids pour t'imposer.

– J'ai droit à une période d'essai ?

– Non.

– Donc comme d'habitude, tu imposes, on accepte ! Va falloir t'assouplir dans quelques années sinon pas une femme ne te supportera pour tes vieux jours. Vu la personnalité de Cara, commence dès à présent à réfléchir.

– J'enregistre ton acceptation pour cette promotion. Tu as moins d'une heure pour me rejoindre dans le Bunker.

En fait, tu as trente minutes.

– A vos ordres Monsieur le Directeur Exécutif.

– Merci Madame la Directrice adjointe.

Avant la visio, il me faut faire une forte action de lobby auprès des deux décideurs avant la présentation en image.

Mon meilleur allié est mon ministre de tutelle qui, au téléphone, avoue aisément que cette réorganisation sera utile et efficace compte tenu de mes régulières actions de terrain. Le changement de grade du Major est accepté logiquement du fait de son ancienneté militaire après ma demande officielle. Le ministre confirme bien sa présence pour la visio afin de féliciter la nouvelle Capitaine et pour écouter ce que j'ai à annoncer après mon aller-retour à MARRAKECH.

Avant de raccrocher, il m'annonce les derniers bruits de couloir au palais[15], laissant penser qu'un remaniement ministériel interviendrait. Il n'est pas certain qu'il soit à nouveau le ministre de la Défense lors du prochain Conseil des ministres.

Ayant d'excellents rapports avec ce ministre depuis plus d'un an, il a assisté à ma nomination pour en avoir été l'artisan du fait des éloges de mon prédécesseur et me voue une certaine confiance. Pas certain que le ou la suivant - e - soit enclin à m'accorder les prérogatives dont je bénéficie…

---

15 Palais de L'Élysée composé de 365 pièces pour 11.000m² de superficie.

Reste à joindre le représentant des actionnaires avec qui je dois essentiellement évoquer la nouvelle rémunération mensuelle de la Capitaine.

Surpris, lui aussi m'avoue à son tour valider cette réorganisation et accepter le budget supplémentaire dans la charge salariale du B.S.I. Comme il me le précise, je suis et resterai le garant du budget annuel donc peu importe mes décisions tant qu'elles sont prises « en bon père de famille ». Son intérêt principal au nom des trente-neuf autres actionnaires est la sécurisation de leurs marchés internationaux et la protection des sites industriels français à l'étranger.

Les validations étant faites et en attendant la Capitaine, je me plonge dans l'univers parisien de l'Art pour déminer certaines zones d'ombres inconnues pour ma part.

Le milieu est plutôt fermé et difficile d'accès mais avec quelques contacts ciblés, je pourrai être mis en relation avec certains acteurs incontournables. Le marché est planétaire et attire les convoitises. Le montant des transactions internationales frise quatorze milliards de dollars ! La FRANCE quant à elle représente un chiffre d'affaires de neuf cen millions d'euros. Un chiffre bien inférieur comparé aux U.S.A avec cinq milliards de dollars, la CHINE avec quatre milliards de dollars et les U.K avec deux milliards deux cents de dollars. La RUSSIE frôle le milliard et demi de dollars avec une marge de progression attendue. Le phénomène tendance est l'Art contemporain devenant la locomotive des échanges lors de ventes sur les places principales.

Maintenant, je comprends encore plus la convoitise d'hommes comme Zakaria à profiter de ce marché en appuyant ses démarches par des chantages évidents.

En revanche, nos actionnaires ne sont en rien impliqués par leurs entreprises dans ces marchés ! La seule entreprise partie prenante autour et dans ce marché, c'est le groupe LVMH[16] dirigé par Bernard ARNAULT. Ce groupe conduit de fortes actions de mécénat pour l'Art et la Culture mais qu'elles en sont les raisons profondes ? La

---

16 Moët Hennessy Louis Vuitton.

fiscalité qui en dépend est alléchante pour tout propriétaire d'œuvres ! Jusqu'où ce groupe reconnu internationalement serait-il dans le viseur d'un Zakaria ? Des acquisitions du P.D.G auraient-elles été favorisées par différentes informations obtenues « illégalement » ?

Après éclaircissements obtenus, certains hauts dirigeants sont acquéreurs d'œuvres d'art... Ce qui incite définitivement Zakaria à s'intéresser de près à leurs transactions. Là est la clé de son arrogance non contrôlée à me dresser la liste des secteurs industriels dans lesquels il peut opérer.

Un informateur contacté me révèle un nom de maison française très active lors de ventes aux enchères d'œuvre d'art et objets de collection située en plein cœur de PARIS dans le VIIIème arrondissement. Ses confidences vont jusqu'à me révéler que cette maison détient un important carnet d'adresses d'acheteurs de type industriels français voulant rester totalement discrets.

La société se nomme ARTCURIAL, située 7 Rond-Point des Champs-Élysées dans l'Hôtel Marcel Dassault d'une superficie de 2000m^2. Le détail cité par ma source précise que cette société possède deux filiales dont une à MONACO et une au MAROC ! Le MAROC...

C'est en 2002 que Nicolas ORLOWSKI en association avec la famille DASSAULT rachète la galerie ARTCURIAL à la société L'OREAL pour créer une maison de vente aux enchères dédiée à l'art et aux antiquités. D'après mon informateur finalement très bien renseigné, le dirigeant de cette société n'est pas informé que certains acheteurs, dont il ignore les identités, falsifient au fisc ses placements grâce à un port franc. J'insiste en le poussant dans ses retranchements pour qu'il m'informe de quel port franc il s'agit. Quelques secondes sont nécessaires pour obtenir la localité : celui de GENÈVE, ultrasécurisé et totalement à l'abri du fisc. Pour conclure, mon informateur considère que GENÈVE est le Port-Franc recélant la plus grande concentration d'œuvres d'art cachées au monde.

Les minutes défilent jusqu'à ce que j'entende les bips déclenchés par l'ouverture de la porte du sas et voir apparaître la toute nouvelle Capitaine. Habillée en tailleur noir, talons hauts, chevelure parfaitement soignée, je la félicite de se vêtir telle une Directrice adjointe.

Toujours pas remise de ma demande elle s'adresse à moi sur un ton peu rassuré :

– Gabriel, tu es vraiment sérieux de me vouloir adjointe à ton commandement ?

– Élodie, tu es mon arme secrète ! Je suis certain à 100% que tu vas remplir tes fonctions sans aucune erreur.

– Merci pour ta confiance. Donc le terrain est terminé, je n'y retournerai plus ?

– Non. Peut-être à l'occasion dans PARIS pour coordonner les équipes mais pas plus.

– Finalement, je suis favorable. Tu vois il ne me faut pas longtemps pour réfléchir.

– Pour cela que je t'ai choisie ! Tu es la meilleure d'entre nous.

– Mais que tu peux être chiant parfois. Je souhaite à Cara d'être armée pour te supporter

– Madame la Directrice adjointe, dans une minute nous sommes en visio sécurisée. Je te demande de te présenter et d'annoncer la manière dont tu vas piloter au quotidien les 53 personnes, après nous deux, qui composent l'agence.

– Je n'en sais rien encore Gabriel ! Ne me fais pas ça

– Tu vas t'en sortir. Repense aux grands thèmes du Colonel Archibald de Gans qui t'a recrutée.

Les premières minutes de la visio sont un échange entre le ministre, le représentant des actionnaires et la Capitaine. Cette femme est vraiment brillante car sans avoir de thèmes à annoncer, elle a réussi à obtenir des félicitations. En politique, elle ferait des ravages dans l'art d'hypnotiser les foules.

Cette partie étant terminée, je livre à mes interlocuteurs le contenu de l'entretien avec Zakaria EL KHARMAZ en insistant sur sa confidence de s'intéresser au marché de l'art international. Mon explication va droit au but en révélant certainement un secret de polichinelle quant aux acquisitions d'œuvre d'art de nos grands dirigeants. Immédiatement, le Président de la « Banque Française Nationale », Hector CHEVALIER, apparait gêné. Serait-il lui-même collectionneur ? Je m'entretiendrai avec lui ultérieurement.

Le ministre de la Défense reprend la parole au sujet des agents infiltrés voulant s'assurer de leur sécurité permanente. Difficile de lui affirmer quand on sait que nos vies sont en danger chaque jour. Alors il évoque les deux agents de la D.G.S.E disparus et depuis affolant les radars.

Par conviction personnelle, je ne lui livrerai pas encore ce que l'ordinateur portable de l'ancien chef de la police marocaine a livré.

– D'après Zakaria, Monsieur le ministre, ils auraient été délocalisés en Europe.

– Monsieur Saint Régent, je me fous de cette annonce. Leurs vies sont en danger et personne n'a revendiqué l'enlèvement ni demandé de rançon.

– Monsieur le ministre, je peux énoncer ma théorie ?

Faites

– La rencontre avec Zakaria et la manière dont s'est déroulé l'entretien, 5 millions d'euros bien présents sur notre compte à HONG KONG, tout cela vous semble réglementaire ?

– Je ne suis pas officier du renseignement Gabriel. Développez.

– Très sincèrement, Zakaria savait parfaitement que son mail allait être intercepté par une agence de renseignements, peu importe l'agence. C'est un leurre son intervention. Il pouvait être certain à cet instant que nous ne tenterions rien ! Pourquoi lors de son entrée dans la « Villa Suite Royale », son garde du corps n'a pas souhaité visiter chaque recoin ? Vous trouvez naturel qu'un homme verse une telle somme sans certitude de recevoir une véritable liste exhaustive ?

– Gabriel, la terre regorge de fous.

– Non pas lui Monsieur le Ministre. Son plan est bien plus machiavélique et encore loin de livrer ses ambitions finales.

Monsieur, pourriez-vous m'adresser l'historique d'actions secrètes menées contre différents pays du Moyen-Orient dont certains auraient un esprit de vengeance face à la France ? Ou encore d'entreprises étrangères bloquées par nos agents de terrain ne pouvant prétendre à des marchés internationaux ?

– Oui Gabriel je peux vous faire préparer un dossier classifié mais il va vous falloir des heures d'analyses.

– Merci Monsieur le ministre. Avec le bureau des analystes nous allons nous y atteler. La solution est forcément à l'intérieur. De plus ma nouvelle adjointe me permettra de m'y plonger

– Je vous le fais livrer en fin de matinée, le temps de déclasser certains documents. Je me dois d'informer le Directeur de la Centrale de cette nouvelle étape.

– Vous avez ma validation Monsieur le ministre !

– Le Colonel avait raison à votre sujet.

– C'est à dire Monsieur ?

– Vous êtes insolent.

– Je prends cela comme un compliment Monsieur. Cette fois-ci, vous m'accordez carte blanche ? Évitons d'avancer en deux temps.

– Vous êtes vraiment impertinent Lieutenant-colonel. Lors de votre dernière mission je vous avais demandé d'être mesuré… oui pour ensuite ne plus l'être, c'est vrai.

– Absolument Monsieur !

– Alors, je vais vous accorder une faveur comme vous les appréciez compte tenu du fait que la Sécurité Nationale de notre pays pourrait être en danger : mettez hors de nuire ce Zakaria EL KHARMAZ et protégez les agents français en immersion.

– A vos ordres Monsieur le Ministre. En cours d'avancement lors de la mission, si de grands noms sont mêlés à des pratiques peu recommandables, que dois-je faire ?

– On avisera à ce moment-là Gabriel.

Dernière chose, à partir de cet instant, nous considérons la Capitaine Élodie B. comme notre interlocutrice directe. Repartez sur le terrain, nous aurons plus de plaisir à connaître vos avancées par cette officier plus respectueuse des us et coutumes que vous.

– Comptez sur elle Monsieur.

Capitaine le mot de la fin vous revient !

– Monsieur le ministre, Monsieur CHEVALIER, vous pouvez compter sur mon engagement solennel. Le Lieutenant-colonel SAINT REGENT est parfois chevaleresque, irrévérencieux ou encore brut dans ses propos je vous l'accorde, mais je saurai lui inculquer à nouveau les bonnes manières lorsqu'il s'adressera à vous.

– Bravo Capitaine ! Enfin la relève du Colonel de GANS est assurée ! Alléluia !

Nous allons dès à présent vous introduire auprès de l'ensemble des chefs des unités d'intervention avec qui vous serez obligée de collaborer. À bientôt Capitaine.

La conversation en visio se termine sans pouvoir glisser un dernier mot. Mon analyse m'amène, après un sursaut d'égo, à laisser prendre la main à mon officier. Elle vient de marquer un énorme point face au ministre. J'attendais qu'elle s'impose de cette manière tel un officier confirmé face à cette nouvelle fonction. C'est fait !

En suivant, je réunis mes principaux chefs de service et officiers de terrain avec qui j'opèrerai pour cette mission.

Le keylogger a parlé, ce qui m'amène à organiser un déplacement à GENÈVE dès l'obtention d'un rendez-vous avec un responsable du site. La stratégie est de monter un scénario impliquant un important industriel français voulant bénéficier des avantages locaux pour stocker des marchandises en régime dépôt franc sous douane. L'origine des œuvres d'art devra laisser imaginer qu'elles auraient été dérobées ou achetées à des investisseurs étrangers peu recommandables. Mon but est d'attirer Zakaria dans mes filets… D'ici à notre arrivée sur place j'aurai affiné mon plan.

Je vais quitter la 107 avec à bord d'un de nos FALCON, l'Adjudant Cyril surnommé « Iron », mon sniper attitré, la Capitaine Éléonore A. la spécialiste de la création de papiers d'identités, création de badges d'accès à l'aide de matériel informatique embarqué, sans oublier sa maîtrise du morphing. De plus, elle me présente un dispositif d'écoute moderne consistant à utiliser une carte de crédit détenant un « enregistreur » avec 100 heures d'enregistrement pour une capacité de 16GO de mémoire intégrée ! C'est une marque suisse, NAGRA[17] qui offre la possibilité en plus de personnaliser la carte comme on le souhaite : carte bancaire, badge d'ouverture de portes, carte de membre de salle de sport etc. Je suis fan de ces avancées technologiques plus qu'utiles de nos jours !

Immédiatement, je demande à la Capitaine Élodie de m'obtenir un rendez-vous urgent. Il ne lui faut que cinq minutes montre en main pour caler une visite des lieux, d'une chambre forte et les formalités liées avec Alan DECRAUPAZ, le directeur en personne, pour le lendemain matin dix heure trente !

Associé à cette équipe, il me faut un homme dit d'action et là, mon choix est cornélien. Le Sous-lieutenant Alexandre D., récemment attitré à mon commandement unique me semble le plus adapté.

Pour nous guider sur place et nous alerter en cas de problèmes, je réquisitionne Hermès[18] et ses deux membres, la Caporale Ambre K. et le Sergent Arthur D.

Je leur adresse l'ordre via leur chef de service, le Sergent-chef Jérôme L. présent en face de moi. Ils doivent quitter le B.S.I immédiatement en direction des ports francs de GENÈVE dans la zone industrielle de Praille où nous reprendrons contact avec eux sur place.

Le déplacement sera justifié par l'obligation de me faire passer pour un riche collectionneur venant visiter les lieux pour y stocker prochainement ma collection privée d'œuvres d'art. Pour cela, l'équipe avec laquelle j'entame ce déplacement se fera passer respectivement pour assistante, garde du corps et majordome.

Sur un des écrans de la salle, je me fais projeter la disposition des bâtiments situés à quinze minutes de l'aéroport, ainsi que les moyens de protection et systèmes de surveillance où l'ultra sécurisation des

---

17 Marque d'enregistreurs sonores portables crée par l'ingénieur suisse Stephan KUDELSKI. Cette carte a été conçue pour les Services de Renseignements & la Police française

18 Fourgon ultra sophistiqué d'écoute et d'observation (Hermès était le Dieu du voyage, des communications, de la ruse, de la langue, de l'écriture et des voleurs)

lieux est réellement de mise ! Une véritable forteresse dont les portes blindées sont conçues pour résister aux explosifs, l'entrée du site quant à elle est équipée de technologies de reconnaissance biométrique. Si je prends les risques nécessaires, lors de notre visite je ferai placer des mini caméras reliées à Hermès... Les derniers modèles reçus sont quasi invisibles.

À quinze heures, la totalité de l'équipe est prête à décoller pour le lendemain matin, parfaitement équipée de tout le matériel utile et tenues vestimentaires nécessaires pour mener à bien notre immersion dans les ports francs. Les équipes du B.S.I seront connectées dès notre atterrissage à l'aéroport de Genève-Cointrin au terminal T3 dédié à l'aviation d'affaires.

Toujours pas de rôle extravagant pour l'Adjudant Iron qui ne désespère pas d'obtenir un plus emblématique ! Il sera mon majordome. Il a beau manifester son mécontentement, je lui indique d'aller au vestiaire dénicher une tenue adaptée !

Les bonnes habitudes ne changent pas, le Lieutenant Pierre P. est chargé de nous faire mettre à disposition au T3 une MASERATI QUATTROPORTE Trofeo, voiture digne de notre mise en scène.

Chapitre 5

Ports francs de Genève

Durant la soirée passée avec Cara et sa fille, des discussions au sujet de sa nouvelle vie sont entamées. Elle souhaite travailler à nouveau pour mettre ses compétences au service d'une entreprise. Bien évidemment, je cautionne son intention du fait de son acceptation à laisser son passé définitivement derrière elle. Pour l'aider, je vais contacter quelques personnes parmi nos financiers qui seraient intéressés de recruter une femme pour leur service de sécurité. Mais pour l'instant je ne lui fais pas part de mon intention.

La nuit est courte pour moi. Demain je dois me projeter dans mon rôle et continuer à lire tout article lié à ces ports francs de GENÈVE pour une totale maîtrise de mon sujet puisque je me trouverai devant le dirigeant. Quand, en quelques secondes, vers 5h00 du matin, une idée me vient. Alors je quitte la chambre pour aller téléphoner sans être entendu. Mon interlocuteur, à qui je ne laisse pas de choix possible malgré l'heure matinale de mon appel, valide ma demande en s'engageant sur un délai très court.

Mardi 08h00 – B.A 107

Nous montons à bord du FALCON pour une 1h10 de temps de vol dans une ambiance plutôt décontractée. Aucune crainte pour notre sécurité durant notre présence à GENÈVE. Même si l'imprévu peut provoquer des situations périlleuses, je leur demande de garder un niveau de concentration élevée.

Au boute de 15mn de temps de vol, le ministre de la Défense m'appelle :

– Bonjour Gabriel, une information capitale vient de me parvenir il y a deux minutes.

– Bonjour Monsieur le ministre. Je vous écoute.

– Une vidéo vient d'être déposée sur une plateforme, dont les codes d'accès ont été joints, dans laquelle nos deux agents enlevés font leur apparition.

– Ils sont en vie ?

– Affirmatif et apparemment en bonne santé. Leurs ravisseurs se font appeler « Les Compagnons de l'Aube ». Immédiatement j'ai fait placer en alerte le Bureau de la lutte anti-terroriste, la D.G.S.E, la

D.G.S.I, la D.R.M[19], la D.R.S.D[20] et maintenant vous le B.S.I. Une cellule d'urgence vient d'être créée pour tenter une connexion avec eux.

– D'où sort ce groupe ??? Jamais entendu parler ! Que demandent-ils pour leur libération ?

– Les premières informations font ressortir qu'aucun radar ne les a repérés. Alors il semble que c'est une invention de dernière minute pour nous bousculer. Ils évoquent une prochaine vidéo avec leurs revendications.

– Soyons patients alors. Ils ne vont plus rester silencieux longtemps. Quelles que soient leurs demandes, ils veulent nous mettre en branle. Dès mon retour de SUISSE, je recontacte Zakaria. Il me paraît être partie prenante dans cette séquestration. Si mon ressenti est confirmé, sa démarche depuis la 1ère seconde est calculée.

– Parfait Colonel. Nous reprenons contact après votre appel à cet individu, sauf si nous interceptons à nouveau un message.

Maintenant, la mission « SAC NOIR » propre au B.S.I s'étend par cette vidéo à la communauté française du renseignement qui doit favoriser la confiance entre les services et permettre une meilleure coordination dans nos échanges. Sauf que je ne peux pas toujours jouer la transparence tant que le jeu définitif de Zakaria n'est pas dévoilé…

Mardi 10h10 – Ports francs de Genève

Les rôles de chacun sont bien mis en place dès la montée dans la MASERATI. La Capitaine Éléonore m'a légèrement grimé pour paraître avoir dix ans de plus. Habillé d'un costume gris anthracite, chemise blanche, cravate bleue marine, pochette orange, derby en daim aux pieds, lunette rectangulaire sur le bout du nez, LE FIGARO Éco sous le bras, mon apparence ne laisse aucun doute sur mon aisance financière face à mon interlocuteur.

Nous arrivons par la route du Grand-Lancy où se situent les ports francs. Force est de constater que le quartier est plutôt austère tout

19 Direction du Renseignement Militaire.

20 Direction du Renseignement et de la sécurité de la Défense.

comme les cinq bâtiments composant cet entreposage. À l'entrée, nous sommes dirigés vers un des bâtiments sur notre gauche sans fenêtre apparente, de couleur crème où trône sur le haut en rouge et immense « PORTS FRANCS ET ENTREPÔTS DE GENEVE S.A. ». La partie supérieure de ce bâtiment laisse apercevoir une zone bureau du fait de baies vitrées visibles.

Un premier contact radio est opéré avec Hermès qui nous informe être garé Place de l'Etoile avec vue dégagée sur l'entrée principale. Depuis quatre heure du matin ils sont en observation et n'ont repéré qu'un balai incessant de voitures de luxe entrant et sortant avec un temps maximal de présence sur les parkings de vingt-cinq minutes. Ils se sont connectés avec les services compétents pour obtenir les noms des propriétaires des plaques minéralogiques. La surprise est d'apprendre que les trois premières voitures sont propriétés d'oligarques russes dont une est détenue par le sulfureux Rmitri DYBOLOVLEV ! Président d'un grand club de sport international, il a intenté une procédure pour escroquerie contre le marchand d'art Yvan DOUVIER, lui-même actionnaire des ports francs de GENÈVE et locataire important du site !

Coïncidence ou pas, une autre de ces voitures appartiendrait à une personnalité contestée dans cet univers, Yvan DOUVIER, ayant créé plusieurs ports francs dont celui du Luxembourg. L'enchaînement de deux de leurs voitures se rendant à l'aube dans ce coffre-fort géant paraît étonnant. Étaient-ils en personne à bord ou ont-ils envoyé des personnes de leur garde rapprochée pour une négociation à la suite de leurs démêlées judiciaires ?

L'adjudant gare la voiture devant l'entrée du bâtiment administratif pendant que le Lieutenant Alexandre ouvre la porte arrière nous laissant sortir avec la Capitaine. Entrant dans le hall, nous sommes accueillis par Alan DECRAUPAZ, le maître des lieux, accompagné de son chef de la sécurité, présent uniquement pour m'impressionner quant à la sûreté absolue des lieux. Présenté comme l'ancien directeur de l'Office fédéral de la Police suisse, il ne vivrait que pour veiller à l'assurance d'aucun risque au cœur des P.F.E.G afin que les clients soient de plus en plus nombreux.

Alan DECRAUPAZ, la soixantaine, mine joviale, cheveux blancs coiffés en arrière, moustache blanche, costume cravate chic, il arbore un grand sourire en me tendant la main. Ce Monsieur a débuté sa carrière dans les lieux comme apprenti transitaire.

– Bonjour Monsieur de MAINAMANI, bienvenue aux Ports Francs de GENEVE. Votre collaboratrice a été très efficace pour obtenir un rendez-vous rapide ! Mais votre réputation d'investisseur dans l'art est un gage sérieux pour bousculer mon emploi du temps.

– Merci Monsieur DECRAUPAZ. C'est pour cela qu'elle est à mon service.

– Je vous propose de nous entretenir dans mon bureau privé avant d'entamer une visite d'une partie sensible où je pense doit se situer votre intérêt. L'ensemble du site représente cent cinquante mille mètres carrés ! Pour des raisons de sécurité, vous ne pourrez être accompagné que par deux de vos collaborateurs.

– Parfait Monsieur. Mon chauffeur restera dans la voiture jusqu'à mon retour.

– Suivez-moi.

– Avec plaisir.

Nous rejoignons un ascenseur nous conduisant au cinquième et dernier étage où son bureau est baigné de lumière.

Les premières minutes il m'explique en détail que 30% du site est consacré à l'entreposage d'œuvres d'art mais aussi, m'indique-t-il, stocker plus de deux millions de bouteilles de grands crus.

Il affine sa présentation en appuyant sur l'ultra confidentialité des transactions d'œuvres qui pourraient se dérouler sur place dans une des salles d'exposition. Serait-ce une scène qui se serait déroulée tôt ce matin selon la déduction faite de la présence des véhicules de deux de ses clients ?

Avec fierté il me révèle que sa chambre forte est à 18°C avec hydrométrie constante et que tous les objets entreposés sont totalement exemptés de T.V.A et de droits de douane ce qui permet de bénéficier d'une forte trésorerie pour le propriétaire que je suis. Avant de nous lever pour entamer notre visite, Monsieur DECRAUPAZ ajoute un élément important, c'est au sous-sol l'existence de quatre coffres-forts entourés de portes de cinquante centimètres d'épaisseur destinés à l'or et aux diamants. « Les lieux sont inviolables, m'affirme-t-il, et antisismiques ! Les portes d'accès aux sas résistent à des explosifs ! »

Pour terminer son descriptif général, il ne peut que m'évoquer le coût de location d'un box à l'année compris entre cinq cent et deux mille euros par mètre carré. Me voilà rassuré !

– Dites-moi Monsieur, en 2011 lors de la levée du secret bancaire, vous avez dû être sacrément sollicité ! Les détenteurs de comptes bancaires cachés ont certainement investi dans l'art et se sont tournés vers leur stockage ici ?

– Ne comptez pas sur moi pour interpréter leur arrivée massive à cette période. La spéculation a toujours été le leitmotiv des collectionneurs.

– J'imagine alors aisément que des personnalités plus ou moins honnêtes sont vos clients.

– Aucun commentaire Monsieur de MAINAMANI.

– Cela me rassure ! Vous n'évoquerez donc pas ma présence auprès de différents collectionneurs.

– Absolument pas. À ce propos, quelle est la valeur de vos objets à déposer au P.F.E.G ?

– Aux alentours de cent millions d'euros.

– De l'or également ou diamants ?

– Absolument. J'attends leur transfert d'un lieu confidentiel.

– Vous êtes en nom propre ou sous société offshore ?

– Société offshore bien évidemment voyons !

– Vous souhaitez nous confier vos biens à compter de quelle date ?

– Le plus tôt possible. Elles sortiront de différents lieux d'ici cinq jours pour vous être livrées directement une fois votre offre tarifaire en ma possession.

– Ma secrétaire vous la fournira d'ici la fin de la journée. Allons démarrer la visite.

– Je vous suis avec mon assistante et mon garde du corps.

Profitant de son avancée vers la porte de son bureau, je m'adresse à l'oreille de la Capitaine pour lui recommander de placer une caméra magnétique sub miniature et un micro. Elle lève les yeux au ciel ce qui me fait comprendre que son action est déjà réalisée. Avec un peu de chance, le directeur ne s'en apercevra pas immédiatement ce qui nous laissera la possibilité de capter des informations prioritaires. De plus notre matériel est intraçable donc il ne pourra pas se douter que ce matériel est identifiable à ma venue.

Nous démarrons par un long couloir plutôt sinistre jusqu'à nous présenter devant une première porte qu'il fait ouvrir par reconnaissance biométrique. Nous entrons dans une salle digne d'une galerie élégante où aux murs sont exposés des PICASSO, des MODIGLIANI ou encore si je ne commets pas d'erreur un MIRÓ.

– Voyez cher Monsieur, une option proposée par notre société, faire préparer une exposition pour des acheteurs recherchant la discrétion absolue.

– Intéressant effectivement.

– Les toiles sont soit vendues en suivant et quittent notre site, soit nous les réintégrons dans les chambres fortes.

– Quelle organisation !

– Vous savez, nous sommes considérés comme une forteresse ultra-sécurisée en plein milieu de l'EUROPE ! Nos clients tiennent à notre savoir-faire et à notre discrétion helvétique légendaire.

La visite se prolonge par le passage dans un dédale de couloirs sur plusieurs niveaux entrecoupés de portes blindées de plus de 50cm d'épaisseur. Il est évident que nous ne pourrons pas nous infiltrer à l'intérieur et dérober des œuvres pour créer une panique parmi ceux qui tentent une mise en danger de notre sécurité nationale. Va falloir certainement un autre plan plus adapté, percutant et sans faille.

La visite touchant à sa fin, le directeur nous raccompagne à l'entrée du bâtiment administratif.

– Monsieur de MAINAMANI, j'imagine que votre souhait est d'être présent pour l'entrée de vos œuvres dans une des salles fortes ?

– Absolument Monsieur de DECRAUPAZ. Faut-il déterminer un créneau horaire avant l'acheminement ?

– Je vous le confirme effectivement !

– Nous sommes mardi, je vous propose lundi prochain midi ? Mon avion privé se chargera de les transborder depuis PARIS en ma présence. Prévoyez un fourgon type blindé pour la jonction entre l'aéroport et vos ports francs. Possible pour vous ?

– Vous pouvez compter sur moi. Dès la validation de la prestation tarifaire par votre assistante, je réserve les moyens nécessaires à l'entrée de vos œuvres.

– J'aime les décisions rapides et fermes Monsieur DECRAUPAZ. Je vous remercie pour le temps consacré à la visite des lieux.

– Également ! Excellente fin de journée Monsieur de MAINAMANI, Madame, Monsieur.

Nous montons dans la voiture toujours bien garée devant l'entrée dans laquelle notre chauffeur nous attendait patiemment. Je demande alors d'être conduit discrètement non loin d'Hermès pour aller écouter au plus vite les appels du directeur du P.F.E.G.

– Bonjour Caporale. La communication est établie avec les micros placés dans le bureau de DECRAUPAZ ?

– Bonjour Mon Colonel. Affirmatif. La liaison est parfaite. Il est au téléphone depuis le retour dans son bureau.

– Donnez-moi le casque d'écoute.

Il parle en anglais au sujet de travaux projetés pour un nouveau bâtiment certainement avec ses architectes. Rien d'alarmant, quand la Caporale Ambre me signale l'entrée à nouveau d'un des véhicules venus tôt le matin. La caméra placée sur le toit d'Hermès identifie la plaque d'immatriculation pour donner l'information immédiatement : elle appartient à Rmitri DYBOLOVLEV. Mais la plus grande surprise est d'en voir descendre une ancienne connaissance :

Wolfgang[21] en personne ! Cela faisait longtemps qu'il était absent des radars celui-là, je pensais même qu'il avait disparu définitivement dans le désert d'OMAN.

Bon, faut être réaliste, la partie s'annonce encore plus complexe que prévue avec sa présence. Maintenant il est important de déterminer si sa visite est une conséquence de ma rencontre avec DECRAUPAZ ou liée aux ventes privées à l'intérieur des ports francs ou encore si Wolfgang travaille pour l'oligarque russe !

Plutôt bien habillé style homme d'affaires, il entre dans le hall avec un tableau recouvert d'une couverture, vu la forme de son colis, puis disparaît de la vidéo. Impossible à l'équipe d'Hermès de craquer le système de vidéo surveillance du site, me confirment-ils.

– Mon Colonel, le micro révèle que le directeur est informé de la visite de votre connaissance par son assistante

– Enregistrez immédiatement leur conversation.

– A vos ordres.

La conversation entre Wolfgang et Alan DECRAUPAZ se déroule en langue russe ce qui ne nous permet pas immédiatement de connaître le contenu de leurs échanges. La conversation entre les deux hommes dure huit minutes. Puis, durant trente minutes Wolfgang disparaît jusqu'à réapparaître avec certainement un tableau sous couverture dans les bras. Il ouvre le coffre, dépose son paquet, remonte dans la BMW. La voiture démarre en quittant rapidement le site.

Je dois attendre la traduction de l'enregistrement qui est envoyé immédiatement au B.S.I pour l'obtenir le plus rapidement possible.

Le Sergent Cécile nous renvoie la traduction faite par un de nos agents administratifs via la messagerie instantanée.

En résumé, Wolfgang menaçait avec représailles physiques sur lui et sa famille dans le but d'obtenir la remise d'une toile inestimable appartenant à une famille française importante nommée dans leur

[21] Cf. Témoignage Invisible & 23ème // Nord – 1er & 2nd volets de la trilogie

conversation par le code « trèfle 4 feuilles ». Je me retourne vers mon équipe, la mine investigatrice accompagnée d'un sourire amusé :

– Quel est pour vous le symbole d'un trèfle à quatre feuilles ?
– Signe de chance ?
– Oui Capitaine. Je vais vous livrer une théorie :
si je ne commets pas d'erreur, le trèfle à quatre feuilles est utilisé comme logo par DASSAULT Aviation. Marcel Ferdinand BLOCH qui devient quelques années après son emprisonnement à BUCHNWALD, Marcel DASSAULT, avait trouvé en balade un trèfle à quatre feuilles qu'il avait soigneusement mis tout de suite dans son portefeuille. Lors de son emprisonnement, les Allemands lui confisquent ses effets personnels. À la fin de la guerre, il peut retourner en FRANCE quand le ministère des Anciens Combattants et des Déportés lui rend montre, stylo et le fameux portefeuille dans lequel se trouvait toujours ce trèfle à quatre feuilles ! Depuis, il le nommait « un signe bienveillant de la Providence » !
– Vous pensez que…
– Je ne pense pas ! Je constate ! Lors de la rencontre avec Zakaria EL KHARMAZ à l'hôtel TIGMIZA, il m'a affirmé que certaines de nos grandes entreprises usaient de pratiques nauséabondes pour obtenir des marchés internationaux. Il a même précisé agir pour différents univers dont l'armement et, de manière suspecte, s'intéresser de très près à l'art ! Étonnant que Wolfgang sorti de nulle part, vienne menacer un dirigeant respectable sachant que la galerie ARTCURIAL est logé dans l'Hôtel Marcel DASSSAULT en plein cœur de PARIS. Nicolas ORLOWSKI en association avec la famille DASSAULT rachète la galerie ARTCURIAL à la société L'OREAL. La piste s'affine sérieusement.
– Donc il prend contact, il souhaite s'adresser à un corrompu pour lui livrer une liste d'agents infiltrés tout en sachant que son mail allait être forcément récupéré par une agence de renseignements ?
– Pas mal Capitaine. Je pense, peut-être encore à tort, que son objectif était de nous amener ici pour aussi déminer le terrain face

aux ennemis de ses employeurs, ou bien qu'il agit pour son propre compte. Pour l'instant, impossible de le déterminer

– On agit de quelle manière Lieutenant-colonel ?

– On rentre à PARIS. Vous, Ambre et Arthur vous restez en planque devant le site, pensez à changer de stationnement tous les jours, soyez discrets et relevez les identités de toute personne qui entre comme vous le faites depuis votre arrivée. Je veux un rapport adressé à la fin de chaque demi-journée soit au Capitaine Élodie soit à Marine CENLARG. On revient lundi prochain.

– A vos ordres Mon Colonel. Comptez sur nous.

Nous repartons en voiture sans nous faire repérer en quittant le fourgon. Direction l'aéroport de GENÈVE-COINTRIN. Il est temps d'appeler une connaissance helvétique qui pourrait me rendre un nouveau service, s'il accepte…

Après quelques minutes de négociations acharnées, Markus, officier spécialiste du S.R.C[22] avec qui nous avons pu nous rendre quelques services dans le passé, accepte m'accueillir le lundi suivant à la condition de ne pas faire de vague sur le sol Suisse ! Je m'y engage mais je ne lui révèle pas le contenu de mon plan final sinon il refuserait d'y apporter sa contribution. Sa connaissance du territoire et son réseau d'informateurs me seront précieux en temps utiles.

22 S.R.C Service de Renseignement Suisse.

Chapitre 6
Galerie d'Art

À seize heure quarante-cinq j'entre dans mon bureau pour, à l'aide ma ligne sécurisée, contacter mon informateur qui le matin-même, m'a affirmé accepter ma demande. Devant les découvertes du jour et la date fixée au lundi suivant, je ne lui donne aucune option pour rallonger les délais sous peine de rouvrir des dossiers le concernant. En bon citoyen, il accepte définitivement sans réserve !

La Capitaine Élodie B., nouvellement Directrice adjointe, entre dans mon bureau, ordinateur portable ouvert à la main.

– Gabriel, tu es prêt à visionner la séquence reçue ce matin ?
– Avant son visionnage, sais-tu qui j'ai croisé à GENÈVE ?
– La vache Milka ?
– Tu es vraiment drôle Élodie. Tu es la nouvelle Florence FORESTI ?
– Tu n'as plus d'humour, ta Seigneurie ?
– Non pas trop en ce moment.
– Allez, je t'écoute
– Le célèbreeeeeeeee Wolfgang !
– Il n'a pas été abattu lors du passage du drone dans le désert d'OMAN[23] lui ?
– Apparemment non et il va falloir se préparer à un moment ou à un autre à l'affronter. Je vais devoir reprendre un entraînement solide !
– Il me semble utile oui ! Tu ne vas plus à la salle de sport ni au stand de tirs ! Pour l'instant regarde la première vidéo.

La vidéo postée le matin même montre nos deux agents français agenouillés, menottés, visages découverts, en combinaison orange identique à celle portée par les prisonniers du camp de Guantánamo, détail pas innocent, les traits tirés mais effectivement en bonne santé. À tour de rôle ils évoquent ce groupe appelé « Les Compagnons de l'Aube » en portant leurs revendications ciblées sur l'arrêt des missions de la D.G.S.E au Proche et Moyen Orient. Foutaise ! Je n'en crois pas un mot.

---

23 Cf. 23ème // Nord – 2ème volet de la trilogie

Ma collaboratrice s'est entretenue durant mon absence avec différentes autorités militaires et du renseignement sans qu'aucune identification formelle ne soit remontée. Elle me confirme qu'à cet instant aucune demande associée à une rançon ou retrait de forces militaires françaises n'ont été encore interceptées. La Capitaine confirme que tous les hackeurs recrutés malgré eux par nos différentes agences de la communauté du renseignement sont opérationnels depuis plusieurs heures à croiser toutes les données informatiques ou les informations liées de près ou de loin aux missions françaises à l'étranger. Aucun résultat positif ou négatif n'en ressort encore.

Le dossier déclassé « Secret Défense » promis par le ministre est bien posé sur mon bureau ce qui me permet de m'y plonger avec la plus grande attention jusqu'à ce que le nom de DASSAULT AVIATION apparaisse sur une feuille bien à part. Le ministre ne peut croire à ma crédulité. En espérant correctement déchiffrer ce que je lis, cette feuille volante évoque la vente de l'avion de combat français RAFALE à l'INDE. Il est temps d'appeler le ministre avant de tenter obtenir un rendez-vous avec le P.D.G de DASSAULT, Éric TRAPPIER, non membre de l'indice C.A.C 40.

Durant la conversation avec mon ministre de tutelle, je sens une forme de gêne jusqu'à ce que je lui demande de me prévenir si un danger réel existe pour l'agence que je dirige et ses équipes. Sa réponse n'est pas formelle mais il me laisse penser que des tractations non officielles avec des agents s'étant sentis pousser des ailes auraient mal tourné, fomentant des actions souterraines non contrôlées. Alors qui n'apprécierait pas que la FRANCE vende son fleuron à des puissances étrangères ? En fin de conversation, j'obtiens la validation d'un rendez-vous à huis clos avec le dirigeant de DASSAULT dans un lieu non déterminé encore pour jeudi aux alentours de onze heure.

La fin de la journée ne nous apporte pas la seconde vidéo avec nos otages et les revendications attenantes. Alors, je prends mon téléphone satellite et j'appelle Zakaria sur le numéro laissé pour le sonder. Je prends la peine de descendre dans notre salle des télécommunications pour mettre en action tous les traceurs dont nous bénéficions. Il nous faut le repérer grâce à l'intelligence artificielle des algorithmes. Toute l'équipe pilotée par le Sergent-chef Jérôme est positionnée devant ses ordinateurs, logiciels en marche, casques vissés sur les oreilles et tous les écrans en retransmission.

– Bonjour Zakaria, Charles SANSON à l'appareil.

– Quel plaisir de vous entendre. Vous profitez bien de vos cinq millions d'euros ?

– Ne vous inquiétez pas pour cela. Vous avez pu repérer les agents corrompus pour mener à bien vos négociations ?

– C'est en cours Monsieur SANSON. Que puis-je pour vous ?

– Deux choses Zakaria. La première est mon nouvel intérêt pour le monde de l'art. Vous m'annonciez être investi dans cet univers, je serai intéressé de réaliser quelques plus-values profitables. Les cinq millions d'euros doivent être blanchis au plus vite. La seconde est au sujet des agents disparus, les radars s'affolent via mes réseaux ce qui met en alerte les différentes agences de renseignements françaises par suite d'une vidéo postée revendiquée par « Les Compagnons de l'Aube ». Vous me sembliez être bien informé.

– Pour vos investissements, je ne peux agir. Mes clients sont et veulent rester anonymes. PARIS regorge de galeristes spécialisés, marchands d'arts auprès de qui vous devriez vous faire connaître.

– Vous savez que je suis fiché dans toute l'EUROPE ! Il me faut des intermédiaires agissant pour mon compte.

– Je vais voir ce que je peux faire. Je vous avais évoqué les ports francs de GENÈVE. Des ventes ultras confidentielles s'y déroulent. Si je peux vous introduire, je le ferai avec plaisir Monsieur SANSON.

Un des analystes de l'équipe du D.A.S.E.M tend son bras pour que je puisse visualiser sur un des écrans la possibilité d'avoir repéré la localité où se trouve Zakaria. Un point clignotant rouge se cale à PARIS dans le 8ème arrondissement, 38 avenue Matignon. L'analyste projette immédiatement le lieu à l'écran : une galerie exposant des œuvres récentes de plusieurs grands artistes internationaux, « Galerie Lelong & Co ». Je fais signe au Capitaine Élodie par gestes codés d'envoyer immédiatement une équipe sur place pour s'assurer de sa présence mais sans aucune intervention.

– Voilà une bonne nouvelle Zakaria ! Pourquoi ne pas nous rencontrer à nouveau à PARIS comme convenu ? Vous comptez vous y rendre prochainement ?

– C'est possible mais je ne sais pas à quelle date encore. Et puis il est encore trop tôt pour nous rencontrer à nouveau.

– Comme bon vous semble ! Gardez bien à l'esprit mon ambition d'investir. Contactez-moi dès que possible pour un premier achat avantageux.

– Je n'y manquerai pas Monsieur SANSON. Je dois malheureusement couper notre courtoise conversation, mon rendez-vous vient d'arriver. Au revoir.

Si Zakaria EL KHARMAZ est bien présent à PARIS, à ma grande surprise compte tenu de sa fiche active sur INTERPOL, l'atmosphère ne respire pas la sérénité. Élodie me confirme bien qu'une équipe à moto est partie sur place. Ils savent ce qu'ils ont à faire pour observer sans être repérés.

La proximité de l'agence avec le 8ème arrondissement permet à l'équipe de s'y rendre en moins de six minutes grâce aussi au bolide à deux roues emprunté. Sur place, ils entrent dans la galerie et observent. Par radio ils nous informent que personne n'est présent à l'intérieur tout en s'étonnant que deux femmes chargées d'accueillir les clients sont bien assises derrière un bureau. Assez malins, ils demandent si les personnes avec qui ils ont rendez-vous seraient arrivées. Les deux répondent « désolée messieurs, personne n'est arrivé à cet instant ».

Ils font mine de s'intéresser à des tableaux dits « portraits » exposés le temps de gagner quelques minutes au cas où des personnes sortiraient par une porte dissimulée.

Alors je prends la radio et m'adresse à eux :

– Dans 1mn, l'un de vous simule un malaise avec un besoin de se rendre aux toilettes. Un peu d'imagination bordel !

– A vos ordres Mon Colonel.

– Une fois en direction des toilettes trouvez-moi une porte dérobée donnant un accès aux bureaux !

Je demande à un de nos agents de se connecter sur les caméras de la galerie, chose portée à l'écran une fois trouvé le réseau domestique du Wi-Fi local. Cinq caméras dans la galerie, et différentes autres à l'étage, dont une dans les bureaux du propriétaire, plus une dernière en extérieur. Sans grande surprise, j'aperçois Zakaria EL KHARMAZ accompagné de deux personnes non indentifiables et certainement le dirigeant de la galerie assis, lui, derrière son bureau. Apposé contre le mur de droite, une toile de maître immense concentre leurs regards. Approximativement on peut estimer sa dimension autour de 2,5x3 mètres. Un autre analyste se charge d'identifier la toile. Elle s'avère être de Nicolas de STAËL, peintre d'origine russe, nommée « Parc des Princes ». Sa valeur estimée serait autour des 15 millions d'euros ! Les caméras ne bénéficiant pas de micro, nous ne pouvons écouter leur conversation.

– Annulez votre malaise ! On vous rejoint. Gardez le temple et identifiez des tangos, retenez toute personne le temps de notre arrivée.

– On gère, comptez sur nous. On sécurise le lieu.

Avec l'adjudant Cyril, à qui je demande enfin de monter au dressing revêtir un costume pour jouer le businessman, et le Sous-lieutenant Alexandre D. de s'habiller de la même manière, nous quitterons le B.S.I pour nous rendre à la galerie dans le même véhicule.

Je descends au bureau des permanents demander à un des chauffeurs/driver de prendre un véhicule rapide et de nous attendre devant l'entrée de l'agence pendant qu'une autre équipe plus musclée, devra nous suivre pour assurer notre protection.

La salle des communications sait qu'en cas de départ précipité, ils doivent me suivre seconde par seconde avec pour la 1ère fois la Capitaine Élodie B. à la coordination générale. Si un incident m'arrivait, je serais toujours traçable grâce à ma B&R Phantom détenant une balise bi-fréquence.

Durant le trajet plutôt rapide, Iron me demande quel est mon plan. Sans le connaître réellement, je lui réponds que je veux coffrer Zakaria ici au B.S.I.

– Colonel, tu es un grand fou ! On ne sait pas qui l'accompagne !

– Depuis quand je prends des risques inconsidérés Adjudant ?

– Ben maintenant !

– Pas faux jeune homme. Profitons de sa présence dans la galerie pour le séquestrer. Lui il commence à m'emmerder sévère. Il ne pourra pas nous identifier car nous allons porter un accessoire.

– Comment ça Colonel ? Même s'il ne connaît pas ton vrai visage on tourne un remake de Mission Impossible ?

– Là on est bien dans la réalité, pas dans un film ! Allez, je te donne un indice : on reste garés devant, le long du trottoir, au moment où on reçoit l'info qu'il quitte le bureau du galeriste… Regarde dans ma main, ô miracle, une cagoule !

L'équipe à l'intérieur se charge de neutraliser ses accompagnants, on intervient. C'est une possibilité mais pas forcément celle qui sera adoptée sur place.

– Ok ça me va ! C'est toi le Boss !

Pour une fois que j'avais un beau costume pour jouer les ambassadeurs…

Je m'adresse à toute l'équipe :

– A tous, vous avez entendu la stratégie ? On n'a pas le choix. Aucune erreur ne sera tolérée. Pas de rodéo dans le 8ème. On agit très vite dès qu'il est en visu.

On est dans environ sept cents mètres sur place, retenez, dans le calme on le séquestre. Tout le monde confirme merci.

Finalement, un plan improvisé de dernière minute peut s'avérer pertinent. Sur mon téléphone, je visualise le nom de l'appel entrant, ma nouvelle proche collaboratrice.

– Gabriel, tu pars à l'aveugle ! Qu'est-ce qu'il te prend ???

– Capitaine, tu es mes yeux de l'agence, j'ai six hommes surentraînés avec moi, une DUCATI, deux AMG en cas de départ précipité !

– Tu paniques depuis que tu as revu Wolfgang. Tu sais que c'est bien trop tôt pour le capturer tant que l'on n'a pas d'autres vidéos de nos collègues avec une identification des véritables ravisseurs ou encore sur son véritable rôle.

– Et si c'était lui seul le chef d'orchestre ? On le capture, on le fait parler dans nos sous-sols pour qu'il nous livre ce que l'on veut !

– Merde Gabriel, tu m'as imposée dans ce double commandement, écoute-moi ! Si tu veux, fais lui peur en le suivant quelques mètres, montrez-lui les moyens musclés que l'on détient, mets-le en stress, mais n'interviens pas.

– Capitaine, je dois couper la communication, nous sommes sur site.

Située à l'angle de l'avenue Matignon et de la rue Penthièvre, la proximité avec la Place Beauvau fait que le quartier est quand même sous surveillance. Définitivement, le rodéo est proscrit.

Une large vitrine ouverte sur la rue, mur extérieur noir, bâches bleues, la galerie est plutôt chic et élégante, installée au rez-de -chaussée d'un immeuble de quatre étages.

Une seule voiture est garée devant le 36, l'immeuble voisin juste devant un arrêt de bus, de type limousine allemande. Je me fais déposer quelques mètres derrière pour m'approcher à pied du chauffeur bien assis au volant.

À sa hauteur, je tape à sa vitre, il la baisse, je lui demande très poliment du feu pour allumer une cigarette. Acceptant de suite, il se penche vers la boîte à gant, alors sans surveillance de sa part, je lui plante une seringue d'anesthésiant puissant dans le cou. Je dois le redresser pour le faire paraître endormi afin de ne pas éveiller les soupçons des passants.

Par geste du bras je fais signe à tout le monde de se positionner autour de la galerie jusqu'à la descente des bureaux de Zakaria et de se munir de leur cagoule. La mienne est dans la poche arrière droite de mon pantalon facilement saisissable.

À l'intérieur je vois la première équipe monopolisant le personnel de la galerie se déplaçant de toile en toile, quand, par le couloir gauche lorsqu'on rentre dans la galerie, arrive Zakaria entouré de deux hommes loin d'être impressionnants mais excessivement chics. Comment arrive-t-il à franchir les douanes dans l'espace Schengen ???

Ses accompagnants ne sont certainement pas des hommes de main ce qui va nous faciliter la tâche. Ils saluent l'homme avec qui ils s'entretenaient dans le bureau, sortent en se dirigeant vers leur limousine sagement garée. Je laisse faire...

L'équipe à l'intérieur sort comme si de rien n'était. Mes quatre autres hommes sur le trottoir avancent d'un pas lent, alors par radio je lance « écartez les deux accompagnants, bloquez Zakaria en le faisant entrer dans sa limousine ».

La scène se déroule en quelques millièmes de secondes sans heurt. Par le côté gauche arrière j'entre à mon tour dans la voiture. Le chauffeur est toujours plongé dans un profond sommeil. Cagoule sur la tête, voix accentuée dans les graves, je braque mon automatique sur les parties intimes de Zakaria ce qui a pour effet de le rendre doux comme un agneau.

– Tu achetais quoi ici ?

– Qui êtes-vous à part un grand malade ? Vous savez qui je suis ?

– Oui un escroc. Je répète ma question : tu achetais quoi dans cette galerie ?

– Des toiles ! Pas des pièces détachées automobiles !

– Tu as de l'humour toi aussi. Pour le compte de qui ?

J'arme le Beretta pour faire accélérer son rythme cardiaque et l'encourager à parler. Je ne suis pas inconscient au point de lui faire penser à une action de la D.G.S.E. ou d'autres Services de Renseignements, juste le faire douter sur d'éventuels braqueurs.

– Vous savez qui je suis Monsieur ?

– Mes clients voient d'un très mauvais œil tes trafics EL KHARMAZ.

– Puisque vous connaissez mon identité, vous n'ignorez pas que je ne suis pas un enfant de chœur

– Et ? Tu penses que mes clients te craignent ? La preuve ! Je tiens un Beretta sur tes burnes, prêt à les réduire. Alors si j'étais toi, gentiment je livrerais une petite confidence.

– Tu serais dans mon pays, ton espérance de vie ne dépasserait pas cinq minutes.

– Possible, mais on est en France ! Pas dans ton pays mec ! Et j'ai six hommes autour de ta voiture qui sur mon ordre peuvent te foutre à poil et te lâcher sur les Champs Élysées !!! J'ai bien envie de le tenter.

– Ok ok que veux-tu précisément ?

– Tu achètes des toiles pour les vendre à qui ?

– La mainmise de certaines personnes dans les toiles de maîtres déstabilise le marché. Je suis juste une personne en capacité de réguler le marché

– Alors tu sais, à partir de maintenant tu vas te retirer gentiment et laisser faire les professionnels qui sauront toujours trouver des acquéreurs prêts à payer le prix fort.

– Mais tu es vraiment un grand malade !

– Là enfin je suis en parfait accord avec toi ! Alors que mes clients ne te revoient plus jamais rôder autour d'une galerie dans PARIS ou dans les capitales mondiales. Nous sommes bien d'accord ?

– On se retrouvera.

– Difficile car avec ma cagoule, tu ne sais pas qui je suis !!!! Au moins je pourrai te surveiller à distance maintenant.

Amusé, je lui impose de se déshabiller, chose pour laquelle il s'exécute sentant le bout de mon canon frôler ses parties intimes et son torse jusqu'à frôler sa bouche dans laquelle j'aimerais secouer le canon à l'intérieur pour lui casser quelques dents.

– Tu veux quoi de plus ?

– Maintenant tu descends, et tu cours vite, très vite sans te retourner ! Allez, dégage.

Un de mes hommes lui ouvre la porte arrière droite. Il descend, se retourne une seule fois, visualisant mon arme braquée sur lui. Alors il cache son sexe avec ses deux mains et entame une course toute droite avenue Matignon. Les deux hommes qui l'accompagnaient ont été pris en photo avant de leur recommander de s'échapper sans poser de question.

Par radio, je demande au B.S.I de contacter la Police pour signaler un homme nu courant dans cette avenue et surtout qu'une limousine est mal stationnée. Par ce truchement, on va pouvoir identifier ceux qui l'aident à franchir les frontières car des leviers vont être actionnés pour le libérer.

De retour au B.S.I, les photos livrent le nom des deux compères de Zakaria. Aucun passé, aucune arrestation, ils sont cleans. Profession déclarée « Marchands d'art – Galeristes » de nationalité Suisse. Plus de doute, le port franc de GENÈVE est un lieu de prédilection pour Zakaria.

Dix minutes plus tard, l'informateur du B.S.I ayant déclenché l'intervention d'une patrouille de la Police pour intercepter un homme nu dans le 8ème, me prévient que le véhicule rejoint le commissariat situé avenue du Général EISENHOWER. Branché sur la fréquence de la Police, il entend les commentaires au Central précisant que Zakaria menace les policiers de lourdes représailles !

Parfait Monsieur ! Excite ces valeureux policiers que l'on en sache un peu plus. Je demande à l'agent de surtout tout écouter et d'intercepter tous les appels émis du commissariat pour me prévenir à chaque information.

Mardi 21h38 - B.S.I – PARIS 16ème

Je dois quitter l'agence pour rentrer chez moi et enfin retrouver Cara vu le peu de remontées d'informations concernant les ravisseurs ainsi que des maigres rapports d'Hermès toujours en planque à GENÈVE. Est bien présent en cellule dans le commissariat du 8ème Zakaria dont l'attitude serait enfin apaisée. Il a émis un appel auprès de l'ambassade de LIBYE, s'est entretenu directement avec son Excellence Hamed Ahmed ELHOUDERI. Bien évidemment, a été prévenu notre ministre des Affaires Étrangères qui a interféré avec le ministre de l'Intérieur pour obtenir sa libération. Après réflexions et insistance de mon ministre de tutelle, je donne mon feu vert pour valider sa libération. Immédiatement, j'ai ordonné à une équipe du

B.S.I de lui coller au train le plus discrètement possible pour connaître le lieu où il va se rendre une fois remis en liberté.

Sans surprise, il est récupéré par une voiture de l'ambassade et raccompagné au 2, rue Charles Lamoureux, Paris 16ème où se situe l'ambassade de LIBYE. Cet ancien du gouvernement marocain, aujourd'hui fiché, est donc protégé par des instances internationales capable de défendre ses intérêts devant les plus hautes autorités françaises. Les surprises vont se révéler dans peu de temps...

Au cours de mon trajet en voiture vers mon domicile, je reçois un appel de mon informateur :

– Monsieur Saint Régent, je viens de recevoir une confidence de premier ordre.

– Bon, Simon, vous attendez quoi pour me la livrer ? Que je ressorte des dossiers compromettants ?

– Non Monsieur je ne me permettrai pas.

– Alors !

– Une vente de deux toiles de maître va se dérouler dans une propriété reculée du bordelais. Elles vont être expédiées des ports francs de GENÈVE par hélicoptère privé et déposées sur place. Est déjà prévu un transfert par MONTPELLIER pour brouiller les plans de vol certainement.

– En quoi cela m'intéresse ?

– Oh que si ! Elles appartiennent à un important industriel français. Seraient sur place deux oligarques russes et un homme d'affaires koweïtien se déplaçant spécialement pour l'occasion. Un service de sécurité imposant sera attenant à la délégation.

– Là vous m'intéressez !

– Vous voyez !

– Quelle propriété est choisie ?

– D'après mes sources, le Château Prieuré Marquet propriété détenue par un amateur d'art mais il apparaît ne pas être mêlé à ces ventes en off. Simplement il reçoit en louant le lieu pour le privatiser à cette occasion. Le château bénéficie d'une D.Z[24] d'où le transbordement en hélicoptère.

– Venez me retrouver tout de suite au SIR WINSTON, non négociable.

– Je vous rejoins immédiatement !

Changement de direction le temps de prévenir Cara pour l'informer de quelques minutes de retard. Un appel immédiat est lancé auprès du Sergent Cécile pour lui demander de me transférer un rapport complet sur le Château Prieuré Marquet.

Arrivé sur place avec quelques minutes d'avance sur mon contact, je commande à la mémoire du Colonel de GANS une bouteille de notre appellation préférée, un SAINT JULIEN et forcément des Domaines Henri MARTIN. Cette fois-ci, un GLORIA 2011. Le sommelier me recommande ce millésime pour sa belle couleur, son bouquet subtil, délicat et harmonieux en bouche. Habitué des lieux, je suis servi immédiatement sans attendre. Le sommelier s'empresse de me demander mon appréciation pour laquelle je valide son précieux conseil au sujet de ce flacon !

Simon arrive à vélo et s'assoit à mes côtés. C'est bien un artiste celui-là. Je lui fais servir un verre de mon GLORIA 2011 qu'il apprécie à sa juste valeur sans détour.

Immédiatement il me livre à voix basse l'ensemble des informations secrètes liées à cette vente inhabituelle. En revanche, il ne détient pas l'identité de l'industriel mais affirme qu'un important marchand d'art sera bien présent pour attester la valeur des deux toiles. La rencontre se déroulera mercredi en huit à dix-sept heures. Le poussant dans ses retranchements, j'obtiens enfin la raison de cette vente non officielle. D'après ses sources, l'industriel se « débarrasserait » de ses œuvres pour concourir à un marché international non connu à cet instant. Tout prend forme enfin.

Remerciant mon invité après qu'il a bu deux verres de ce breuvage, je l'incite à respecter les délais de ma commande et de ne surtout pas

---

24 Drop Zone : Aire d'atterrissage en campagne pour hélicoptère.

avoir une heure de retard. D'une poignée de mains virile, il atteste respecter ses engagements.

Arrivé à mon domicile, le rapport demandé au Chef de service compétent apparaît sur mon smartphone. En quelques secondes je scanne les informations attestant que le maître des lieux de Prieuré Marquet est parfaitement clean. Ancien propriétaire de « business unit » rentables, il a investi une somme considérable dans la rénovation et l'embellissement du château Prieuré Marquet en créant des chambres d'hôtes splendides tout en replantant des hectares de vigne. Le propriétaire s'est entouré d'un régisseur, Julien P. qui sera ma porte d'entrée. Je vais le contacter directement pour l'impliquer dans mon plan. S'il refuse, je ferai en sorte de trouver un levier pour lui infliger une forte pression.

Je demande à Cara de m'entretenir avec elle sans la présence de sa fille Cassandra. Il faudrait qu'elle me rende un service d'une importance rare. Son passé professionnel pourrait m'être d'une aide précieuse. Toujours aussi bien habillée, je la prends par la main et la conduis dans notre chambre.

– J'aurai besoin de tes compétences la semaine prochaine. Serais-tu partante ?

– Dans le cadre de tes fonctions ou dans un cadre personnel ?

– Plutôt pour la mission du moment dans laquelle je suis actif.

– Tu me proposes quoi concrètement ?

– La semaine prochaine doit se dérouler dans une propriété bordelaise une présentation de deux toiles de maître à différents acheteurs étrangers pour les vendre au prix fort. Le vendeur non identifié à cet instant, a privatisé un château, Prieuré Marquet pour 24h.

– Je dois donc revêtir le rôle d'une acheteuse supplémentaire ?

– Impossible. En revanche, une fois obtenue la validation du régisseur sur place, j'aimerais que tu sois intégrée dans le personnel de service.

– Charmante ton idée ! Une soubrette ? Et puis quoi encore ?

– Pas une soubrette ! Trop cliché de films X des années 70 ! Plutôt en service durant la présentation pour être équipée de matériel d'écoute de dernière génération pendant que nous serons en planque en extérieur.

– Ton idée ne me plaît pas du tout. Ou alors, réflexion faite, j'accepte en portant la même tenue que lorsque tu m'as rencontrée la première fois[25] dans le temple. Tu te souviens bien de ma robe ? Je pourrais faire le service dans cette apparence, les invités seront ravis. Réfléchis-y…

En revanche, je serais plus compétente en étant la représentante d'un riche marchand d'art venant surenchérir. Là je maîtrise.

– Je me souviens parfaitement la Diva ! J'avoue que tu étais sacrément excitante !

Certainement ton côté théâtral en acheteuse pourrait produire des effets attendus, mais je ne sais comment te faire impliquer à ce niveau.

– Tu n'es pas le Directeur Exécutif d'une agence de renseignements financée par d'importants industriels ? Je me serais trompée ? Je suis déçue…

– Ok Ok ma Diva. Je gère. Donc j'ai ton accord ?

– Oh que oui mon chéri…

Avant de passer à table, je joins à nouveau Simon et lui impose de faire ajouter une femme lors de la présentation sous le nom de Madame FROST, conseillère spéciale en charge des acquisitions pour le compte d'un riche investisseur américain. Pris de panique, il cherche mille raisons pour ne pas prendre les devants. Alors, j'élève la voix en le menaçant comme jamais. En réponse, il me demande quelques heures pour obtenir un accord. Ne connaissant pas ses sources, je reste confiant dans son imagination et sa force de conviction.

Dans le lit, Cara exprime à voix haute son imagination pour endosser son rôle de représentation lors de la vente des toiles. Toujours positive et souriante, Cara m'avoue avoir besoin de cet interlude excitant durant la période traversée sans emploi. Rassurant, je lui affirme ma confiance lorsqu'elle sera sur place tout en la tranquillisant sur sa

[25] Cf. Black Bank.

sécurité. Je compte bien faire sécuriser les lieux par mes équipes en les envoyant d'ici la fin de la semaine en repérage une fois le feu vert transmis par Simon.

À cinq heure cinquante, je suis réveillé par le son émis par la réception d'un sms. Dans un demi-sommeil, je prends mon smartphone et ouvre le message :

« Monsieur Saint Régent, votre acheteuse est acceptée lors de la vente. Vous devez m'adresser son C.V pour le transmettre au marchand d'art. J'espère être à la hauteur de vos espérances.

S. ».

Je lui réponds « Bien joué. Merci. Je t'envoie le document dans la journée ».

Cara se réveille à son tour en me demandant pourquoi si tôt je recevais des sms. « Chérie, tu as une semaine pour répéter ton rôle ! ». En deux secondes elle se lève, revêt une tenue de sport et m'informe qu'elle part courir pour démarrer sa préparation. J'adore.

Reste plus qu'à lui tisser une couverture officielle par les agents du B.S.I. Dans la journée je ferai publier sur les réseaux sociaux et Google quelques coups réussis pour le compte de son employeur. J'envoie les instructions immédiatement pour qu'avant midi elle ait un profil consultable.

Chapitre 7
DASSAULT Aviation

Jeudi 11h00 – Parvis des Droits de l'Homme – PARIS 16ème

Éric TRAPPIER, P.D.G de DASSAULT Aviation depuis 2013, se fait déposer par son chauffeur au pied du Parvis par la rue Paul Doumer. Vêtu d'un costume-cravate élégant, crâne dégarni, cet homme de presque soixante ans, diplômé de Télécom SudParis, avance d'un pas dynamique suivi par son garde du corps. Officier de la Légion d'honneur depuis 2015, il a été aussi négociateur des accords industriels pour la fabrication du drone de combat furtif, le « nEUROn[26] » dont la conception a été confiée à… DASSAULT Aviation ! Souriant, il me tend la main en m'assurant être ravi de notre rencontre.

Très rapidement, sa stature d'homme d'affaires prend le dessus en félicitant les actions de mon agence pour laquelle il s'engage à mettre à disposition tous les moyens opérationnels nécessaires dont nous pourrions avoir besoin. La conversation est plutôt agréable jusqu'à ce que j'entre dans le vif du sujet.

– Monsieur TRAPPIER, la mission confiée au B.S.I nommée « SAC NOIR », révèlerait depuis quelques jours que de hauts dirigeants français se serviraient d'agents de terrain pour obtenir des informations capitales lors de négociations commerciales internationales. De plus, un homme maintenant identifié, se faisant passer pour Le Chevalier Blanc, recherche officiellement la liste exhaustive de ces agents pour les neutraliser. Ce n'est pas tout, certains de ces dirigeants défiscaliseraient leurs revenus en investissant dans l'art bien mis à l'abri dans les ports francs de GENEVE… d'après ce même homme ! Monsieur, je ne vais pas prendre des gants, avez-vous eu recours à ces pratiques et avez-vous des œuvres d'art dissimulées ?

– Monsieur Saint Régent, DASSAULT Aviation bénéficie d'une image de marque internationale reconnue par toutes les armées du monde et leurs États-Majors. Pourquoi voudriez-vous que notre entreprise ait recours à ces hommes de terrain ? Oui la famille DASSAULT est liée au monde de l'art par sa présence dans l'acquisition de ARTCURIAL avec un autre partenaire. Je ne détiens aucun élément utile pour vous à ce sujet.

---

[26] Drone furtif se basant sur l'aile volante reprenant une aérodynamique similaire au bombardier Northrop Grumman B-2

– L'homme n'a pas émis d'accusations formelles ce qui effectivement laisse de côté toute affirmation. Mais, il y a toujours un « mais », d'autres informations remontées par un autre réseau accusent par nom de code « Trèfle 4 feuilles »…

– Je vous coupe. La famille DASSAULT dépense son argent comme elle l'entend. Je ne suis en rien mis dans la confidence de leurs investissements privés.

– Il me semble évident Monsieur, mais pensez-vous qu'un chantage auprès d'un des membres pourrait être fait dans le but de nuire aux contrats commerciaux en cours ?

– Difficile à évoquer. La discrétion fait partie de mes attributions, alors pour être clair et affirmatif, je n'ai aucune information à ce sujet. Vous avez ma parole.

Pour évoquer votre seconde question, non je n'investis pas dans l'art. J'ai d'autres passions moins couteuses ! Vous avez d'autres questions ? Mon temps est compté. Je vous ai accordé cette entrevue rapide sur insistance du ministre de la Défense, il me semble avoir évoqué avec transparence tous les sujets.

– Je vous remercie Monsieur. Les contrats en cours avec l'INDE concernant le RAFALE sont-ils conclus ?

– Des négociations sont en cours avec l'état-major indien pour un appel d'offres lancé en avril pour l'achat d'une centaine d'avions de combat. La potentialité est de 126 RAFALE au total avec une première livraison de 36. Les Américains Lockheed Martin et Bœing, le suédois Saab et le russe Soukhoï sont dans la course. Je ne vous en dirai pas plus.

Monsieur Saint Régent, passez une excellente journée et bonne chance pour la réussite de votre mission.

– Merci Monsieur TRAPPIER. J'espère sincèrement que vous ne m'avez rien caché.

De retour à pied vers le B.S.I, j'appelle mon ministre de tutelle pour lui évoquer le contenu de la conversation lors de la rencontre avec le P.D.G. Ma position est formelle au téléphone en revendiquant que très certainement il n'intervenait pas personnellement auprès d'agents du renseignement sur le terrain pour le compte de son entreprise ni qu'il détienne des œuvres d'art. Il me semble cependant qu'il est informé de certains agissements mais son devoir de discrétion ne lui permettait pas de me livrer ses informations. Le ministre acquiesce ma théorie sans aucun doute, tout en affirmant haut et fort l'intégrité reconnue de ce dirigeant. Cela me rassure certes, tout en me rendant compte que le déroulé de la mission est bien embourbée par des multi-paramètres non maîtrisés.

Pour conclure, le ministre me fait comprendre qu'une réunion importante l'attend et coupe immédiatement la conversation. Là, je me rends compte que mon prédécesseur savait bien mieux gérer toutes ces personnes tirant la couverture à elles en permanence que je ne sais encore le faire. Mon attachement au terrain est plus fort qu'un rôle de gestionnaire diplomate, j'en suis conscient !

Jeudi 12h30 – B.S.I – PARIS 16ème

À nouveau assis derrière mon bureau, je reprends tous les éléments liés à DASSAULT Aviation et les investissements de la famille DASSAULT chez ARCURIAL tout en cherchant le lien avec cette toile détenue par « Trèfle 4 feuilles », l'intervention musclée de Wolfgang auprès du Directeur des ports francs de GENÈVE et la vente en off d'un industriel français la semaine prochaine dans une propriété reculée du bordelais. Bien entendu je n'omets pas le rôle essentiel de Zakaria encore présent dans l'ambassade d'après mon équipe en observation. Son intention d'acquérir la liste des agents infiltrés est forcément liée.

L'élément liant Wolfgang avec les P.F.E.G serait peut-être dans l'appel d'offre indien au sujet des avions de combat du constructeur russe Soukhoï… La fiche de ce constructeur révèle qu'en février 2006 un consortium est créé rassemblant MIG, Tupolev, Iliouchine, Yakovlev, Beriev et Irkout sous le nom de U.A.C[27]. Nouvelle surprise en parcourant la fiche, le fondateur de ce consortium n'est autre que Vladimir POUTINE ! Je ne peux pas croire qu'il ait réhabilité Wolfgang à son service.

---

[27] United Aircraft Corporation / 80% des actions détenues par le gouvernement russe.

C'est un sac de nœuds sans nom cette mission portant le nom parfaitement adapté, « SAC NOIR » !

Alors je demande à la Capitaine Élodie de me rejoindre pour analyser ensemble le rôle de DASSAULT Aviation en premier lieu, puis les investissements privés de la famille.

Rapidement elle me rejoint et nous attaquons le rapport déclassifié. Au bout d'une heure de rassemblement d'informations, elle me demande une pause pour que nous allions à la cantine du B.S.I. Lors de cette pause déjeuner, je lui évoque le rôle futur à jouer par Cara dans le bordelais. Pour une fois, elle ne m'oppose pas de revendications appuyées !

– Dis donc ta Seigneurie, tu impliques une civile dans une mission classée « Secret Défense » ! Waouh tu prends des risques ! Bravo.

– Tu connais le passé de Cara puisque tu étais à mes côtés lorsqu'on l'a embarquée et tu as été sa première confidente dans le FALCON.

– Oui Gabriel mais vous êtes tombés sacrément amoureux l'un de l'autre, et aujourd'hui je peux te voir si heureux ! Tu ne lui ferais pas prendre des risques inconsidérés il me semble ?

– Non elle va intervenir durant la vente pour que l'on puisse identifier l'industriel vendeur et les acheteurs. Il y a forcément un lien que l'on ne repère toujours pas. Sa présence va intensifier les négociations pour faire sortir de l'ombre ceux qui s'y cachent.

– Je valide ! Tu seras sur place j'imagine ?

– Affirmatif avec une équipe restreinte d'intervention et toi aux commandes dans la salle des communications.

– Mais avec plaisir ta Seigneurie !

– Cesse de me surnommer Ta Seigneurie.

– Oh ça va c'est mignon ! Tu préfères Mon Colonel ?

– Gabriel suffira Capitaine.

– Alors ça sera Élodie. Merci. Allez, on se remet dans les analyses.

– Go Capitaine ÉLODIE, Directrice adjointe du Bureau Secret d'Intervention.

– Je ne sais pas qui est le plus agaçant de nous deux ! Il avait une sacrée patience notre Colonel vénéré de te supporter. Remarque, avec lui tu ne la ramenais pas trop !!!

Les agapes passées, je laisse la Capitaine prolonger son analyse du dossier pendant que je convoque manu militari l'Adjudant Cyril R., le tout nouveau intégré au B.S.I, le Lieutenant Tom D. membre des forces spéciales du commando parachutiste de l'air n°10 dont la spécialité est la reconnaissance, l'infiltration, détenant une capacité déjà éprouvée ensemble, celle de tireur de précision. Associé à la convocation, j'ajoute le Sous-lieutenant Alexandre D. et son frère d'arme du 13ème R.D.P[28], le Sous-lieutenant François B.

Quatre hommes d'expériences prouvées et reconnues, ayant collaboré lors de précédentes missions commanditées par le B.S.I. À ce jour rattachés à mon unique commandement et en capacité d'adaptation à différentes configurations périlleuses, ils seront aptes à accompagner et à sécuriser Cara lors de la vente des toiles. Déterminant pour notre déplacement, la Capitaine Éléonore et ses nouveaux matériels électroniques et Benjamin F.

Une heure trente plus tard ils sont rassemblés dans le bunker. Sans perdre de temps, je leur projette sur l'écran géant les photos du château Prieuré Marquet prises du ciel, les plans détaillés de la bâtisse et des chais attenants, du parc de 40ha, le tout en leur présentant ma stratégie au sujet d'une civile présente le jour J. Sans la nommer, j'explique qu'elle nous servira de relais lors de la présentation des œuvres en étant équipée de différents matériels d'écoute et de vidéo.

Il fallait s'y attendre, « Iron » demande si pour une fois il pourrait jouer le garde du corps à l'intérieur auprès de la civile lors de la vente.

– Rappelle-moi Adjudant, quelle est ta spécialité ? La protection rapprochée ?

– Non Mon Colonel ! Le tir de précision de longue distance

– Alors pourquoi je te missionne pour te rendre sur place ?

---

28 Régiment de Dragons Parachutistes.

– La reconnaissance avant l'intervention ?

– Bien ! Nous avons besoin de toi comme tireur d'élite pas comme acteur de cinéma.

– A vos ordres Mon Colonel.

Le temps qu'ils scrutent en détail les images projetées, je sors du bunker et appelle le régisseur du château pour l'impliquer lors de notre future présence. Étant à cran, je ne vais pas lui donner le choix de refuser mais je ne peux me présenter comme Directeur Exécutif de mon agence du fait que nos actions doivent rester les plus secrètes possibles. Seule possibilité, me faire passer pour un haut gradé de l'Office central de lutte contre le trafic des biens culturels, unité détachée de la Police Judiciaire.

Excessivement courtois Julien P. ne cerne pas durant les premières secondes de notre conversation l'importance de l'unir à notre équipe. Peu habitué à être confronté à ce genre de demande, dans un premier temps il refuse catégoriquement voulant protéger l'entreprise pour laquelle il officie. De plus en plus pressant, mon argumentation l'amène à lui faire exprimer son côté patriotique que j'ai perçu au détour d'une de ses réponses. Alors, je lui explique le sujet clé des raisons : la France est menacée par les hommes qui viennent acquérir les deux toiles exposées. Immédiatement, il m'affirme être le précieux relais attendu et s'engage à ne même pas évoquer au propriétaire notre présence dans la propriété. Sur place, il sera un parfait informateur pour nous tous. Une dernière faveur est sollicitée, celle de toujours être disponible pour la femme infiltrée. Faveur validée sans détour. S'il avait refusé, j'aurais mis en avant des intimidations…

De retour dans le bunker, j'annonce à mon équipe qu'ils sont attendus demain matin sur place pour une visite du Château Prieuré Marquet dans les moindres recoins. Pour être certain qu'ils décollent tôt le Lieutenant Pierre P. s'assure de la disponibilité d'un FALCON pour Bordeaux, puis d'un van les conduisant jusqu'au château. Retour sur la B.A. 107 le jour-même dans un temps réduit.

À dix-huit heure le rapport de l'équipe en observation devant l'ambassade de LIBYE ne relève aucune sortie de véhicule officiel ou non officiel. Que fait-il à être enfermé encore ? Zakaria joue la montre ou s'est enfui sans qu'il soit repéré. Pour en être certain, je demande à visualiser les plans de l'ambassade sur grand écran. Aucune sortie dérobée n'est apparente mais l'ambassade enverrait-elle les modifications au cadastre ? Je demande à une deuxième équipe d'aller planquer à l'angle de la rue Émile Menier. Ce calme apparent n'est pas rassurant...

Chapitre 8
Simon

Vendredi 10h15 – L'atelier de Simon – PARIS 7ème

Mon équipe vient de me confirmer être bien arrivée au Prieuré Marquet, bien accueillie par Julien P. et en pleine visite comme s'ils étaient un Tour Operator chargé de repérages.

L'heure du rendez-vous approche et régulièrement je répète à mes équipes ou mes contacts que la ponctualité est la politesse des Rois.

Rompant les habitudes, c'est avec un fourgon noir sans estampille d'un artisan imaginaire que je me rends à l'atelier de Simon, situé au ** avenue de Breteuil avec le Sous-lieutenant Orso P. totalement remis de ses blessures lors de l'accroche à MEXICO[29]. S'entraînant plus de quatre heures par jour, il estime être revenu à 100% de ses moyens et demande donc son affectation définitive à l'agence.

L'immeuble dans lequel Simon habite comporte cinq étages, d'un pur style Haussmannien avec cour intérieure. Il est propriétaire de l'appartement en RDC au fond de la cour transformé en atelier de peinture.

Je frappe à la porte vitrée, aucune réponse. Je baisse la poignée, la porte s'ouvre. Le contexte ne nous plaît pas, alors nous saisissons nos automatiques et avançons pas à pas. Des dizaines de toiles sont enchevêtrées, plus quelques-unes posées sur des chevalets. L'appartement doit faire approximativement 150m^2 et composé de petites pièces ce qui ralentit notre progression. Par signes, tels des soldats entrant en camp ennemi, nous poussons porte après porte en mode colonne d'assaut. Une porte claque violement déclenchant le départ d'Orso vers l'entrée de l'appartement. Je reste vigilant et prêt à faire feu en cas d'agression. La pièce dans laquelle je rentre est la cuisine où un foutoir sans nom m'interpelle car Simon est homme à cheval sur l'ordre et la propreté. Puis je pousse une autre porte m'amenant dans sa chambre, elle aussi sens dessus-dessous. Il ne reste plus que la salle de bain vers laquelle je me dirige à pas de velours. Je pousse la porte, tends mon arme et visualise Simon gisant par terre entouré d'une mare de sang. Ses poignets ont été cisaillés le vidant de son sang. Ses deux pouces ont été coupés aussi. Sans perdre la moindre seconde, je les

---

29 Cf. Black Bank.

prends et les dépose dans la partie congélateur de son frigo américain où la température négative affichée est -25°. De mémoire des cours de secouriste obligatoires, il faut faire un pansement compressif sur la partie amputée. J'ouvre tous les tiroirs des meubles de la salle de bain pour chercher un antiseptique. Par chance, appartenant certainement à sa fille, une bombe de biseptine est présente. Je lui vaporise toutes ses plaies avant de saisir les deux serviettes à main me servant à entourer ses moignons.

Une fois les premiers soins basiques prescrits, j'attrape mon téléphone pour joindre la Capitaine Élodie à qui je demande de contacter le service des urgences de PARIS ainsi que de prévenir l'U.M.P.M[30]. Sentant le ton de ma voix, elle agit immédiatement. D'elle-même, Élodie m'informe prévenir le Doc pour qu'il suive Simon une fois arrivé dans le service d'urgence de l'hôpital NECKER certainement le plus proche même s'il est spécialisé pour les enfants malades.

Orso arrive en courant m'informant que deux hommes couraient vers la porte de l'entrée de l'immeuble avec une avance trop importante pour les rattraper.

– Appelle-moi Jérôme et Maxime qu'ils se connectent tout de suite sur le réseau de surveillance de la ville de PARIS et qu'ils me repèrent ces deux bâtards.

– A tes ordres.

– Aussi, demande à deux unités motorisées de nous rejoindre et qu'ils s'exécutent sans perdre la moindre seconde avant que je dégoupille.

Simon est encore vivant mais je ne lui donne pas plus de dix minutes si les secours n'interviennent pas. Blotti dans mes bras, la voix tremblante, il essaie de me parler pour me dire que mes toiles sont prêtes, mises sous couverture dans le couloir menant à la chambre de sa fille.

– T'inquiète Simon, les secours arrivent. Tu sais que je ne te lâcherai pas. Concentre-toi sur un objectif s'il te plaît

---

[30] Unité Main Paris Maussin – centre de chirurgie de la main.

– Gabriel tu m'a sauvé à deux reprises au cours des dix dernières années, je te dois tout. J'aurais tant aimé être aussi digne que toi. D'avoir été désavoué par le Colonel m'a atteint.

– Tais-toi, le Colonel n'a fait que le job. Pense aux vacances que tu vas passer avec Anastasia à boire tes Bloody Mary et ta nouvelle fiancée qui t'adore. Et puis merde, tu es le faussaire le plus côté de la place et celui qui obtient le plus d'informations dans ce milieu !

– Regarde mes mains, je n'en ai plus.

– Si, tu vas avoir droit à la meilleure unité de chirurgie de la main ! Tout le monde n'a pas ce passe-droit !

– Ah oui le plus grand faussaire aurait des faveurs ?

– Ben je sers à quoi ??? Tu es un ancien de la maison. Tu as su être là quand il fallait.

À bout de force, Simon finit par m'évoquer la description de ses agresseurs. Le débit de parole ralentit ce qui me fait placer mon oreille près de sa bouche. L'homme décrit parlait en langue arabe, les yeux haineux et maniant parfaitement le couteau avec lequel il a joué l'artiste boucher.

Comment connaissait-il son existence ? Simon peignait ses toiles sans faire d'ombre à qui que ce soit !

Sans hésitation je pense qu'il s'agit de Zakaria en personne accompagné d'un sbire qui n'a dit mot. Que foutaient les deux équipes en planque devant l'ambassade de LIBYE ??? Eux je vais m'en charger personnellement.

L'ambulance finit par arriver et les équipes accourent à l'entrée de l'appartement. Orso se charge de les accompagner jusqu'à la salle de bain. Immédiatement le chef d'équipe place un masque à oxygène sur le visage de Simon, surélève ses deux bras, lui pique le bras droit pour une perfusion puis trois hommes le placent dans une civière. Le chef me demande si les pouces ont été retrouvés.

– Dans le congélateur docteur vous trouverez ses deux pouces.

– Merci pour votre réaction. Vous êtes la personne qui a trouvé le corps ? Il me faudrait votre identité.

– Je suis un ami proche, je m'appelle Paul CANTIQUE.

– Un numéro de téléphone ?

– 06 28 37 46 55. Il va s'en sortir sans séquelle ?

– Il a perdu beaucoup de sang et sa tension est très basse. Il faudrait que ses nerfs mixtes ne soient pas coupés. Ou encore les nerfs ulnaires. Tout va dépendre du type et du niveau des lésions.

– Je n'y connais rien, agissez vite s'il vous plaît.

L'ambulance quitte le ** avenue de Breteuil, toutes sirènes hurlantes au moment où deux équipes arrivent sur leurs motos. Recouverts de sang, ils me demandent si tout va bien de crainte que je sois blessé. J'appelle le Sergent-chef Jérôme qui, avec son équipe, est devant les écrans de contrôle reliés aux caméras de la ville de PARIS.

– Colonel, je n'ai qu'un véhicule qui serait parti de l'avenue de Breteuil en direction du 16ème. La voiture est toujours dans la circulation proche de la Porte Dauphine. Elle roule à vitesse lente

– Trace-la, moi je monte sur une des DUCATI et ouvre-nous le parcours. C'est quoi la voiture ?

– Une MERCEDES gris clair modèle classe S mais pas certain, en revanche les vitres sont bien teintées. Attends je zoome sur la plaque arrière. Putain c'est une plaque diplomatique Libyenne.

– Je m'en cogne cette fois-ci.

Avant de quitter le lieu sur l'une des DUCATI, je demande à Orso et l'accompagnant du motard dont je prends la place de charger les quatre toiles, camouflées sous une couverture grise, se trouvant dans le couloir qui dessert la chambre de sa fille et de bien vouloir tout nettoyer. D'un mouvement de la tête ils acceptent. Il me semble surtout qu'ils n'avaient pas le choix !

Les deux motos roulent à une vitesse vertigineuse sur l'avenue Bosquet, traversent le Pont de l'Alma en zigzagant entre les voitures à plus de cent trente kilomètre heure, tournent avenue du Président Wilson, contournent la Place du Trocadéro comme si nous étions en G.P moto, puis réaccélèrent encore plus fort avenue Georges Mandel jusqu'au virage en angle droit sur la rue de la Pompe. Les freinages brutaux et violents accompagnent cette magnifique visite de PARIS.

Si je n'aimais pas les sensations fortes, je serais descendu depuis le départ. L'obligation est de serrer le pilote suffisamment fort pour faire corps avec son pilotage mais sans le gêner lors de ses moindres réflexes. Virage gauche rue de Longchamp, à nouveau virage droit rue Spontini qui, bouchée, nous fait prendre une partie du trottoir où les piétons se sortent en entendant le hurlement du moteur du Monster 1200 cm^3. C'est un exercice d'équilibriste réalisé par le pilote. J'avoue, je n'ai pas toujours les yeux ouverts.

Enfin nous entrons dans la rue Charles Lamoureux en sens interdit pour freiner pile devant l'entrée de l'ambassade.

Temps de déplacement sans respecter aucun feu de signalisation : 6mn pour 4,5km ! Temps suffisant pour arriver 20s avant la voiture dans laquelle se trouve Zakaria.

Le casque toujours sur ma tête, je descends de la moto, saisis mon automatique à deux mains, braque Zakaria qui ne sait toujours pas qu'elle est mon identité. J'avance en marchant lentement vers la voiture à l'arrêt net. Le conducteur brandit son putain de passeport diplomatique, seul argument normalement qui devrait me faire baisser mon arme. La seconde équipe à moto m'entoure, eux aussi S&W à la main. Ils savent que je suis l'autorité supérieure de l'agence et que si je prends la responsabilité de faire feu, ils feront la même chose.

La patrouille de Police en faction à quelques mètres de l'entrée de l'ambassade regarde la scène les yeux grands ouverts. L'un d'eux attrape la radio pour prévenir son central. De la main gauche je lui adresse un signe pour qu'il pose gentiment son micro. Pas habitués à vivre ce genre de scène, les deux policiers sont figés sans réaction.

Le chauffeur de la MERCEDES fait monter le régime moteur, serre le volant de ses deux mains et fait mine d'avancer vers nous.

– Écartez-vous il va nous foncer dessus

– Ne vous inquiétez pas Lieutenant-colonel. On tire s'il avance ?

– Oui mais la voiture est blindée, ça se voit, donc s'il fonce on tire dans le pare-brise et dans les vitres en s'écartant et on le prend en chasse.

– A vos ordres Lieutenant-colonel.

À sa place je ferais ouvrir les grilles de l'ambassade et entrerais me réfugier à l'intérieur ce qui les préserverait de ma haine violente non contrôlée.

La grille s'ouvre électriquement, deux agents de la sécurité en costume sortent de chaque côté et nous interpellent :

– Messieurs, en vertu de la Convention de VIENNE instituant l'immunité diplomatique, vous ne pouvez menacer notre véhicule et ses occupants.

– Tu es qui toi pour m'arranger de cette manière ?

– Je suis mandaté par son Excellence l'ambassadeur de LIBYE pour vous informer que tout acte sera sévèrement réprimandé.

– Rentre vite avec ta voiture avant que je déclenche une nouvelle opération « Aube de l'odyssée »

– Messieurs je vous remercie de votre résolution, les menaces sont inutiles.

– Dis donc le mandaté, le passager de cette voiture est déclaré sur la liste des membres diplomatiques libyens rattachés à l'ambassade ?

– Monsieur nous ne connaissons ni votre identité, ni votre fonction si vous êtes un membre de l'autorité, ni si vous officiez pour l'État français, alors je ne peux répondre à vos questions.

– Transmets bien à son Excellence que son ambassade va être sous surveillance H24 pour attraper le lascar assis sur le fauteuil passager. Merci le mandaté de bien transmettre comme un bon toutou bien sage.

La voiture avance au pas en s'engouffrant à vitesse réduite dans le parking du site. Zakaria finalement peu rassuré, ne détourne pas le regard vers nous alors que nos armes tenues en main sont bel et bien braquées dans sa direction. Les deux agents qui n'ont fait que leur travail, me lancent un sourire narquois que je ne peux leur reprocher.

En moins d'une semaine, deux fois j'ai menacé Zakaria sans qu'il puisse m'identifier même si un doute existe en lui sur l'identité réelle de Charles SANSON. Mais il a un coup d'avance sur moi sans que je puisse interférer. Toujours anticiper ce qui va se passer demain et c'est pour cela que j'ai pu répondre aux exigences du Colonel lors de ma sélection d'entrée au B.S.I. Là, je n'anticipe rien.

Nous entendons les sirènes hurlantes de plusieurs voitures de la Police ce qui nous incite à rapidement monter sur les deux motos et prendre la fuite pour rejoindre le B.S.I.

Arrivés sur place en quelques minuscules minutes, je remercie ces deux pilotes pour leur habilité et leur engagement.

Sans perdre de temps je rejoins ma directrice adjointe pour avoir des nouvelles sur l'état de santé de Simon.

– Gabriel, Simon n'a pas résisté aux souffrances qu'il a subies. Benjamin s'occupe des papiers inhérents à l'hôpital.

– Putain de merde.

– Je sais que vous avez démarré ensemble vos formations

– Oui c'était un bon à l'époque où l'informatique balbutiait. Il était capable de nous faire de fausses pièces d'identité, de faux documents, de faux profils ! Il avait réussi à saisir des tampons de différentes administrations et surtout des douanes. Il était indispensable jusqu'au jour où, pour offrir plus de cadeaux à la mère de sa fille, il a commencé à mettre son talent au service d'associations de malfaiteurs.

– Le Colonel l'a appris ?

– Oui par une enquête interne. Il a eu la maladresse de faire part d'objets de valeurs chez lui. Il a été pris en plein flag par un agent détaché du Service enquête. Le Colonel ne lui a donné aucune chance de se rattraper.

– Ce qui était normal non ?

– Évidemment ! Mais j'ai toujours gardé le contact avec lui car c'était un bon mec. Je l'ai toujours vouvoyé pour lui montrer du respect. Plusieurs fois il m'a donné d'excellentes informations. Une fois de plus, la preuve dans la mission « SAC NOIR » il a répondu présent sans réfléchir ou à peine pour me permettre d'aller à GENÈVE lundi avec des faux plus vrais que nature ! Ou encore faire ajouter une inconnue lors d'une vente ultra privée. Il savait qu'il pouvait compter sur moi en retour.

– Sur place ils ne vont pas s'apercevoir des supercheries ?

– Ils n'ont pas à vérifier si mes toiles sont des vraies ou des fausses. Juste m'ouvrir les salles. Pour Madame FROST, son profil est déjà annoncé dans toutes les bases de données internationales.

– Au sujet de Zakaria tu comptes faire quoi ?

– M'occuper sérieusement de son cas. Comment se fait-il qu'il se soit rendu chez Simon juste avant ma livraison ? Tu te rends compte qu'il a mutilé un homme en plein PARIS comme un barbare ???

– Tu ne débutes pas dans ce métier Gabriel. Soit il y a une taupe, soit il nous écoute. Quant aux atrocités tu en as connu depuis des années. Tu t'assouplis ?

– Jamais ! Mène-moi une enquête interne dans le but d'identifier une taupe.

– Gabriel, une enquête prendrait des mois et des mois.

– Une seule possibilité ! Distribue des infos différentes aux chefs de nos trois services principaux : analyste, D.A.S.E.M, informatique. La confiance est absolue dans leur intégrité et dévotion pour le B.S.I mais leurs équipes je ne sais pas encore.

– Je ne comprends pas ton objectif !

La réflexion me vient en parlant à voix haute. L'idée est de savoir de quelle manière Zakaria détient une avance sur nous s'il bénéficie d'un informateur. Lors de notre entrevue au Tigmiza, je me répète mais tout était trop simple, le découpage de Simon avant que nous arrivions laisse trop de doutes.

– C'est simple. Convoque à tour de rôle dans le bunker Cécile, Jérôme et Maxime. Sépare les connexions entre services sur ton ordre pour « SAC NOIR ». Tu justifies une phase 2. Donc, dans dix minutes tu descends, tu indiques à chacun des chefs de service la nouvelle donne. Puis tu dispatches mon heure de présence au P.F.E.G : lundi à huit heure aux analystes, neuf heure au D.A.S.E.M et dix heure à l'informatique. Je serai sur place dans Hermès à sept heure tapante pour me préparer à observer les mouvements.

– Alors je te repose la question, que comptes-tu faire ?

– On va faire croire à l'ennemi qu'il a gagné, on le laisse se révéler, exulter, on le laisse croire qu'il peut savourer «sa victoire», alors qu'il a perdu depuis le début où je l'ai rencontré. Il baissera prochainement sa garde, après on lui fera découvrir les forces qu'il a devant lui en se montrant déterminés comme jamais. On lancera l'attaque décisive imparable, et on remportera la victoire.

– Mais c'est un traité de l'Art de la Guerre ou une déclaration de guerre ?

– Les deux Élodie. Zakaria tient ses ordres de je ne sais pas qui encore mais sa demande première n'était pas innocente. La liste des agents infiltrés ! Il veut atteindre notre sécurité nationale au nom de je ne sais quoi.

– Si j'anticipe encore plus ton raisonnement, tu veux également une étude approfondie des derniers collaborateurs de notre agence, les connexions entre eux en dehors du travail etc...

– Tu as tout compris ! Ton week-end va être chargé. N'oublie pas que la meilleure des positions est quand on te sous-estime...

Je coupe court à la conversation en demandant en plus à la Capitaine de m'adresser les derniers rapports d'Hermès, d'organiser le départ lundi de la 107 pour la SUISSE, l'obtention du feed-back de l'équipe s'étant rendu dans le bordelais et pour clôturer ma liste, demander aux deux équipes en planque devant l'ambassade pourquoi ils ne m'ont pas prévenu de la sortie d'un véhicule officiel. Constatant mon humeur, elle s'exécute sans omettre de me préciser qu'un parafeur m'attendait sur mon bureau. Ma préférence est d'expulser ma haine à la salle de sport et j'enchaînerai par le stand de tir en faisant préparer une vingtaine de chargeurs auprès du Lieutenant Yoni.

Après deux heures intenses je refais surface dans mon bureau. Benjamin, le Doc, frappe à ma porte. Je lui fais signe d'entrer.

Durant quelques minutes il m'explique les séquelles qu'auraient eues Simon durant les années à venir. Son exposé se conclut par « un travail d'orfèvre » de la part de son assassin. Le remerciant pour avoir signé les déclarations de décès, je l'invite à se tenir prêt lundi à la première heure pour une escapade helvète. Il sait parfaitement que sa réquisition est forcément liée à l'éventualité d'une intervention musclée.

Après son départ je prends connaissance de tous les rapports déposés par la Capitaine, quand Marine vient insister pour que j'appose ma signature sur différents documents administratifs.

– Lieutenant-colonel navrée d'insister, mais ta signature est urgente.
– Ok. Tu vas bien toi ? Heureuse dans tes fonctions ?
– Oui je vais bien. L'attaque[31] dans mon appartement est définitivement oubliée. Je me sens bien avec vous et je commence à être appelée directement par des ministres quand ils veulent te contacter !
– Oui mais fais attention à eux, ceux sont des roublards !
– Je ne suis pas innocente ! L'un d'eux m'a invitée à déjeuner dans son ministère !
– Refuse.
– Merci Lieutenant-colonel mais j'ai devancé ta réponse ! L'agence doit rester infranchissable.
– Bravo ! Voilà tes documents signés.
– Merci
– A partir de lundi sois plus disponible pour Élodie, elle va être surmenée.
– A tes ordres. Je vais la suppléer.
– Excellent week-end à toi Marine.
– Ah j'oubliais, le ministre de la Défense est insistant pour que tu le rappelles au sujet de la seconde vidéo où apparaissent les deux agents kidnappés.
– Rappelle-le, précise-lui que je suis en déplacement et qu'il gère avec la Centrale. Ma priorité n'est plus malheureusement eux, mais tiens-moi informé.
– Je m'en occupe immédiatement.

---

31 Cf. 23ème // Nord.

Chapitre 9
Livraison spéciale

Lundi 05h00

Son sommeil est profond, mais je dépose un tendre baiser sur le front de Cara. Dans un demi-sommeil, elle me saisit dans ses bras pour me coller à elle quelques secondes.

– Chéri, fais attention à toi.
– Ne t'inquiète pas, continue ta préparation pour être à 100% mercredi. Je t'aime.

L'information secrète de l'heure de départ et du lieu de collecte ont été distribués par message crypté à l'équipe au complet avec laquelle je décolle pour la SUISSE. Le point de récupération de l'équipe par nos vans est Place de la Concorde.

Le jour est loin de s'être levé quand je suis arrivé à l'agence pour charger personnellement les quatre toiles ainsi que le matériel nécessaire pour l'équipe. Simon a fait un travail remarquable pour la copie du REMBRANDT représentant un des cinq sens, « Le Goût ». Introuvable sur le marché international, cette toile représenterait des dizaines de millions de dollars si elle refaisait surface. La montrer à DECRAUPAZ est un acte calculé de ma part.

Ses trois autres copies, un RODIN, un MIRÓ et un PICASSO, la légende affirme qu'elles se trouvaient dans une des bibliothèques du W.T.C[32] ! Cette présentation dans un cadre privé laissera pantois Alan DECRAUPAZ s'il détient suffisamment de connaissances précises sur les détenteurs de grands tableaux. Mais leur présence dans ces tours est une légende… La couverture mise en place pour Romain de MAINAMANI peut laisser imaginer un nombre incalculable de théories sur ses acquisitions sachant que le montant annoncé est de 100 millions d'euros !

Le convoi des deux vans fait son stop devant LE CRILLON pour embarquer les six passagers. Le trajet laisse percevoir des tensions mais chacun contribue à tour de rôle à détendre l'atmosphère. Les réflexes ne se perdent pas.

---

32 World Trade Center.

À bord du FALCON, j'informe lors d'une réunion improvisée du pourquoi du départ à cette heure si matinale compte tenu des doutes sur un des membres administratifs au sein du B.S.I. Une porte reste ouverte sur la mise sur écoute de l'un de nous par Zakaria EL KHARMAZ. Afin d'étayer la raison de mes doutes, j'explique le pourquoi de ces toiles à bord, de l'assassinat épouvantable de Simon, connu par la Capitaine, et de la double rencontre avec Zakaria, notre cible numéro 1. Il me faut insister sur leur secret absolu à compter de cet instant pour le bon déroulé de « SAC NOIR ». Le secret est notre marque de fabrique.

Le résultat attendu par cette réunion informelle fait que l'équipe a compris que nous devons être soudés, motivés, ultra concentrés et prêts à en découdre. Regroupant nos mains comme un groupe d'adolescents, Iron scande notre devise, « Nec Timide, Nec Temere », slogan repris aussitôt par les sept membres. J'aime mes équipes.

Le Lieutenant Pierre P., notre directeur des moyens généraux a encore produit une prestation irréprochable. À la sortie du terminal T3 de l'aéroport Genève-Cointrin, la société de location nous remet les clés de la MASERATI Quattroporte et les clés d'un van vitres teintées comme demandé. Après leur départ, nous pouvons charger les toiles en prenant soin de nous trouver hors du champ de vision des caméras de l'aéroport.

À sept heure, Markus me confirme bien être présent avec deux agents de sa garde rapprochée pour me rejoindre en face des P.F.E.G à dix heure trente. Il sera prévenu à la dernière seconde de la présence de notre unité d'observation. Toute collaboration même avec des alliés reste fragile.

07h18 – P.F.E.G - Hermès

Accompagné de la Capitaine, nous entrons dans le fourgon pendant que le reste de l'équipe se repose dans le van garé à l'abri des regards indiscrets.

Surpris de notre présence si matinale, la Caporale Ambre assumant son tour de garde, me passe sur écran un enregistrement du vendredi midi, soit un peu plus d'une heure après l'assassinat de Simon.

Moyennement surpris par Wolfgang qui descend d'un imposant 4x4 et s'entretient avec le Chef de la sécurité des ports francs devant l'entrée du bâtiment administratif. Trop éloignés de l'entrée, les micros du fourgon n'ont pu capter la conversation. L'entretien entre les deux hommes ne dure que trois minutes. On voit distinctement Wolfgang serrer à deux mains la main du chef. Un accord est scellé entre eux.

La Capitaine ne peut s'empêcher de soupirer pour bien faire comprendre les problèmes sérieux face auxquels nous allons être confrontés. Sans paraître moi aussi inquiet, je souris dans le but aussi de rassurer tout le monde.

À l'approche de 8h00, je demande à Ambre et Arthur de me donner leurs téléphones portables personnels et professionnels. Ils ne comprennent pas ma démarche, qu'importe je n'ai pas à me justifier. Aucun risque ne peut être pris.

08h00

Concentrés sur nos écrans, nous observons tous les mouvements d'entrée et de sortie essentiellement de sociétés de livraisons internationales. Les minutes défilent, au bout d'une heure rien de suspect n'apparaît. Nous observons bien le directeur des P.F.E.G arriver à 08h05 sur site.

Le bureau des analystes est à ce stade écarté de tout soupçon.

09h00

Après un double expresso, nous reprenons la surveillance. La Capitaine a rejoint le van pour pouvoir elle aussi se reposer.

L'heure s'écoule, nous constatons le même balai incessant de camions et fourgons de tous les messagers internationaux.

Une heure de plus sans rien constater d'étrange.

10h07

Le spectacle commence !

Wolfgang se présente à l'entrée à bord de son 4x4 luxueux avec trois hommes présents. Immédiatement le chef de la sécurité se présente en personne à l'entrée. Il a un beau costume de businessman le gazier ! J'appelle Élodie à la même seconde sur son téléphone satellite.

– Élodie, Wolfgang vient de se présenter à l'entrée des ports francs. Écarte-moi immédiatement tous les intervenants de la cellule informatique.

– Oui on vient de voir par les images retranscrites en direct. Gabriel, nous sommes tous en observation dans la salle des communications. Comment je justifie leur sortie sans éveiller les soupçons ?

– Bascule une unité triée sur le volet dans le bunker. Les Chefs de service et leur bras droit. Le matos de com est le même. Tu justifies une opération clandestine décidée en dernière minute.

– Si une taupe est présente, elle va forcément communiquer vers l'extérieur !

– Stoppez les émissions de la salle des communications à l'aide de Jérôme et ordonne l'interdiction d'en sortir. Le process de n'avoir aucun moyen de communication personnel doit être respecté en permanence.

Il est formellement interdit dans la salle d'avoir un ordi, tablette ou téléphone personnel. Fais fouiller chaque agent présent par les permanents sur qui tu peux t'appuyer.

Allez allez allez ne traîne pas. Le ou la taupe doit savoir que nous sommes en « stade 1[33] »

– Ok je te contacte le plus rapidement possible.

Je demande aux hommes d'intervention se reposant dans le van de nous rejoindre dans le fourgon. La place disponible est restreinte, mais il faut élaborer un plan. Quand je pense leur avoir précisé en

[33] Niveau d'alerte maximal empêchant toute entrée ou sortie du bâtiment.

vol que l'on imagine toujours que cette fois-ci tout va se dérouler à merveille... C'est du bon management à l'ancienne !

Le 4x4 est garé sur un emplacement délimité par des marquages jaunes au sol. Il est stationné dans le sens du départ avec son chauffeur resté à bord. Wolfgang et ses deux hommes sont entrés dans le bâtiment administratif. Que font-ils ?

Cyril, Tom, Alexandre et François attendent mes instructions qui à cet instant ne sont pas décidées.

Élodie rappelle comme prévu.

– Gabriel, nous sommes dans le bunker, tu es sur le système audio.

– A dix heure sept précise Wolfgang s'est présenté au P.F.E.G accueilli par le chef de la sécurité avec qui il avait scellé une poignée de main, vendredi une heure après l'assassinat de Simon. La tranche horaire indique malheureusement que l'info viendrait de ton unité Maxime.

– Mon Colonel, je suis en alerte depuis qu'elle a été lancée par la Capitaine. Je lui ai transmis les fiches complètes de mon équipe. Sur un seul, un doute pourrait être évoqué.

– Bordel qui Maxime ?

– Le seul célibataire notoire dont je mets la fiche à l'écran. Caporal-chef Hippolyte Z.

– Tu peux imaginer qu'il aurait été un piège à miel[34] ?

– Malheureusement chacun des célibataires du renseignement est une proie pour les illégaux[35]

– Je m'en cogne Maxime. Séquestrez-le dans les cellules en bas et faites-le parler.

– Qui est d'astreinte pour ce rôle Gabriel ?

– Mais sérieusement, vous voulez que je vous tienne la main pour aller aux chiottes aussi ???

---

34 Méthode consistant à mettre sur le chemin de la personne à discréditer un homme ou une femme d'allure séductrice pour ensuite procéder au chantage.

35 Agents envoyés en pays ennemis.

Élodie, déclenche la procédure pour convoquer la cellule Alpha/ Oméga[36]. Je vais avoir besoin d'elle.

– Je la déclenche immédiatement Gabriel, calme-toi !

– Ne convoque que leur leader au B.S.I. Tu connais Panther ! Qu'il sélectionne une petite équipe sur ses vingt hommes. Dès que Panther est dans l'agence, il s'occupe personnellement de l'agent soupçonné.

– A tes ordres.

– Dernière chose, il détache son unité sur la 107 prête à décoller en quelques minutes. Pierre doit anticiper son départ par n'importe quel moyen pour qu'elle nous rejoigne où que nous soyons.

– Je m'en charge. On peut réintégrer la salle des opérations ?

– Non vous restez dans le bunker. Pour l'instant vous n'avez que des doutes sur l'agent. L'agence doit être maintenue en niveau d'alerte « stade 1 ».

À dix heure trente précise, je reçois l'appel de Markus m'indiquant être aux alentours des ports francs. Je n'ai pas d'autre choix que de l'informer où me trouver. Pas plus de deux minutes après, il frappe à la porte latérale du fourgon. Pour l'accueillir, mon équipe doit quitter Hermès. L'espace ne peut contenir autant de personnes en dehors des actifs.

Pire qu'un enfant devant un arbre de Noël illuminé, il me demande à qui appartient cette merveille de concentré de technologies. Rapidement, je lui raconte avoir été nommé à la tête du B.S.I après la disparition du Colonel Archibald de GANS.

Sans tarder, Markus sollicite le pourquoi de ma demande d'aide auprès des Services Secrets suisses. Une tasse de café en main, je peux lui raconter l'histoire depuis le début. Il est un allié historique, détenant une expérience reconnue dans le renseignement opérationnel pour la protection des troupes suisses engagées sur les différents théâtres de guerre. Depuis quelques années, il a la charge de piloter les actions secrètes suisses en extérieur. Sauf que dans le cas présent, nous sommes

---

[36] Cellule dormante créée par le B.S.I. composée d'officiers d'élites des Forces Spéciales en capacité d'intervention sur n'importe quel point de la planète. Composée de vingt spécialistes dans divers domaines opérationnels.

bien en intérieur ce qui le contrarie légèrement et vraisemblablement le gêne. Malgré ce fait, il comprend l'ampleur de la problématique pour la sécurité nationale française. Alors, au nom de services rendus entre nous, autant pour la SUISSE que pour la FRANCE, il est prêt à accompagner mon action. J'interromps la conversation au moment où Alan DECRAUPAZ m'appelle :

– Monsieur de MAINAMANI bonjour, comment allez-vous ?

– Parfaitement bien Monsieur le Directeur. Merci.

– A quelle heure dois-je positionner le fourgon blindé pour la récupération de vos œuvres ?

– Mon avion privé atterri à 12h10 précise sur le tarmac du Privatport. Je serai bien évidement à bord pour m'assurer du transfert et le suivre à distance jusqu'à vos entrepôts par mes propres moyens.

– Aucun souci. La société se présentant avec un ordre de mission se nomme « Sentinel Protection ». Elle détient toute notre confiance depuis 2001, et surtout c'est la référence genevoise par excellence.

– Je vous fais confiance Monsieur DECRAUPAZ sinon je ne vous aurais pas choisi.

– Merci beaucoup pour vos compliments. Je vous attends donc pour vous accompagner avec vos œuvres dans la salle forte dédiée. Tous les documents administratifs du régime dépôt franc sous douane illimité n'attendent que votre signature. Une fois signés vous détiendrez un numéro d'inventaire.

– Parfait ! Je vous retrouve dans votre bureau ?

– Je me ferai un plaisir de vous accueillir personnellement et je serai très heureux de découvrir vos toiles de maîtres. Je suis un simple amateur parfois curieux !

Plus de choix à partir de cet instant. Me retournant vers mon ami suisse, je lui expose mon plan. Au-delà de repartir au pied du FALCON avec les fausses toiles, j'ai besoin de son approbation quant au déroulé de la phase retour vers les P.F.E.G. Il me rappelle m'avoir demandé de ne pas agir sur le sol suisse, alors il ne peut que constater le contraire. Markus sait parfaitement qu'en situation inverse, il aurait mon soutien infaillible et mes équipes disponibles pour sa requête. Donc il accepte avec une demande, « tu ne repars pas à bord d'une civière ». Demande acceptée.

La Capitaine Éléonore doit procéder à mon morphing pour revêtir l'apparence du financier français pendant que mes hommes s'équipent de tout le matériel nécessaire à leur protection et à l'intervention. Markus nous suivra à distance respectable avec ses deux agents.

11h08

Top départ lancé pour quitter Hermès en direction du Privatport de GENÈVE où est stationné notre jet.

Durant le trajet, les appels s'enchaînent avec Élodie confirmant l'arrivée de Panther au B.S.I. Ses instructions sont claires, il doit obtenir les confidences du Caporal-chef Hyppolite Z. soupçonné d'être une taupe après avoir été harponné.

Grimé en Romain de MAINAMANI, costume de grand couturier, je plonge dans mon rôle pour ne pas commettre d'erreur dès que mes toiles seront confiées au fourgon blindé mis à disposition par Alan DECRAUPAZ.

Nous entrons sur le tarmac après autorisation des autorités aéroportuaires et nous stationnons au pied de l'escalier du FALCON. Les quatre toiles sont remontées à bord attendant d'être récupérées. Finalement, elles auraient pu rester à bord mais les avoir avec moi en cas de changement de programme aurait été utile. Je demande au van de se positionner à la sortie de l'aéroport prêt à prendre en chasse le fourgon blindé. À l'intérieur seront présents Cyril, Tom, Alexandre et François. Avant leur départ, nous réglons la fréquence radio sur laquelle nous communiquerons également avec les équipes suisses ainsi que sont déterminés les codes radio destinés à identifier chacun. Reste dans le FALCON le Doc qui ne peut nous accompagner pour ne pas mettre sa vie en danger.

À bord de la MASERATI, uniquement la Capitaine Éléonore reprenant son rôle d'assistante privée.

11h42

Hermès me prévient qu'un fourgon blindé de « Sentinel Protection » quitte les P.F.E.G en direction de l'aéroport après y être entré vingt minutes avant. La Caporale Ambre me précise qu'elle ne peut identifier les deux hommes à bord, l'un assis au volant et l'autre sur le siège passager.

Mon intuition se précise.

12h15

Le fourgon blindé se présente devant le jet.

Par le hublot, j'observe le premier homme qui tend une lettre de mission au commandant de bord auprès de qui il doit obtenir mon autorisation de monter à bord. Je ne le reconnais pas. Le commandant me demande ma validation pour la montée à bord. D'un signe de la main, je valide. Alors, un second agent assis à l'avant droit sort du fourgon et rejoint le premier.

Les deux hommes gantés prennent les toiles délicatement une par une pendant qu'un troisième les fait entrer par la porte arrière. Malheureusement, je n'arrive pas à distinguer l'homme.

12h22

Le fourgon ferme les portes pendant que le chauffeur indique son départ pour les ports francs.

Leur laissant quelques centaines de mètres d'avance, je descends de l'avion, prends le volant de la voiture de sport italienne et informe l'ensemble de l'équipe que le départ est déclenché.

Dernier appel à la Capitaine Élodie pour lui demander de se concentrer sur les écrans de contrôle ainsi que Jérôme afin de nous suivre seconde par seconde à l'écran.

Le convoi quitte la zone aéroportuaire par la route de Meyrin où Markus et mon équipe le prennent en chasse le plus discrètement possible. Volontairement je redescends en dernière position dans le but d'observer le déroulé du trajet.

Approchant le Pont Butin passant au-dessus du Rhône, j'adresse le message prévu à mon van :

– « Code 1 », provoquez l'accident au milieu du pont.
– « Code 5 », bien reçu. Action dans 5,4,3,2,1 top.
– « Code 2 », prêts à intervenir avec tes hommes ?
– Affirmatif « Code 5 ».

Le van double le fourgon et déclenche une embardée à une dizaine de mètres devant provoquant une collision volontaire avec quelques véhicules autour. Immédiatement tous les véhicules s'arrêtent. Markus conduisant sa voiture est resté en arrière pour éviter la collision.

Mes trois hommes descendent du van, cagoulés, armes lourdes à l'épaule et s'approchent du fourgon en le menaçant. Tom, le conducteur, lui, reste au volant moteur allumé prêt à redémarrer tout en infiltrant l'ordinateur de bord du fourgon par un brouilleur radioélectrique d'ondes qui bloquera les signaux de radiocommunication. Ils ne pourront lancer aucun signal de détresse.

À mon tour je descends de la voiture, je remonte par la droite le long des voitures à l'arrêt, arme à la main tout en m'approchant de la scène de braquage. Mon rôle n'est qu'observateur pour savoir qui est le troisième homme à l'arrière puisqu'il n'est pas descendu durant le transbordement des toiles. Son invisibilité a déclenché le plan prévu mais pas certifié comme définitif avant les faits. J'entends quelques tirs destinés à intimider les hommes du fourgon.

– « Code 1 », pas de prise de risque juste de l'intimidation.

– A vos ordres « Code 5 »

– Quand je vous ordonne de décrocher, vous décrochez.

Markus tu me copies ?

– Affirmatif Gabriel.

– Tu bloques le fourgon le temps que mes hommes s'échappent.

– J'étais sûr que tu allais provoquer un bordel sans nom ! Je ne veux pas de scène de guerre.

– Tu n'en auras pas Markus, parole d'officier.

Pourquoi mon intuition me guidait vers Wolfgang ???

Enfin il sort par l'arrière du fourgon, fusil d'assaut collé à sa joue prêt à faire feu.

– « Code 1 » décrochez immédiatement. Wolfgang va faire feu en passant par le côté gauche.

– Roger, Colonel on décroche.

Reculant pas à pas, toujours les canons dirigés vers le fourgon, mes trois hommes montent un à un dans le van. Wolfgang fait feu perforant l'arrière du VITO. Puis il s'avance comme un chien de guerre enragé en changeant de chargeur pour tirer à nouveau.

Markus sort de sa voiture et tire vers le sol en direction de Wolfgang. Se retournant, il s'aperçoit que trois hommes eux aussi lourdement armés sont prêts à l'arroser sévèrement.

Lentement, mains en l'air après avoir lâché son arme, il se dirige vers le fourgon, criant en un français approximatif :

– Je suis convoyeur. Nous sommes attaqués

– A terre face contre sol immédiatement.

M'adressant à Markus par radio, je lui demande de se décliner comme policier genevois et de le maîtriser maintenant que mes hommes sont déjà loin. Discrètement, je rejoins la MASERATI, monte à bord et attends que la circulation reprenne.

Au loin je vois l'helvète et ses hommes faire monter Wolfgang mains attachées dans leur voiture banalisée pour les escorter jusqu'à destination.

Je lui confirme de bien prévenir les autorités locales en leur indiquant avoir assisté à une attaque en règle digne du grand banditisme. Le but est de nous retrouver sans aucun parasite avec Alan DECRAUPAZ.

Garantissant mon plan, il prévient le Commandant de la police cantonale de GENÈVE pour lui faire part de son témoignage et son escorte du fourgon jusqu'au P.F.E.G.

Remerciant Markus, je lui demande de sécuriser mon arrivée sans être vu par les soi-disant agents de sécurité et surtout, diriger la police vers le Chef de la sécurité qui selon moi, est complice de malversations.

Prenant quelques détours, j'arrive enfin sur site. Paniqué, le directeur vient jusqu'à ma voiture pour m'informer d'un incident finalement sans gravité pour lui. Les trois dernières voitures de police quittent les entrepôts en détenant les trois faux convoyeurs et le Chef de la sécurité.

Markus toujours présent, vient me saluer comme un parfait inconnu tout en m'indiquant que, grâce à son intervention et celle de ses hommes, un vol en plein jour a été évité. D'après ses précisons, une vingtaine de voitures sirènes hurlantes sont arrivées quelques secondes avant le convoi.

Alors, je demande au directeur si Markus peut nous accompagner avec mon assistante personnelle durant la mise en salle forte des toiles. Sans discuter, il accepte volontiers compte tenu de sa fonction annoncée discrètement auprès du Commandant de la police. Il envoie son équipe au Poste de Police des Pâquis pour être informé d'éléments importants.

Nous laissant quelques mètres derrière, j'informe Markus que Wolfgang est venu rencontrer le directeur quelques jours en arrière.

Il me serre le bras et à voix basse m'interpelle :

– Pourquoi j'apprends au fur et à mesure les informations Gabriel ?

– Parce que si je t'avais alerté de ma stratégie, tu aurais refusé !

– Pas faux.

– Une fois cette étape passée, je vais te permettre de déjouer un plan diabolique impliquant malgré elle une institution helvète, celle dans laquelle nous nous trouvons.

– Bon, il me reste à découvrir quelle surprise ?

– Aucune !

– Mon cul.

Les quatre toiles nous précèdent, cette fois-ci bien escortées par le personnel des P.F.E.G.

La salle destinée à entreposer mes toiles ne peut s'ouvrir que par reconnaissance biométrique. Alan l'ouvre et là, nous sommes dans une salle ultra chic, lumière tamisée, canapé design en cuir et tapis épais au sol. Les toiles sont posées chacune sur un chevalet où des spots les éclairent de manière indirecte. Le personnel s'efface et nous laisse.

– Monsieur, le fourgon dans lequel étaient transportées ces œuvres d'une rareté exceptionnelle a été attaqué. Comment l'expliquez-vous ?

– Je suis stupéfait par cet acte. Seule la société de convoyage était informée du lieu de chargement sans en connaître son contenu.

– Vous imaginez qu'un homme d'affaires internationales comme je le suis peut se permettre de subir de tels actes. Maintenant quelle est votre relation avec votre Chef de la sécurité ?

– Il me semble que ces questions sortent du cadre de la mise en dépôt…

– Absolument pas.

Markus demande à sortir de la salle pour s'entretenir au téléphone.

– Monsieur DECRAUPAZ, j'ai besoin de garanties formelles. Vous voyez ces toiles ? Pour le monde entier, elles auraient disparu lors de l'attentat du 11 septembre 2001. Alors imaginez les convoitises qu'elles susciteront si elles réapparaissent !

– J'imagine bien effectivement.

– Mon influence se répand auprès des plus grands dirigeants français agissant pour différentes industries dont la famille DASSAULT très active dans le monde de l'art.

– Très active effectivement.

– Est-elle un de vos clients ?

– Je ne peux dévoiler ce genre d'information.

– Bon, je vous laisse placer ces œuvres dans leur box et nous allons signer les documents. Je dois être sur PARIS dans quelques heures.

– Je vous en prie suivez-moi.

Éléonore m'adresse un clin d'œil amusé garantissant le déclenchement d'un mini traceur GPS dissimulé à l'arrière de chacune des toiles. Plus qu'à suivre…

Le dédale de couloir repris en sens inverse nous conduit à un ascenseur montant à l'étage où se situe le bureau du directeur. Markus m'appelle pour me signaler que les trois faux convoyeurs ont bénéficié de complices lourdement armés les libérant au moment où les voitures dans lesquelles ils se trouvaient entraient sur le parking du poste de police. Ben voyons !

Il doit quitter le site en urgence pour ne pas être inquiété par sa hiérarchie et aller récupérer ses hommes. Incompréhensible. Cette mission ne présente aucun déroulé logique.

Installé dans son bureau aussi grand qu'un appartement, Alan me propose de déguster un DOM RUINART Blancs de Blancs 2009, le champagne des passionnés de l'Art d'après lui, pour sceller mon dépôt d'œuvres ! Il m'est impossible de refuser un tel breuvage qui de plus reste mon favori. Servie la première, mon assistante félicite le dirigeant sur la qualité exceptionnelle de son champagne. Faisant semblant de laisser tomber son sac à main, elle s'assure que son micro espion est toujours bien ventousé sous son fauteuil.

Je signe les documents administratifs, et demande à prendre congé pour respecter un timing horaire serré.

À ce stade, je dois rester en total recul et ne surtout pas me dévoiler encore. Les balises risquent nous indiquer des mouvements pour avoir distillé des informations importantes sur connexions de Romain de MAINAMANI.

Malgré tout, le quadruple objectif est atteint à savoir faire sortir Wolfgang, placer des toiles dans les P.F.E.G, transmettre des informations capitales auprès du dirigeant du site et revenir sans aucun blessé.

En FRANCE, il est facile de placer n'importe quelle personne sur écoute dans le cadre portant sur la sécurité nationale, la prévention du terrorisme et de la criminalité. Mais en SUISSE c'est davantage complexe d'autant plus que Markus ne semble pas être un allié de premier ordre. La solution du micro, tant qu'il reste à sa place, nous sera utile car il est impossible de laisser un IMSI-catcher[37] sans qu'il soit repéré immédiatement. Je dois maintenir Hermès encore en planque quelques jours en souhaitant leur non-repérage faisant suite aux multiples évènements de la journée. De plus, Hermès est le seul capable de repérer le signal émis par les traceurs GPS sur les toiles avant le transfert des données électroniques des balises vers notre D.A.S.E.M.

Dernière étape, je suis obligé de jouer les surpris auprès de Markus au sujet de la libération des trois faux convoyeurs. GENÈVE n'est pas le lieu le plus habitué à des attaques de cette envergure. Il me confirme que les forces d'intervention sont sur les dents, plus les Services de renseignements intérieurs. Il me demande de l'informer pour agir en étroite collaboration.

Le temps pour le FALCON de se positionner dans le sens du décollage, Élodie me fait un rapport sur l'interrogatoire mené par Panther, le suivi de Zakaria apparemment toujours immergé dans l'ambassade mais la pire information est la nouvelle vidéo des « Compagnons de l'Aube » postée il y a quelques minutes. Cette fois-ci, un des deux agents est apparu pendu au bout d'une corde, les yeux bandés, les mains attachées dans le dos, l'autre agent pleurant à ses côtés. Ce dernier évoque solennellement une demande immédiate de l'abandon des tractations françaises avec les gouvernements prêts à acquérir du matériel français de pointe. Perdre un des nôtres est toujours aussi douloureux quand on sait à quel point ces femmes et hommes sont dévoués et engagés moralement et physiquement.

Mon bras droit me prévient aussi de la convocation formelle à une réunion de crise confidentielle au ministère de la Défense pour dix-sept heures précise. Les risques de me faire secouer sont à prendre en considération. Enfin j'espère ne pas être le seul à bénéficier de ce traitement de faveur !

---

37 Appareil de surveillance utilisé pour intercepter le trafic des communications mobiles, sms, mails…

Chapitre 10
Réunion de crise

Hôtel de Brienne – 17h00

Accueilli par l'huissier de permanence, je suis conduis directement dans le salon privé du ministre où se tiennent encore debout, le Directeur de la D.G.S.E, son homologue de la D.G.S.I, le Général commandant de la D.R.M, l'adjoint au Général commandant la D.R.S.D, le Général Commandant le C.O.S[38], et enfin les deux derniers arrivés, le Directeur de cabinet du Premier ministre et le Chef d'État-Major des Armées.

Le ministre nous invite à nous asseoir sur les différents canapés après les salutations d'usage. Son bras droit, aussi franc qu'un âne qui recule, face à l'ensemble des dirigeants que nous sommes, connecte sur écran la diffusion des deux vidéos. Une fois retransmise, il nous distribue la fiche des deux agents avec leurs états de service et les différentes missions sur lesquelles ils ont été actifs.

Le ministre prend la parole en s'adressant à l'ensemble des personnes :

– Avec les budgets de fonctionnement qui vous sont alloués chaque année de plusieurs dizaines de millions d'euros pour certains, plusieurs centaines pour d'autres, la technicité de vos matériels, aucun d'entre vous n'est capable d'identifier ces clowns se revendiquant les « Compagnons de l'Aube » ? C'est une blague !

– Monsieur le ministre en tant que directeur de la D.G.S.E, je tiens à vous rappeler que nous sommes actifs pour quasiment 1800 missions annuelles en employant 5500 agents, hors Service Action, et malheureusement parfois nous sommes confrontés à des enlèvements. Mes homologues ici présents ne me contrediront pas

– Monsieur, tous ici nous déplorons la perte de cet agent et sommes inquiets pour le second. Mais comment se fait-il qu'aucun de vos services d'interception électromagnétique et vos pôles de cryptanalyse n'est capable d'identifier la provenance de ceux qui ont posté ces deux vidéos !

– Monsieur le ministre, permettez-moi de prendre la parole, il me semble que le B.S.I a pris très au sérieux le point de départ, un mail

[38] Commandement des Opérations Spéciales.

émis par un homme appelé Zakaria EL KHARMAZ, bien connu par certains d'entre vous, voulant offrir 5 millions d'euros en échange de la liste d'agents infiltrés. Mis à part la validation de mon homologue de la Centrale, qui l'a pris au sérieux ?

– Monsieur Saint Régent, nous ne sommes pas ici pour régler des petites guerres internes du genre qui a un plus grand zob que l'autre. L'heure est grave.

– Pardon Monsieur le ministre ? Vous êtes informé depuis le début de l'évolution de la mission « SAC NOIR ». Qui a mobilisé ses hommes pour me retrouver ce matin encore confronté à un imbroglio financier mêlant contrats et œuvres d'art où apparemment nos dirigeants industriels jouent les intermédiaires. Je vous fais part de la libération en plein GENÈVE de trois faux convoyeurs ???

– Stop. Vous avez pu rencontrer le P.D.G de DASSAULT qui vous a bien fait comprendre que votre imagination à croire que les contrats d'armement et d'aéronautique, étaient soumis à des échanges entre marchands d'arts était folklorique !

– Bien, écoutez Messieurs, très heureux d'avoir participé à votre petite sauterie, mais j'ai une agence à diriger. Je vous adresse mes respects.

En me levant de ma place, la force du bras de mon voisin, le Commandant du C.O.S, m'empêche de mettre à exécution mon départ. Il me regarde droit dans les yeux me conseillant de m'asseoir et d'écouter la suite. Puis à voix basse il me fait la confidence suivante : « Gabriel, tu n'es pas encore habitué à ces réunions de crise. Les débuts sont toujours tournés vers une accusation en règle des participants ».

– Le B.S.I nous offre le privilège de rester parmi nous. Nous l'en remercions. Le Lieutenant-colonel Saint Régent va pouvoir nous faire bénéficier des éléments clés en sa possession. En attendant, messieurs, quelle agence est capable d'identifier en quelques heures ces rigolos, d'exfiltrer notre agent et de les mettre hors d'état de nuire ?

– Permettez-moi Monsieur le ministre, en tant que représentant de la D.R.M, de mettre en totale disposition mes capteurs et de transmettre à la Centrale et au B.S.I les renseignements captés puisqu'ils sont partie prenante dans cette mission

– Je vous félicite Mon Général pour votre proposition. Les deux agences prendront contact avec vous à l'issue de cette réunion. Il est temps d'écouter le Colonel Saint Régent.

– Messieurs, je vous prie de bien vouloir pardonner mon excès de zèle. Voici ce sur quoi je peux affirmer que notre sécurité nationale est en danger. À ce stade, il est absolument indispensable de rester en mode « secret défense » et qu'aucun média ne doit être informé de la situation.

Mon discours énumérant chaque détail de mes avancées, de mes déplacements, de mes rencontres depuis le mail intercepté par mes analystes maintient l'attention des Généraux et des civils durant vingt minutes. Encouragé en premier par le commandant du C.O.S, celui-ci m'affirme mettre à ma disposition l'ensemble de ses unités de Forces Spéciales comme il le faisait pour mon prédécesseur. À peine le temps de le remercier, que le Directeur de cabinet du Premier ministre prend la parole :

– Messieurs, les consignes du Premier Ministre sont formelles : aucun manquement de vos services ne sera toléré sous peine de voir des têtes tomber. Vous avez 72h pour exfiltrer l'agent, anéantir les commanditaires et faire en sorte que les contrats commerciaux représentant des milliards d'euros ne soient pas mis en danger. J'attends vos rapports sur mon bureau dans 72h. Excellente fin de journée messieurs.

Mais regardez-moi ce haut fonctionnaire qui n'a peut-être tenu qu'une seule fois une arme dans ses mains, une carabine à plomb à la Foire du Trône, prendre de haut ces dignitaires militaires qui à eux tous réunis comptent des milliers d'opérations au nom de la FRANCE ! Je comprends pourquoi Archibald de GANS rentrait parfois hystérique de ces réunions où les civils pensent que nous ne sommes que des troufions à la solde des politiques. J'ai très envie de lui expliquer le code de la route, mais je ne suis pas certain d'être maintenu dans mes fonctions dès qu'il aura pleurniché auprès de son maître. Après tout, si personne ne leur explique la réalité du terrain, ils ne comprendront jamais les conditions de vie des Sous-officiers ou Officiers du Renseignement.

– Monsieur le Directeur de cabinet, avez-vous déjà été confronté à un ennemi qui vous braque avec son arme sur votre tempe ? Ou encore, simplement été en planque durant des heures sans pouvoir vous la secouer ? Avez-vous peut-être, durant une simple formation militaire, déjoué les pièges en pleine nuit tendus par des membres de Forces Spéciales pour tester votre entraînement ? Si j'osais, avez-vous été une seule dans votre vie, capable d'être un leader pour une équipe à 10.000km de chez vous et de chez eux ? Auriez-vous été à bord d'un hélicoptère de nuit pour une mission clandestine créée pour aller exfiltrer un des vôtres torturé depuis des heures par l'ennemi ?

– Pour qui vous vous prenez Lieutenant-colonel Gabriel Saint Régent ? Le Premier ministre sera informé de votre agression verbale. Votre réputation est malheureusement bien confirmée. Vous êtes d'une insolence intolérable.

– Vous pensez qu'il va m'adresser une demande de démission immédiate ou me muter dans un carrefour pour faire la circulation car un civil ne connaissant rien à rien en matière de sécurité donne des ordres de petit 1ère classe incapable de faire un salut militaire aux patrons des agences de renseignements françaises ?

– Un peu de calme Messieurs ! Revenez à la raison ! Nous avons une situation de crise à dénouer.

L'ensemble des Généraux se joint à moi pour s'imposer le temps qu'il faudra dans la mission « SAC NOIR » auprès de ce haut fonctionnaire. Vexé, il quitte le salon sans nous saluer. Quelques sourires se voient sur les visages jusqu'à ce que le ministre s'adresse à nous :

– Gabriel, ne recommencez plus s'il vous plaît !

– Monsieur, pour être respecté, il faut être craint. Maintenant, il prendra soin lorsqu'il s'adressera à nous d'employer les bonnes formulations.

– Vous avez encore l'art de la diplomatie à maîtriser Gabriel…

– On verra dans quelques années si je m'inscris à des cours à distance. Lui ne sera plus là comme l'ensemble des personnels de ministères qui ne sont que de passage.

Après m'être calmé, nous reprenons un échange où chacun propose ses services dans le but de sauver ce qu'il y a à sauver.

Des poignées de mains viriles scellent les accords puis chacun repart mettre à exécution ses engagements.

Mon téléphone n'a cessé de vibrer durant cette réunion. Demandant à m'isoler quelques secondes, je rappelle Élodie. Hermès a pu capter une conversation émise depuis le bureau du Directeur des ports francs, à laquelle participaient Markus et Wolfgang. Quelle salopard ce Suisse en qui je portais une forme de confiance…

Du fait de la présence de l'officier helvète dans le bureau, elle a donné l'ordre de décrocher immédiatement au fourgon en planque et d'attendre les ordres. Mon contre-ordre est formel, il reste sur site, à distance maximale où ils peuvent capter les ondes émises par les traceurs et le micro sans se faire repérer. Nous avons besoin d'écouter chaque détail de la conversation. En cas de danger avéré, là ils rentreront à PARIS. Des risques sont à prendre, c'est la règle du jeu dans nos métiers.

Sachant parfaitement que notre fourgon d'écoute est stationné à quelques mètres des P.F.E.G, Markus aurait dû le dénoncer pour rester invisible donc, totalement discret dans ses propos à ce sujet durant la réunion. Surprenant.

Chapitre 11
Expo

Mardi – 09h04 – B.S.I

Cette mission n'est qu'un enchevêtrement de problèmes dans lequel tout est confus sans lien direct, du moins en apparence.

Panther n'a pas fait flancher le Caporal-chef Hippolyte Z. lors de son interrogatoire musclé. Soit il est très solide, soit il n'a pas été hameçonné. Plus tard dans le temps, il deviendra plus important de passer à un stade différent avec lui. Par mesure de sécurité, j'ai fait ordonner son maintien en détention dans un de nos cachots.

La disponibilité du leader de la cellule Alpha/Oméga est prioritaire en vue du déplacement de demain dans le bordelais. L'intervention mortelle de Zakaria dans le domicile de Simon laisse présager une situation de danger pour Cara. Son profil professionnel crée en quelques heures sur les réseaux et les moteurs de recherche ne garantissent pas non plus sa sécurité. Donc, je muscle notre présence dans la propriété avec une équipe choisie par Panther.

En réunion à l'intérieur du bunker, ils doivent se coordonner avec l'équipe partie en repérage détenant les vidéos du lieu.

Je serai bien présent sur place pour revêtir par ligne sécurisée le rôle de l'employeur de Madame FROST qu'elle joindra régulièrement lors de la vente des deux toiles. De plus, je pourrai la surveiller et coordonner toute intervention si malheureusement nous y sommes contraints.

Rejoignant mes équipes en pleine présentation, le fourgon Hermès a fait savoir qu'il a dû décrocher pour ne pas prendre de risques démesurés. Avant de partir ils ont remarqué le signal émis par les toiles se déplaçant de pièce en pièce sans quitter le site. Le relais du tracing est pris en charge par les suiveurs du B.S.I prévenus de leur nouvelle priorité. Ce sujet aussi sera traité plus tard. Il n'est pas question d'être dans la procrastination, seulement de traiter sujet après sujet les obstacles.

Au total, seront présents dissimulés dans la propriété de Prieuré Marquet d'une surface de 40ha, une équipe composée des quatre hommes du B.S.I ayant été en charge du repérage, plus cinq hommes de la cellule et enfin moi en coordinateur. Dix hommes totalement dédiés à faire en sorte de garantir la sécurité de Cara dont ils ne connaissent pas encore l'identité. Une intervention n'est pas envisagée, sauf en cas de danger avéré pour l'un d'entre nous. À cet instant, le service d'ordre annoncé par Simon n'est identifié par aucune remontée d'information.

– Bonjour Julien, Lieutenant-colonel Saint-Régent à l'appareil, comment allez-vous ?

– Bonjour Monsieur. En plein préparatifs pour la réception de demain. Nous sommes en train de préparer les chambres des intervenants et de placer les hommes de la société de surveillance imposée par le détenteur des toiles. L'heure est callée pour 17h30, heure à laquelle la propriété doit être totalement hermétique.

– Parfait ! Pensez à laisser libres les zones où se trouveront mes hommes. À ce sujet, cinq de plus seront présents en y associant ma présence.

– Vous arrivez avec une armée ?!

– Affirmatif. Les plans à ma disposition montrent différents salons au RDC. Dans lequel se déroulera l'exposition ?

– Le salon appelé « Fiat 500 » pour la mise sur chevalet des œuvres, et le salon « Sieur Charles » pour les agapes.

– Il me semble qu'au-dessus se trouve une suite ?

– Absolument, c'est celle du propriétaire baptisée « Carménère »

– Bloquez-la moi.

– Il me faut son autorisation !

– Julien, faites ce qu'il faut. Je pars du principe que c'est validé. Je vais y installer le poste de commandement d'observation.

– Vous me demandez beaucoup Monsieur.

– Autre chose ! Nous arrivons ce soir pour des raisons de sécurité. Ne vous inquiétez pas, tout sera réglé dès mon arrivée. Préparez seulement deux chambres dans lesquelles nous logerons pour une partie de la nuit. Avant l'aube, l'équipe sera en planque là où mes hommes doivent être

– Je ne me permettrai pas de douter de votre honnêteté mais vous bousculez notre organisation sur place.

– Il me semblait que vous étiez l'homme de la situation.

– Vous ne m'avez pas laissé le choix, je ne l'ai toujours pas donc oui, je vais agir.

– Excellent Julien. L'héliport est en fonctionnement ?

– Absolument car tous les convives arrivent par hélicoptère demain.

– Je vous donnerai notre heure d'arrivée d'ici quelques heures. Pour la société de surveillance, faites en sorte qu'ils pensent que nous sommes le service de sécurité du koweïtien.

– Bien Monsieur. Cela sera fait.

– A tout à l'heure Julien.

Plus qu'à donner l'heure de départ à l'équipe une fois que le Directeur des Moyens Généraux aura verrouillé notre déplacement.

Sa porte étant toujours ouverte, j'entre et la referme aussitôt.

Il me semble nécessaire de lui expliquer qui est la civile « infiltrée » ainsi que ma demande quant à l'organisation matérielle de son déplacement.

Pour ne pas éveiller de soupçons en cas de surveillance de Madame FROST, je prône l'affrètement d'un jet au départ de l'aéroport du Bourget jusqu'à BORDEAUX-MÉRIGNAC, puis d'un hélicoptère pour rejoindre la propriété. Il doit booker un aller/retour par la société habituée à nos réservations ultras discrètes et de dernière minute, « My Daily Jet ».

Pierre se charge de contacter le dirigeant en charge de nos demandes et d'obtenir immédiatement un vol uniquement réservé pour Madame FROST. En quelques minutes, Damien B. lui booke un Embraer Phenom 100, ainsi qu'un Dauphin AS 365 lui permettant de redécoller quelques minutes après son arrivée et d'atteindre Prieuré Marquet en quinze minutes de temps de vol. Sans poser de questions connaissant nos ordres de réservation, le dirigeant comprend que ses instructions auprès des pilotes doivent faire en sorte que l'avion et l'hélicoptère attendent leur passagère pour le retour. Son hélicoptère stationnera sur une partie vaste sans arbre dédiée pour le parking.

Pour faciliter l'enregistrement, j'octroie un budget sur les fonds spéciaux du B.S.I permettant de ne pas faire apparaître cette dépense sur le budget officiel de fonctionnement.

Restant dans son bureau, Pierre P. enchaîne les appels pour obtenir un départ dans quelques heures de la 107. Il ne dit mot, il me connaît. Il sait parfaitement que je ne quitterai pas son office sans détenir les moyens mis à notre disposition. Parfois j'abuse de mon autorité mais toujours de manière professionnelle ! C'est un proche collaborateur avec qui nous avons toujours eu une excellente complicité.

Ne voyant Cara que le lendemain, je fais un aller/retour à notre appartement afin de lui remettre le matériel qu'elle devra porter et lui indiquer les dernières consignes de vive-voix au sujet de ses heures d'embarquement et de correspondance.

Mélanger ma vie privée avec une mission pouvant porter atteinte à notre sécurité nationale est certainement une grave erreur ou un manquement à mes convictions. Malgré tout, je dois assumer mes décisions sans culpabilité en agissant de manière intègre. Par le passé, jamais mon prédécesseur n'aurait mêlé sa famille à son métier. Ou alors je ne l'ai jamais su. Les temps changent, il faut avoir la capacité de s'adapter aux paramètres imposés.

À mes yeux, Cara est la seule capable de réussir et de surpasser n'importe quel officier du B.S.I lors de cette prestation.

– Chérie, tu es vraiment prête psychologiquement à revêtir ce rôle de composition ?

– Je te rappelle mes anciennes attributions ?

– Nullement besoin. Dernière info, je serai présent sur place, un choix évident.

– Le Directeur Exécutif en personne ?

– Oui lui-même tout en sachant que je vais manquer d'humour une fois que les hostilités vont démarrer.

– Chéri… Tu ne sais toujours pas à qui tu as à faire.

– Si, à la femme que j'aime

– Pourtant tu la positionnes en première ligne.

– Tu as répondu positivement dès ma demande !

– Sache que je prends très au sérieux ce rôle

– Je n'en doute pas. Dans ce sac, tu vas trouver une boîte cylindrique dans laquelle se trouve une oreille intra-auriculaire à porter dès que ton hélicoptère aura atterri. Elle est invisible, seul le fil en nylon servant d'antenne dépasse de quelques millimètres. Il doit être recouvert par tes cheveux. Ne touche pas au récepteur, il est déjà programmé sur la fréquence que nous utiliserons. Plus cette broche équipée d'une caméra sub-miniature retransmettant les images en live à porter sur ta robe ou ce que tu porteras. Enfin pour terminer, ce téléphone portable certes au design rétro, mais son logiciel permet des communications en mode « secret » grâce à un composant cryptographique. Personne ne peut écouter les conversations. Même nous ! Je serai en planque au-dessus de la salle où va se dérouler la vente en coordinateur/observateur.

– J'adore !

Il est préhistorique ton téléphone !

– C'est un TEOREM ! Création de chez THALES ! C'est Français Madame ! Adopté par la D.G.A[39] ! J'en ai un aussi qu'il me faudrait utiliser plus souvent

– Waouh.

– Écoute-moi sérieusement. Seront répartis dans la propriété des hommes de mon unité destinés à observer qui va se rendre à cette expo en dehors des officiels et te protéger en cas de danger.

– J'adore !

– Je comprends que tu sois excitée à l'idée d'être une infiltrée, mais si tu ne m'écoutes pas attentivement, je ne pourrai répéter.

– A vos ordres patron.

– Donc, lorsque l'expo va démarrer et que les offres vont s'enchaîner, tu m'appelles en parlant anglais. N'oublie pas que je suis censé être un investisseur américain informé de la rareté des toiles et comme j'entendrai tout ce qui sera dit, je monterai les enchères jusqu'à ce qu'un en particulier offre un montant déraisonnable.

– J'ai tout compris.

---

[39] Direction Générale de l'Armement.

– Sur place et en fonction, tu seras amenée à te rapprocher d'un acquéreur si des doutes surgissent.
– Je sais ce que j'ai à faire. Tu me fais confiance ?
– Évidemment.
– Allez mon chéri, je dois déposer Cassandra chez sa nurse et choisir une tenue ravageuse.
– Doucement quand même !
– A demain patron…
– Sois ponctuelle, décollage du Bourget à 14h55.

J'embrasse tendrement Cara en la tenant fort dans mes bras avant de repartir au B.S.I afin d'assister à une dernière réunion avec mon bras droit.

12h30 – B.S.I

Une fois n'est pas de coutume, je rejoins la Capitaine dans son bureau. Les derniers détails sont abordés quant à la supervision de son commandement depuis la salle des opérations. Il me faut aussi lui imposer de ne m'adresser aucune information venant contrarier ma concentration durant l'opération. Élodie me répond alors qu'à mon retour elle me fera part des dernières révélations remontées.

Durant notre conversation, la Directrice Adjointe prenant sa fonction de plus en plus à cœur, ne cesse de me répéter d'apprendre à être plus diplomate avec les civils. Être dirigeant d'un Service de Renseignement autorise à parler des sujets que les politiques ne peuvent exprimer. Endosser la responsabilité d'évoquer les sujets brûlants sans blesser les susceptibilités demeure un exercice périlleux, mais pour ma part c'est une manière aussi de positionner un niveau de confiance entre nous lorsque le message est compris. Peu surpris par sa remarque, j'imagine que notre ministre n'a pu s'empêcher de la contacter pour intervenir auprès de moi. Alors, sans la contrarier, je lui promets de faire des efforts surhumains. Sourire amusé, elle n'en croit pas un mot, donc je la conforte dans l'importance de notre duo. Je la nomme ambassadrice officielle avec beaucoup de finesse, d'humour, car parfois mes nuits ne m'apportent pas le sommeil profond.

Le B.S.I a des hommes en OPEX dont la vie est en danger à chaque seconde. Cette responsabilité influe sur mon comportement face à ceux qui rentrent confortablement chez eux le soir en n'imaginant pas la vie des agents de terrain ce qui influerait leur discours.

Mes hommes sont prêts, matériels technologiques mis en malles ainsi que quelques armes nécessaires.

Il ne faut pas changer les bonnes habitudes, alors « Iron » s'empresse de me montrer sa nouvelle dotation retenue par notre chef armurerie, Yoni. Un fusil de haute précision longue portée, un « Mini Hécate 2 » avec silencieux de chez PGM Précision, notre fournisseur attitré depuis peu. Tel un bambin, il m'explique toutes ses caractéristiques comme si nous étions sur leur stand à EUROSATORY[40]! L'esprit de détente jouant sa fonction, Tom lui donne la réplique se faisant passer pour acheteur ce qui entraîne un fou rire de l'équipe tellement Iron se prend pour l'ambassadeur de PGM ! J'apprécie vraiment mes équipes. Leur capacité à être des professionnels en situation avec une solidarité hors norme, disciplinés, concentrés, mais aussi à être des adolescents insouciants à la moindre occasion !

En passant par-là, le Doc Benjamin demande si nous partons en camps de vacances. Ma seule réponse, « tu te doutes que le Club Med nous attend, donc prends ton matériel de premiers secours, car tu décolles avec nous pour Bora Bora dans trente minutes ».

Il est possible que j'ai omis de le réquisitionner… En tant que professionnel, son temps de réaction est immédiat, il part en courant récupérer ses trousses sans m'adresser le moindre reproche. Nous sommes une équipe.

En vol, je ne peux m'empêcher de saisir mon téléphone et de contacter un vieil ami.

– Markus ! Mon ami Markus.
– Gabriel, heureux de t'entendre. Quelles sont les nouvelles ?

---

40 Salon international de Défense & de Sécurité terrestres & aéroterrestres.

– Tu connais le métier ! Il faut être adaptable
– Oui et donc ?
– Je suis en vol pour Le Grand-Duché du LUXEMBOURG
– Tu vas y faire quoi ?
– Entrer en contact avec la direction de son port franc.
– C'est une obsession !
– Tu sais, plus 100 milliards de dollars de marchandises font tourner les têtes et attirent les convoitises.
– Tu es toujours sur le Directeur de GENÈVE ?
– Plus que jamais ! Il est suivi H24 par mes équipes. L'opacité règne dans ces lieux sans pouvoir identifier qui sont les propriétaires des marchandises stockées. Dois-je évoquer les échanges d'œuvres inestimables à l'abri des regards indiscrets ?
– Si tu as besoin de mes services, surtout n'hésite pas. Nous avons toujours été partenaires depuis quinze ans !
– Compte sur moi Markus !

Le leurre d'un déplacement au LUXEMBOURG est parfaitement calculé. Je refuse de croire qu'il soit corrompu et pourtant les apparences sont contre lui. Un officier des Renseignements n'est pas un « humain » lambda. C'est une arme qui peut engendrer d'énormes dégâts s'il met son savoir, son enseignement et ses expériences au profit de personnes mal intentionnées.

15h42 – Prieuré Marquet

Déposés sur la D.Z, notre hélicoptère repart illico pour stationner à quelques dizaines de mètres sur la zone dédiée. L'équipage sera logé dans ma suite détenant une pièce attenante. Pendant le vol entre PARIS et BORDEAUX nous avons tous revêtu des tenues uniformisées et foncées. Avant de quitter l'aéroport, j'ai demandé au régisseur de faire en sorte que durant une dizaine de minutes, les vigils en place soient détournés de toute observation vers notre groupe lors du débarquement et ce jusqu'à être placés dans nos chambres. Julien, une fois de plus contribue à cette discrétion.

La dispersion s'ordonne par le régisseur en un temps record.

Effectivement, le choix porté vers cette somptueuse propriété par le vendeur des toiles ne m'étonne pas. Élégance et sobriété sont les maîtres mots. D'autant plus que située à quelques kilomètres de la capitale girondine, la discrétion fait force. Impressionné par la qualité de la rénovation, je parcours du regard chaque détail porté sur le bâti, les extérieurs

À l'intérieur de la bâtisse, aucune présence de vigil jusqu'au début de l'exposition. Une fois la nuit tombée, nous placerons les mini caméras sans fil dans des endroits stratégiques comme face à la porte principale d'entrée, les deux salons, les deux escaliers desservant les chambres, ainsi que dans les suites même où dormiront demain soir les acquéreurs potentiels. Cette implantation ne nécessitera aucune demande au régisseur. Lorsque le système sera actif sur mes deux ordinateurs, discrètement le commando ira planquer dans les endroits prédéfinis en extérieur.

« Iron » et « Pearl » seront face au château en tenue camouflage d'herbe fanée, allongés entre deux rangs de vigne à distance suffisante pour qu'à eux deux ils couvrent les sorties du château vers les jardins. Leurs positions permettront de couvrir aussi la zone de l'héliport.

« Panther » et trois de ses hommes encercleront la bâtisse, eux aussi portant les tenues « ghillie suit[41] » pour se dissimuler dans le parc arboré. Pour être totalement invisible, chacun doit salir son camouflage à l'aide de boue qu'ils trouveront au bord du lac du château pour éviter tous les reflets de la matière synthétique. Personnellement, très heureux de me retrouver dans la chambre du propriétaire !

Le dernier membre de la cellule sera avec moi et le Doc dans la suite, prêt à intervenir.

1h02 – Prieuré Marquet

Tout notre système de vidéo surveillance est opérationnel, confirmé par la salle de communication du B.S.I recevant les images en direct. Un dernier test est effectué avant de mettre en sommeil les systèmes

---

[41] Tenue inventée à la base par les garde-chasses écossais cherchant à coincer les braconniers / Ghillie en gaélique désigne de petits êtres capables de se changer en feuille ou en plante pour se cacher.

radio. À tour de rôle chaque homme en extérieur confirme sa position et l'excellente réception des messages.

Allongé, je ne cesse de reprendre détail après détail depuis l'information reçue par mes équipes au sujet de la recherche d'une liste d'agents infiltrés par Zakaria. Tôt ou tard il faudra dénouer cet enchevêtrement d'informations et de situations mettant en danger notre sécurité nationale. Sans commettre d'erreur d'appréciation, de nombreuses révélations vont surgir.

Quant à demain, les acheteurs sur place mériteraient que leurs smartphones se voient installer un programme fantôme à distance. Un « ver » espion capable de les géolocaliser, entendre les conversations environnantes tout en enregistrant une vidéo captée par l'objectif. Collecter des métadonnées obtenues par leur opérateur de téléphonie nous offrirait les interactions entre le détenteur et les personnes qu'il contacte. Pour atteindre ces lignes, il me faut récupérer les numéros de téléphone.

Malgré le fait de l'heure tardive, je contacte un de nos hackeurs, « Mojo », finissant par répondre à mes appels. En totale capacité de pirater un smartphone ou un système informatique pour lui installer ce fameux keylogger à la condition d'être sur place. À l'aide de son ordinateur et ses scanners il peut opérer avec en objectif collecter un maximum d'informations précieuses. Ne pouvant refuser mon offre d'invitation, il montera dans le premier train pour nous rejoindre et détient par sa présence, le statut d'agent habilité. Heure d'arrivée prévue, dix heure précise ici.

Au moment où je prends la décision de m'endormir, un sms vient d'arriver sur mon TEOREM : « les balises GPS placées sur les toiles indiquent un mouvement continu en dehors de la SUISSE. Information à confirmer une fois le signal fixe ».

Quelque part, cet événement me rassure car in fine, nous saurons vers qui agir…

8h30

L'hackeur vient d'atteindre la gare de Bordeaux Saint-Jean et monte à bord d'un taxi pour nous rejoindre. J'informe Julien de l'arrivée d'un invité supplémentaire qu'il doit faire passer pour un technicien de maintenance ou tout autre prestataire utile pour l'entretien du château, soit pour la partie réceptive soit pour la partie viticole.

L'équipe en planque m'informe par un R.A.S matinal à tour de rôle digne d'un calme avant la tempête.

Au téléphone, Cara paraît stressée surtout après une nuit agitée mais elle est rassurante sur sa motivation à revêtir l'apparence de Madame FROST. Elle m'avoue être impatiente d'arriver. Moi, sans lui montrer, je ne suis pas d'une sérénité absolue. Nous ne détenons que l'identité des acheteurs, aucune au sujet de leur service de sécurité ni au sujet d'éventuels accompagnants. Il ne me faut pas oublier que c'est une civile non accréditée en plein cœur d'une mission hautement dangereuse.

09h51

Arrivée de mon hackeur dans une tenue vestimentaire ressemblant à un commercial chevronné. Le connaissant, il a fait un effort surhumain pour se raser ! Julien le fait passer par différents couloirs avant de le faire monter dans la suite.

Déballant ses deux PC et son scan, il lance son keylogger pour, en temps réel, tracer tous les appels émis par le personnel dans la propriété et par ce programme fantôme infiltrer ceux qui nous intéressent.

– Gabriel, par qui on commence, les fréquences apparaissent une à une.

– Celui qui t'a accueilli, Julien. Son numéro de portable est inscrit sur mon écran regarde.

– Allez, on lui place un programme fantôme et dans 5,4,3,2,1… Voilà sur le PC tous les sms qu'il a adressés.

– Ok Steve Jobs, repérons s'il a émis des sms de délation au sujet de notre présence.

– Des clients pour des confirmations de réservations, sa compagne apparemment, mais rien nous concernant.

– Parfait il est clean.

– Écoute les appels émis dans un périmètre de 100m. Toute conversation suspecte doit m'être remontée.
– A tes ordres Gabriel.

Le Doc, présent dans la suite, est impressionné par nos matériels de dernière génération. Pour provoquer Mojos, il lui lance le défi de faire apparaître ses sms ou les sites consultés ! En réponse, l'hackeur lui demande d'être certain de n'avoir rien à cacher car tous ses historiques vont être vus sur les écrans ! Trêve de plaisanterie, je leur demande de ne pas se dissiper plus que cela.

15h35

Les heures défilent sans constater le moindre événement douteux jusqu'à l'arrivée du premier hélicoptère signalé en premier par mes hommes mais le bruit de la turbine ne faisait pas de doute sur une approche. Immédiatement, Mojos scanne les conversations radio à bord qui évoquent la livraison des deux toiles destinées à être vendues. Deux hommes en costumes sobres, armés, de morphotype ancien commando, en charge de convoyer les toiles depuis les P.F.E.G les transfèrent vers la bâtisse de manière religieuse.

Branle-bas de combat dans le personnel présent du château avec en tête Julien s'affairant pour les faire apporter dans le salon. Discrètement, sans être repéré, je rejoins Julien par l'escalier et lui demande la faveur de les visualiser quelques secondes. Il me prévient que les deux accompagnants vont revenir dans une ou deux minutes après un court passage aux commodités. Je prends le risque.

N'étant pas un connaisseur avisé, je ne peux qu'être admiratif devant la précision avec lesquelles les peintures sont abouties. La première toile est un VAN GOGH estimée à cinq millions cinq cent mille euros avant la vente privée. La seconde est du florentin, BOTICELLI, estimée elle à neuf millions d'euros avant la vente. Devant mes yeux, plus de quatorze millions d'euros répartis sur quelques centimètres carrés…

Le bruit des pas de l'escorte se rapprochant m'incite à très vite remonter dans ma tour de contrôle.

J'appelle Cara pour lui décrire les deux toiles sachant qu'elle est censée les connaître pour avoir été invitée à se rendre sur place via son employeur, lui-même informé par un marchand d'art New-Yorkais influent sur ce marché. Elle m'informe prendre toutes les informations utiles grâce aux moteurs de recherche. Sa capacité à s'improviser amatrice d'œuvres d'art va produire des miracles.

Par le positionnement d'une caméra fantôme, nous avons à l'écran les deux golgoths entourant les deux chevalets, mains croisées sur le devant.

16h22

Deuxième hélicoptère en approche, qui celui-ci transporte le koweïtien descendant rapidement, escorté de ses deux gardes du corps. Deux valises de luxe sont portées par ses hommes pendant qu'il demande au régisseur à rejoindre sa suite pour se doucher.

Il redécolle pour quelques mètres afin de rejoindre la zone « parking » prévue et délimitée au sol.

Le balai des arrivées continue avec en suivant un hélicoptère apprécié des puissants, un Sikorsky S92 noir avec deux bandes de couleur ivoire. Nous sommes bien en présence des deux oligarques russes.

Descendent les deux hommes, téléphones vissés à l'oreille, claquant des doigts pour que leur garde rapprochée, composée de cinq hommes, s'affaire avec les bagages. Le Sikorsky va stationner auprès des deux autres hélicoptères faisant ressembler la zone au salon de vente HELI-EXPO.

Les deux hommes portent une casquette de base-ball bien enfoncée comme s'ils ne souhaitaient pas être reconnus et des lunettes de soleil imposantes. Peu importe, lors de la vente ils devront se découvrir. Cela ne serait pas une surprise de découvrir RMITRI DYBOLOVLEV présent.

La stupéfaction non attendue descend en dernier. Costume gris clair, coupe militaire, plus affuté que jamais, j'identifie formellement une vieille connaissance, Wolfgang. Devenu La Barbouze des oligarques ? Les messages radio émis par mon équipe s'enchaînent. Certains l'ont reconnu et par ce fait requièrent les consignes.

– A tous les codes, vous restez considérablement attentifs, pas d'initiative personnelle. Pour rappel, nous sommes infiltrés dans ce château pour faire de l'identification, pas d'intervention. Restez invisibles. Ne vous faîte pas loger.

Quelques minutes plus tard, le dernier à atterrir est celui amenant Cara. Par l'une des caméras extérieures du réseau de Prieuré Marquet, je la vois descendre exactement comme je l'imaginais ! Une diva… Elle maîtrise totalement ces jeux de rôle.

À son tour accueillie par le régisseur, elle est dirigée immédiatement vers le salon d'attente pendant qu'un commis lui propose un rafraîchissement. L'hélicoptère va aussi rejoindre les trois autres sur la zone parking.

Demandant où se situent les sanitaires, elle s'y rend sans tarder. Une fois à l'intérieur, je l'appelle et lui demande de ne surtout pas dévier de la tâche définie à Madame FROST. Il m'est impossible de l'informer que se trouve non loin d'elle, la seule personne au monde voulant ma tête au bout d'une pique.

Est annoncée au portail d'entrée par les vigils, dont nous scannons les communications, une personne se présentant en charge d'animer la vente. Sa présence ne m'a pas été annoncée par la direction du lieu.

– Julien, qui est cette personne attendant l'ouverture de la grille ???

– Monsieur, je viens d'en être informé à l'instant-même par le marchand d'art du vendeur des toiles. Il ne souhaitait pas nous en informer jusqu'à son arrivée d'après son message.

– Quelle est son identité ?

– Il est présenté comme huissier de justice et doit nous fournir une pièce d'identité valide, sa carte professionnelle associées à un mandat précédemment signé par la société écran de l'industriel.

Laurent D. c'est la seule indication en ma possession actuellement.

– Ok, je fais checker son profil. Mais ce n'est pas un commissaire-priseur ! C'est un huissier !

Les chefs de service actifs du B.S.I derrière leurs écrans me renvoient la validité de son profil et confirme sa profession. Son profil montre une habitude de gestion des ventes aux enchères volontaires dans différents domaines comme l'automobile de prestige, les grands crus et les œuvres d'art. Annoncé comme parfaitement bilingue français/anglais, le pourquoi peut-être du choix porté sur lui du fait que la vente se déroulera en langue anglaise. En rien il ne pourrait compromettre la mission vu l'étude de son profil.

Maintenant, tous les protagonistes sont présents, la propriété est hermétique, les services d'ordre annoncés sont actifs en position aux endroits stratégiques. Deux équipes de sécurité des acheteurs éventuels partent faire une ronde autour de la demeure pendant que Wolfgang, reste très proche des Russes comme un aimant sur une pièce de fer ou de cobalt.

J'ordonne à mon équipe de couper toute communication et de rester statique durant cette première ronde entamée pour ne surtout pas se faire loger.

17h15

L'huissier, sollicite le régisseur afin de convoquer les invités pour démarrer la vente avec une première partie consacrée à l'histoire des peintres, s'en suivra celle des toiles avant de procéder à la vente des lots. Écoutant son annonce par le biais du micro porté par Cara, il confirme que l'enchère sera fondée sur le principe du plus offrant. Elle stoppera quand il n'y aura plus d'offre après la meilleure adjudication faite dans le temps imparti, soit trente minutes par tableau. Il confirme la confidentialité de l'identité du vendeur en précisant que la vente sera dite définitive une fois la preuve d'un transfert des fonds sur un compte bancaire. Pour cela, il projette sur l'écran demandé à la dernière minute une visio sur laquelle apparaît un visage flouté avec en fond, le numéro de compte. La personne salue en anglais les invités mais sa voix est modifiée.

L'huissier demande de l'attention de la part des acquéreurs, en les nommant pour confirmation de leur identité, puis démarre à l'aide de ses fiches sa présentation.

Alors, je mets en action Mojos et ses logiciels dans le but d'obtenir le nom de qui se cache derrière ce compte.

– Gabriel, un jeu d'enfant.

– Ne sois pas présomptueux. Chaque seconde est cruciale. Un de ses hommes est pour moi est commanditaire de l'action de Zakaria. Ne lâche rien.

– Je suis le meilleur !

– Quand tu m'auras identifié le vendeur je te décernerai le titre.

La vente démarre avec le premier lot, le VAN GOGH. Mise à prix cinq millions cinq cent mille d'euros. Premier appel de Madame FROST, légèrement en recul d'un mètre cinquante par rapport aux trois autres enchérisseurs. Elle me demande l'autorisation d'enchérir.

Elle lève la main immédiatement portant le montant à cinq millions six cent mille euros. Aussitôt les trois autres lèvent leur main chacun leur tour ce qui emballe la vente.

La caméra placée par nos soins fixe un des deux russes. Le logiciel piloté détermine les angles du visage, se cale et livre le nom : Rmitri DYBOLOVLEV en personne. Le second homme présenté comme oligarque a toujours la tête baissée pour s'occuper de son smartphone mais nous arriverons à déterminer son nom tôt ou tard. Le Koweïtien n'échappe pas non plus à la technologie du logiciel : Bader AL TAAMOUDI, homme d'affaires richissime développant ses investissements dans différentes industries comme le BTP, la téléphonie, l'énergie, l'ingénierie, l'armement et l'art. Son profil est balayé par le B.S.I pour trouver un lien avec Zakaria. Réponse dans quelques minutes.

Cara faisant semblant d'être en ligne avec son employeur renchérit régulièrement. Elle pourrait s'inscrire au Cours FLORENT. Son admission serait faite sur une seule prestation.

À 9,9 millions d'euros atteints, l'huissier indique douze minutes restantes.

À l'image, nous constatons Wolfgang reculer pour se positionner à la droite de Madame FROST. Je serre les poings. Bras croisés, il penche sa tête pour lui parler. Grâce à son micro, nous entendons la conversation en anglais :

– Madame, peu importe la personne qui souhaite acquérir ce VAN GOGH, mon ami ici présent, pour qui j'assure sa sécurité, ne souhaite pas qu'il devienne propriété d'un autre.

– Monsieur nous n'avons pas été présentés il me semble.

– Vous êtes une femme très belle et certainement très intelligente, vous devriez comprendre.

– Il me semblait que cette vente privée était composée d'hommes élégants.

– Nous sommes des hommes parfaitement éduqués mais parfois capricieux.

– Allez dire à votre ami que si mon employeur décide lui aussi d'acquérir ce tableau, il le fera

– Je vais transmettre le message.

Par notre système de liaison radio, je demande à Cara d'être moins provocatrice car les hommes en face d'elle ne sont pas des enfants de chœur et qu'aucun risque ne doit être pris. Elle me répond savoir parfaitement ce qu'elle doit faire et de quelle manière. Mon idée de la réquisitionner pour endosser une assistante privée de haut rang se justifie quand je constate son aplomb. Le Doc, debout à mes côtés suivant le déroulé de la vente, me souligne le caractère trempé de mon infiltrée. Levant les yeux au ciel, cette mimique lui fait comprendre plutôt mon mécontentement.

Mojos me regarde désabusé après des minutes passées à astiquer son clavier pour enfin avoir trouvé peut-être la faille. Le compte bancaire annoncé est bien existant, mais après des centaines de passerelles craquées, le titulaire du compte n'est autre qu'une filiale de l'oligarque immatriculée à SINGAPOUR. Là, c'est un bordel sans nom qui me laisserait spéculer sur le fait que les deux tableaux appartiendraient à Yvan DOUVIER, actionnaire de ports francs dont celui de GENÈVE. Ce dernier a été aussi mandaté par RMITRI DYBOLOVLEV pour lui constituer sa collection en échange de frais versés à hauteur de 2% des acquisitions. Sauf que DOUVIER a omis d'informer son client qu'il était lui-même le propriétaire des œuvres.

SOTHEBY'S est mêlé à ces ventes alors en plein rachat, cette institution se passerait bien de cette mauvaise communication. La possibilité, mais rien n'est prouvé, que cette vente organisée en dehors des circuits officiels en serait une conséquence...

Les deux hommes sont en conflits juridiques ouverts, l'un veut ruiner l'autre.

Donc, si ma théorie s'avère juste, il ferait dérober deux toiles à son ennemi, ferait organiser une vente privée par un officier ministériel via l'huissier, dans le but d'accréditer une acquisition légale lors d'une vente confidentielle. L'argent sort de sa poche droite, et par un tour de passe-passe arrive dans sa poche gauche !

Nous serions en train de suivre une fausse piste en nous retrouvant au cœur d'un conflit d'égo ? Pourtant, Wolfgang a bien évoqué « trèfle 4 feuilles », en menaçant le Directeur des P.F.E.G.

Aucune thèse n'accrédite à cet instant le fait que les toiles auraient été dérobées dans un box sécurisé par Wolfgang et ses équipes après avoir menacé Alan DECRAUPAZ. C'est une version, mais en quoi un point commun les relierait à Zakaria ?

M'énervant sur Mojos, je lui ordonne d'insister pour obtenir le nom de la personne floutée présente sur la visio. Les bruits des touches enfoncées sur ses claviers prouvent bien qu'il ne lâche pas l'affaire.

L'huissier informe deux minutes restantes. Jusque-là plutôt en réserve, le Koweïtien emballe les dernières secondes faisant déclencher l'annonce d'une somme importante par l'oligarque, quinze millions d'euros. Il reste quarante-cinq secondes quand Cara lève à nouveau sa main. Cette fois-ci, la somme à enchérir est supérieure à 15,5 millions. RMITRI DYBOLOVLEV, tient la main de son compatriote pour qu'il ne la lève pas, se tourne et se retourne vers Wolfgang l'avertissant de faire pression sur les deux autres. Il attend les cinq dernières secondes pour être certain d'aucune surenchère après la sienne.

Frappant avec son maillet sur son bloc de bois, l'huissier adjuge la vente à seize millions d'euros. Se congratulant avec son compatriote, il fait signe à Wolfgang de gérer le transfert des fonds. Puis les deux hommes se dirigent vers le salon où sont servies les boissons. Pendant ce temps-là, le koweïtien ne connaissant pas l'identité de Madame FROST, lui demande pourquoi elle a freiné ses intentions. Elle répond que son employeur s'était fixé une limite sur chaque tableau. Prolongeant son entrée en matière, Bader devient plutôt séducteur et entreprenant. Cara le freine dans ses élans avec délicatesse.

Durant la pause, je joins mon bras droit qui, avec ses équipes du B.S.I, contribue à éclaircir le pourquoi de la présence des toiles ici à Prieuré Marquet. Officiellement, il est impossible de déterminer la propriété de ces œuvres par Yvan DOUVIER ou détenues par des sociétés offshores. Sa collection n'est enregistrée nulle part, aucun fichier disponible si ce n'est les codes présents dans les sauvegardes des P.F.E.G.

En revanche, lorsque le second oligarque s'est dirigé vers le salon des agapes, une de nos caméras a réussi à déterminer la forme et les angles de son visage pour nous offrir son nom : Andreï DANILCHENKO. Aussitôt, son profil apparaît : fortune estimée à quatorze milliards de dollars lui permettant de négocier du jour au lendemain ou d'une heure à l'autre des toiles rares et inestimables. Il détient une collection d'œuvres dignes de celle des plus grands musées mondiaux ! Un lien unit forcément ces deux Russes dans cet imbroglio. Quel petit monde ces grands donateurs !

18h20

Laurent D., l'huissier, annonce la reprise de la vente avec le second lot, le BOTICELLI.

Se rapprochant encore de Cara, Wolfgang l'intimide à nouveau en lui demandant de laisser l'acquisition à son patron. Souriante, elle lui annonce que si son employeur estime le juste prix, elle lèvera la main autant qu'il le faudra. La seule réponse de cet ancien des Spetsnaz, c'est ouvrir sa veste de costume pour lui montrer son arme. Alors, sans m'en douter une seconde, elle décale légèrement l'ouverture de sa robe et lui fait visualiser son arme fixée à un holster de cuisse. D'où détient-elle une arme de poing ???

– Vous imaginez qu'une femme se déplaçant au milieu d'hommes voulant dépenser des millions de dollars ne saurait se protéger ?
– Vous pouvez détenir n'importe quelle arme, vous êtes seule il me semble et certainement pas détenir le niveau pour nous affronter.
– Tant que vous le croyez. Méfiez-vous d'une femme née au milieu d'une fratrie, élevée par des hommes et aujourd'hui travaillant dans un univers très masculin.
– Vous êtes arrivée sans qui que ce soit à vos côtés. Soyez raisonnable Madame, restez en vie.
– Repartez aux côtés de votre ami, patron compatriote, on ne sait plus !
– Votre C.V est certes intéressant, je n'ai pas appris que vous ayez reçu une formation militaire quelconque capable de vous sortir de n'importe quelle situation dangereuse.
– J'aimerai suivre la vente. Soyez gentleman, laissez-moi être concentrée.

Elle n'a pas saisi à qui elle s'adresse ou alors elle sait que la provocation fait partie intégrante d'un rapport de force parfois déstabilisant pour le provocateur.

Par son oreillette, je m'adresse à elle :

– Cara, d'où tu détiens cette arme ? Pas de précipitation ni de provocation s'il te plaît.
– Tu ne soupçonnes pas encore mes ressources.

Les enchères ont déjà atteint 11 millions à la quinzième minute. Bader AL TAAMOUDI, placé pour cette seconde vente à côté de

Cara, devient de plus en plus enchérisseur, provocant beaucoup de nervosité de la part des oligarques. Qui devient suspect ?

Un appel entrant de Markus interrompt ma surveillance. Une telle surprise me fait décrocher :

– Gabriel, j'ai des informations importantes
– Markus ! Je t'écoute !
– Le Directeur des P.F.E.G subit un fort chantage sur lui et sa famille de la part d'un ancien des renseignements marocains.
– D'où tu tiens cette information ?
– Tu sais parfaitement que les sources dans notre métier ne se révèlent pas !
– Fiabilité de la source ?
– 99%
– Tu as son identité ?
– Pas encore mais tu l'auras au plus tôt.
– En quoi tes services sont impliqués ?
– C'est simple, les P.F.E.G sont une institution sensible ici en SUISSE. J'ai appris qu'un service du S.R.C les surveillait h24
– Tu penses intervenir sous couverture ?
– Impossible Gabriel. Tu es sur le coup, je te livrerai de nouvelles infos
– Je compte sur toi Markus.
– Toujours au LUXEMBOURG ?
– Affirmatif mon ami.

Là, il est évident que son appel est destiné à brouiller les pistes quand deux secondes plus tard, la Capitaine Élodie me remonte une information de premier ordre : Zakaria vient de quitter l'ambassade de LIBYE à bord d'une voiture sous plaque diplomatique pour rejoindre l'aéroport du Bourget puis monter à bord d'un avion officiel libyen dont le plan de vol déposé est en direction de SINGAPAOUR. Ma demande est claire : assurez-vous de la destination finale tout en le traçant une fois dans la cité-État insulaire. Il ne serait pas étonnant que sa destination soit le port franc local d'autant plus que mon intuition me dicte qu'elle est aussi l'adresse de livraison de mes vrais faux tableaux et de « trèfle 4 feuilles ».

La vente du second tableau touche bientôt à sa fin. Nous constatons à l'écran que Wolfgang quitte la salle des ventes, téléphone à la main se dirigeant vers l'extérieur. Mojos est en charge immédiatement de scanner son appel. Smartphone lambda, il dispatche la conversation en live dans nos casques d'écoute. Elle se déroule en anglais :

– Monsieur DECRAUPAZ, vous avez bien fait le nécessaire pour valider nos accords ?

– Oui Monsieur j'ai rempli ma part du contrat. Vous ne vous rendez pas compte de l'embarras dans lequel je me trouve.

– Vous serez largement récompensé, ne faites pas votre pleureuse. Vous confirmez l'expédition des cinq tableaux pour SINGAPOUR ?

– Oui ils sont bien en vol.

– Mon partenaire s'assurera de la mise en coffre avec votre homologue sur place. Si un incident venait à surgir, vous seriez tenu responsable.

– Je vous en prie, cessons tout contact. Je ne veux plus avoir à faire à vous.

– C'est nous qui décidons quand « trèfle 4 feuilles » stoppera. Restez joignable.

En suivant, il adresse un sms capté : « Delivery confirmation 4 leaf + supplement. Your turn now[42] ».

Abasourdi par l'échange téléphonique et le message adressé, dont le numéro correspond bien à celui de Zakaria ! Le lien entre eux n'est plus à démontrer. Il me faut prendre une décision radicale.

La barbouze revenue dans la salle des ventes improvisée, j'adresse un message groupé à mes équipes toujours embusquées :

– A tous les codes, intervention pour exfiltration à 1:00. La cible vous sera communiquée ultérieurement. Maintenez un niveau optimum de vigilance et d'observation. Fin de la transmission.

[42] Confirmation de livraison trèfle 4 feuilles + supplément. À toi de jouer.

Ma décision est de capturer un des deux oligarques mais je ne sais encore lequel des deux. RMITRI DYBOLOVLEV n'est pas forcément le plus déterminant d'autant plus que sa sécurité personnelle est assurée par Wolfgang. DANILCHENKO, lui, est sous protection certes, mais prenable. Une question peut subsister, est-ce que son compatriote sera prêt à négocier sa libération en échange de Zakaria ?

La vente du BOTICELLI se clôture par le bruit du maillet rebondissant sur son socle. Laurent D. adjuge à 14.000.200€ ce tableau à RMITRI DYBOLOVLEV, sans surprise.

Bader AL TAAMOUDI s'en prend avec virulence à l'heureux acquéreur mais celui-ci le prend par l'épaule de manière « affectueuse » en lui promettant de lui faire faire une très belle acquisition dans quelques jours en dessous du prix de sa valeur. Une poignée de main scelle cette proposition. Les affaires se règlent très vite en fait ! Cara, ayant l'oreille qui traine, s'approche à son tour pour revendiquer, au nom de son employeur, l'intention de réaliser une belle acquisition. Subtilement, il prend sa main, la baise et lui indique également pouvoir répondre à ses attentes. Sans perdre de temps, il demande à tous les deux d'être présents avec garantie de fonds dans quelques heures à SINGAPOUR.

La première, Cara confirme sa présence, puis Bader, tout sourire, indique faire en sorte que son jet privé atterrisse sur un des trois aéroports. Le russe lui conseille de privilégier l'aéroport de Paya Lebar. Ils sont amusants !

Ensemble ils se dirigent vers les agapes, pendant que Wolfgang gère le transfert des fonds avec l'huissier à l'aide d'un ordinateur portable. Les deux agents de la sécurité en charge des tableaux les emballent dans un caisson puis se dirigent vers l'hélicoptère revenu sur la D.Z.

Quelques minutes de transfert et ils s'envolent à nouveau, vers où, peu importe...

Cara maintient son attitude « d'ambassadrice » auprès des trois amateurs d'art en évoquant son employeur fictif capable de dépenser des montants à six 0 pour assouvir sa soif de possession de tableaux et de sculptures. Je n'ai rien à lui reprocher, c'est exactement cette mise en confiance dont nous avions la nécessité pour la suite des opérations.

Vient le moment où RYBOLOVEV lui propose de rester dîner. Sans besoin d'intervenir, elle décline l'invitation sous prétexte d'un avion à prendre pour son retour vers NEW-YORK impérativement. En revanche elle lui assure sa présence comme convenu, en profite pour solliciter l'obtention de l'adresse du lieu du rendez-vous et ses coordonnées téléphoniques. Avec son sourire magique, rien ne lui est refusé. Alors, il remet à chacun des deux sa business-card puis leur précise : « l'hôtel MARINA BAY SANDS, vous y serez mes invités privilégiés. Je prends en charge vos réservations. Sur place nous nous rendrons dans un lieu tenu confidentiel pour vous présenter quelques toiles exceptionnelles dont je voudrais me séparer ».

Saluant tel un gentleman Madame FROST, l'oligarque la suit du regard pendant qu'elle interpelle le régisseur au sujet de son mode de transport. Il doit l'attendre dans quelques minutes sur la D.Z.

Se dirigeant à nouveau en direction des commodités, elle souhaite me parler quelques secondes. Une fois à l'intérieur, je surveille les caméras.

– Ai-je été à la hauteur Lieutenant-colonel ?

– Tu as été parfaite. Maintenant tu rentres sur PARIS. Ta prestation s'arrête là.

– Non je veux prolonger !

– Écoute je ne sais pas encore. N'oublie pas que tu es une civile en pleine mission classée Secret Défense.

– Quand cela t'arrange en fait !

– On en parle demain ? Tu peux être une alliée de poids.

– A vos ordres Colonel Saint-Régent.

– Attention, Wolfgang s'approche. Raccroche.

Effectivement, à pas de velours, il se plaque contre la porte et tente d'entendre si une conversation s'échappe. Très maline, elle parle en anglais soi-disant à son employeur lui confirmant bien prendre le jet privé de la compagnie pour s'envoler vers NEW-YORK ce soir et assumer le rendez-vous matinal sur la 5ème avenue.

Sortant avec son téléphone à l'oreille, elle s'adresse à Wolfgang :

– N'essayez plus jamais de m'intimider.

– Vous survenez de nulle part, mon patron vous invite, ne commettez pas d'erreur, sinon…

– Patron, ami, compatriote, définissez son titre. Allez, sortez de ma vue.

D'un pas pressé, elle salue une dernière fois les hommes et se dirige vers son hélicoptère. Quatre minutes plus tard, il décolle. Cara est en sécurité, je peux vaquer à mes occupations. Cette femme a du caractère ! Si elle savait…

19:05

L'huissier quitte à son tour le château remerciant les trois financiers en leur précisant être disponible pour une prochaine vente si son service a été à la hauteur de leurs attentes. Le koweïtien lui demande ses coordonnées, puis il rejoint sa voiture.

Ne reste plus qu'eux et nous. La partie s'annonce rude si je mets à exécution mon plan.

– Mojos, si je donne l'assaut, tu es capable d'infiltrer leur système de communication et de les brouiller ?

– Une fois enregistré tous les numéros de portable et leur opérateur défini, je les borne. Après je définis leur fréquence radio et pour finir je les rends non opérationnels ! Les mots de passe ou code d'ouverture de leurs smartphones seront enregistrés ! Merci « Babar »

– Prépare-toi. Il me faut prendre une décision finale et attendre qu'ils soient tous endormis.

Chapitre 12
Exfiltration

Mes confrères de la D.G.S.E ont adopté la doctrine militaire du corps de l'armée U.S des « 3F », : find, fix, finish, traduite et adaptée par les « 3T » : Traquer, Trouver, Terminer.

Les deux premiers T sont exécutés. Le troisième n'est pas encore à portée de silencieux. !

22h10

La nuit est tombée laissant place à la stratégie d'exécution du plan.

Les oligarques, le koweïtien et leur sécurité rapprochée sont à table.

Mon équipe, habituée aux heures interminables d'attente, a besoin de bouger. Pourvus de lunette à vision nocturne, ils descendent vers le lac situé en contrebas à droite du château pour se nourrir de leur ration sans être repérés et sommeiller quelques minutes avant l'intervention finale.

Seul à ne pas être avec les équipes extérieures, Panther doit me rejoindre dans la suite. Un accès existe par l'extrême gauche de la bâtisse, parfaitement opposé à la salle où les financiers dînent. Il lui permet de rejoindre l'escalier desservant la chambre du propriétaire où notre « camp de base » retranché est fixé.

Mojos prolonge sa mission prioritaire en lien direct avec le Sergent-chef Jérôme, lui étant devant son poste de contrôle parisien.

S'engage la conversation entre Panther et moi autour des plans descriptifs de la partie où sont situées les chambres de luxe. Nous avons la répartition des attributions permettant de constater que celle de la cible est la plus proche des escaliers. Une chance dont nous bénéficions et grâce à laquelle un sans-faute peut se dérouler. Le Doc vérifie le nombre de seringues embarquées dans ses sacoches. Il affirme en avoir sept et suffisamment de Kétamine[43]. Il nous rappelle les deux étapes d'une anesthésie avant de pouvoir extraire notre cible, l'induction et l'endormissement.

– Merci le Doc on pratique depuis longtemps ce procédé !

---

43 Agent anesthésique

– Messieurs soyez conscients que quelques secondes seront nécessaires avant son profond sommeil.
– Tu veux leur administrer ?
– Non ! Chacun son job, moi je vous les prépare !
– Un jour va falloir nous accompagner le Doc.
– Quand tu sauras prodiguer des soins d'urgence.
– Avec YouTube je m'en sortirai.
– Tu es amusant Saint-Régent !!!
– Charge bien tes seringues surtout avec des doses de cheval.

Tel un digne membre des Forces Spéciales, Panther reprend la conversation au sujet de l'exfiltration en analysant les risques mètre par mètre durant la progression vers la chambre de la cible, puis la direction vers le parking où sont les aéronefs.

Un détail me vient à l'esprit ! Prieuré Marquet est une maison d'hôtes, pas un palace moderne. Donc l'ouverture de la porte de la chambre est à l'ancienne ! Une clé ! L'introduire, la tourner génèrera du bruit pouvant réveiller l'oligarque provoquant l'alerte auprès de ses gardes corps. Une solution existe.

– Le Doc, tu aurais par hasard du silicone médical ?
– Attends je regarde.
– Dépêche le Doc.
– Oui j'en ai pour faire du moulage par injection pour prothèse.
– Parfait ! Tu vas faire tes grands débuts d'agent de terrain.
– A quoi va te servir ce silicone ?
– Faire en sorte que la clé de sa chambre ne verrouille pas la serrure. Jouable ?
– Dans les faits oui.
– Alors Panther, on le tente ?
– Je m'en occupe.

Une fois capturé notre cible, le plus difficile à gérer c'est nous extraire du lieu sans bruit. Comment décoller avec l'hélicoptère sans provoquer le réveil des autres membres de la sécurité qui pourraient être actifs lors de la phase de décollage s'ils se rendent comptent qu'un des leurs n'est plus ? Il faudra assurer au sol la montée par mon équipe entourée des cinq commandos de la cellule Alpha/Oméga.

L'équipage, resté dans la pièce accolée, me précise qu'un plan de vol de nuit doit être déposé trente minutes avant le départ auprès du B.R.I.A. Je leur confirme de le déposer et une demande est aussi envoyée à l'équipage du jet pour se préparer à décoller vers la 107. Une demande d'appui est aussi adressée à la Directrice adjointe du B.S.I à diriger vers les autorités compétentes.

La seule alternative possible c'est rejoindre l'hélicoptère accompagné par un commando de la cellule associé à mes hommes, pendant que l'équipage est installé au poste de pilotage. Ils devront attendre notre montée à bord pour lancer le rotor, puis décollage en urgence. Ils valident d'autant plus qu'ils sont habitués à nos actions quand ils sont affrétés.

23h04

Le dîner touchant à sa fin, tous se dirigent vers leur suite attitrée. Ils se saluent les uns les autres, et se dispersent. Les gardes du corps de chacun rentrent dans leurs chambres.

Les caméras placées par nos soins ne seront pas récupérées. Excessivement discrètes et non repérables, je demanderai à Julien de les détacher lorsqu'il sera seul puis de les détruire. Compte tenu de sa collaboration jusqu'à présent, il sera tenu de finir proprement chacune de nos demandes.

Au moment où nous visualiserons l'endormissement de chacun, nous apporterons nos paquetages à l'hélicoptère et monterons à bord Mojos et le Doc. À distance Mojos pourra infiltrer leur système de communication et les rendre « out ».

Malgré le fait que l'AGUSTA 139 peut transporter jusqu'à 10 personnes, nous serons à l'étroit avec notre invité de dernière minute. À ce stade, plus de retour en arrière possible. La décision est prise.

Je rappelle par radio le commando et leur donne les consignes d'avant l'intervention. Dernier brief avec Panther et le B.S.I nous mettant sous surveillance jusqu'au décollage de l'aéroport bordelais.

Les instructions sont dispatchées, chacun reçoit sa feuille de route avec obligation de la respecter.

01h12

Enfin, un silence total règne dans la bâtisse. La visualisation des images montre l'état d'endormissement général. En charge de couper l'alimentation électrique générale, je revêts comme nous tous ma cagoule pendant que Mojos active ses logiciels.

– A tous les codes, alimentation coupée. 3,2,1 Top départ.

Adoptant le principe de la colonne d'assaut propre au G.I.G.N et au R.A.I.D, Panther conduit ses hommes vers la suite du Russe. Pas à pas ils avancent pour se retrouver devant la porte. Le verdict du silicone médical est imminent. Grâce à un pass, il débloque la porte sans bruit, ils entrent, encerclent le lit. Les images sont diffusées via leurs GoPro placés sur leurs torses, directement vers la salle des communications du B.S.I. D'un signe codé, Panther me fait signe d'approcher pour piquer la cible. Ne détenant pas les qualités d'un infirmier confirmé, je la plante sèchement dans son épaule droite. L'oligarque se débat en même temps qu'un membre de la cellule Alpha/Oméga lui obstrue la bouche avec sa main. L'attente est de quelques secondes avant son endormissement total. Son ordinateur portable est saisi ainsi que ses deux smartphones. Maintenant, le plus périlleux va être la descente en le portant, car un corps endormi d'environ 78kg ne va pas être une mince affaire sans provoquer le moindre bruit.

En bas de l'escalier, en position de couverture, Iron et Tom équipés de lunettes à vision nocturne nous adressent un message radio à voix très basse :

– Code 5, cible en mouvement non identifiée. Permission d'engager.

– Négatif Code 1

– Code 5 tango en approche. Autorisation requise.

– Code 1 engagez si danger.

– Affirmatif Code 5.

Huit secondes plus tard, le bruit sourd d'une balle sortant du canon équipé d'un silencieux retentit.

– Code 1, confirmez exécution.

– Code 5, exécution confirmée.

– Code 1, passez la serpillère.

La descente s'engage en douceur quand mon détecteur thermique pris en main capte le signal d'un tango dans la salle de billard se dirigeant vers la terrasse extérieure.

– Code 1, un tango à 10h00

– Code 5 bien reçu. Permission d'engager.

– Code 1, permission accordée.

À nouveau le même bruit sourd du silencieux retentit. À ce stade, le moindre bruit peut alerter l'ensemble des gardes du corps et nous pourrions nous retrouver face à une mini armée en branle. Le plus à craindre serait Wolfgang, n'ayant aucune frayeur pour ce genre d'altercation. Cette opération clandestine ne peut pas échouer.

Mojos confirme avoir coupé tous les systèmes de communication ainsi que celui du château.

Deux cadavres à faire disparaître maintenant. Placés par les deux snipers dans l'angle du salon d'accueil, j'ordonne à mes deux Sous-lieutenants de les exiler dans la partie des chais et les jeter dans une cuve en inox. Dans quelques mois, ils seront retrouvés, peut-être.

La colonne poursuit sa progression pour atteindre la cuisine détenant un accès extérieur donnant vers la D.Z. La caméra thermique ne détecte plus de source de chaleur en mouvement. Les différences de température sont mesurées et rendues visibles en quelques millièmes de seconde, ce qui nous permet d'être très réactifs en cas de déplacement d'un nouveau tango.

Enfin, j'ouvre la porte laissant passer la colonne pour nous retrouver en extérieur où la nuit noire règne. Il reste deux cents mètres à parcourir dans le parc avant de rejoindre l'hélicoptère. Tout peut encore arriver. L'escorte maîtrisant les techniques d'avancées se positionne à tour de rôle en assurant nos arrières. Mes deux hommes confirment la disparition des membres de la sécurité d'un des trois amateurs d'art.

Ce qui compte, dans notre univers, c'est de ne jamais laisser de trace. L'assassinat est pour empêcher de nuire, pas pour abattre sauvagement. Dans notre situation il n'y aura pas de trace apparente mais il faudra vraisemblablement envoyer une équipe nettoyer définitivement la cuve dans quelques jours. Je transmets la demande au B.S.I immédiatement.

Plus qu'une cinquantaine de mètres avant de monter à bord. Une lumière s'allume dans une des pièces de la demeure. On stoppe net notre avancée. La porte latérale est bien grande ouverte, l'équipage en place est prêt à lancer les pales. Le Doc et Mojos debout au pied de la porte sont prêts à donner un coup de main pour nous faire monter à bord. La lumière ne s'éteint toujours pas. La tension monte. Si la disparation de DANILCHENKO est constatée, il nous faut nous attendre à un affrontement mené par mon meilleur ennemi, Wolfgang. Nos fusils d'assaut sont dirigés vers la sortie par laquelle nous sommes sortis, prêts à faire feu.

Laissant cinq hommes sur une première ligne, j'ordonne à deux autres de m'aider à amener le corps endormi à bord. Les cinquante mètres me paraissent interminables.

1h58

DANILCHENKO est bien assis et sanglé sur un fauteuil. En redescendant, je constate la lumière éteinte.

Tous les hommes reculent et finissent par monter dans l'hélicoptère. Collecte terminée.

M'adressant à l'équipage, je leur demande de décoller le plus rapidement possible. D'un pouce tendu ils enclenchent l'appareillage électronique allumant tous les manomètres du tableau de bord, puis vient le démarrage du rotor laissant échapper un bruit sourd.

Trois hommes sont assis sur le rebord de la porte prêts à faire feu.

Les pales tournent à la vitesse nécessaire pour entamer la phase de décollage toujours lente. Le bruit va forcément réveiller tout ce petit monde alors, je préviens par radio d'être paré à faire feu.

Déjà à cinq mètres au-dessus du sol, personne ne sort du château mais quelques chambres allument leurs lumières. Le pari osé est gagné étant déjà hors d'atteinte.

Une initiative prise laissera des doutes sur l'origine des ravisseurs lors de la recherche du disparu : la carte de visite froissée du Directeur des P.F.E.G.

1h25

À bord du FALCON, nous recevons l'autorisation de décoller après l'intervention de la Capitaine Élodie B. auprès des autorités aéroportuaires sous couvert du Directeur Général de l'Aviation Civile.

Une fois au B.S.I, les remous sérieux vont se présenter mais j'estime avoir pris la décision qui s'imposait. Je peux remercier chacun des hommes à bord pour leur intervention et leur attitude excessivement professionnelle. Satisfaits eux aussi de leur action nocturne, mais je ne peux m'empêcher de leur adresser « si vous voulez mourir vieux, vous avez choisi le mauvais travail ! ».

Une demande sous couvert de discrétion est adressée à la Capitaine afin de dépêcher une équipe de nettoyage à Prieuré Marquet le plus rapidement possible. Il est difficilement acceptable de laisser le régisseur du château dans une situation inconfortable dans laquelle des représailles pourraient être subies. Grâce à lui nous avons pu mener à bien notre intervention.

Puis j'adresse un sms à Cara l'informant de mon retour à l'appartement vers cinq heures du matin.

Chapitre 13
Hôtel de MATIGNON

Jeudi – 10h11

Les visioconférences s'enchaînent auprès des autorités sans dévoiler l'action nocturne menée. La prise est bien installée dans une de nos cellules, non loin de celle où séjourne Hippolyte Z. Les deux sont surveillés par un Sous-officier de permanence plutôt dépourvu d'humour et de gentillesse.

Le sujet principal traité est l'identification du lieu où est retenu le second agent infiltré de la D.G.S.E par « Les Compagnons de l'Aube ». Alors m'entretenant avec mon ministre de tutelle, j'émets une stratégie à adopter compte tenu du fait que l'on a découvert le lien entre Wolfgang, connu aussi par ses soins, et Zakaria, qui ce dernier est possiblement le décideur.

Avant de m'écouter, le ministre m'informe d'une forte agitation peu habituelle de l'antenne du S.V.R[44] à PARIS. Même si la FRANCE dénonce l'agressivité de l'espionnage russe en EUROPE, mêlant business et espionnage, sa question est franche :

– Gabriel, vous n'y êtes pour rien j'espère ?

– Monsieur le ministre, vous auriez été informé en priorité si une action du B.S.I était en cours !

– Me voilà rassuré. Quelle est votre fameuse stratégie ?

– Monsieur le ministre, des contrats commerciaux importants sont en négociation. On détecte que Zakaria EL KHARMAZ veut acheter une liste d'agents infiltrés, deux agents sont capturés quasiment simultanément, l'un d'eux est malheureusement assassiné, alors il faut mener une action sur les bases arrières en faisant sortir de l'ombre les acteurs. Je peux vous divulguer une information, je suis intiment persuadé qu'un Officier suisse est lui aussi actif.

– Les Suisses ??? Que proposez-vous ?

– Rencontrer le Premier ministre en privé et de toute urgence. Note Sécurité Nationale est en danger.

– Vous êtes conscient de la démarche ?

– Affirmatif.

44 Services Secrets Civils russes (ancien K.G.B)

– Il me faut donc faire confiance au patron d'une agence gouvernementale et non à un officier parfois rocambolesque. Restez joignable.

À son tour, mon ami suisse doit être joint maintenant. Si son implication est avérée dans cet imbroglio, selon lui je ne peux pas être responsable de l'enlèvement de DANILCHENKO étant présent au LUXEMBOURG durant son kidnapping. Une possibilité sérieuse existe sur sa croyance dans mon planning, il me sait suffisamment sérieux et droit.

– Hello Markus, quelles sont les dernières informations ?

– Gabriel, pas de grandes révélations dans notre affaire. Et toi ton déplacement au Grand-Duché ?

– Quelques contacts intéressants mais je confirme l'opacité régnante empêchant les avancées. Comme je le revendique depuis des années, la victoire dépend de l'effort !

– Je la connais cette phrase ! Dis-moi, tes sources t'ont informé de la disparation d'un oligarque russe lors d'une visite privée en FRANCE ? En haut lieu à MOSCOU, d'après mes renseignements, seraient envoyés les meilleurs limiers pour remonter jusqu'à lui.

– Il y a effectivement de l'agitation à l'antenne du S.V.R de l'ambassade de RUSSIE mais j'ignorais l'origine. Tu as des confidences précises par tes réseaux ?

– Je les active. J'espère que les services français ne sont pas impliqués car les conséquences diplomatiques seraient désastreuses pour vous.

– A mon tour d'activer mes sources. Je reviens vers toi très vite. Je compte sur toi Markus pour m'alerter.

– Et inversement Gabriel.

C'est le moment idéal de faire sortir notre « taupe » de sa cellule et de la faire placer dans la salle des interrogatoires. Employer la méthode forte va être nécessaire. Une demande est envoyée au Chef de la Sécurité du B.S.I, l'Adjudant Bruno B. ancien du Service Action, pour conduire Hippolyte Z. dans la salle la plus équipée électroniquement.

Mon ministre me rappelle comme convenu, finalement dans un temps record :

– Gabriel, exceptionnellement vous êtes reçu dans quinze minutes par le Premier ministre. Compte tenu de l'urgence du dossier, il a pu faire décaler une réunion. Il vous accorde trente minutes, pas une de plus.

– Cela me suffit Monsieur le ministre.

– Vous respectez le process pour ce genre de réunion secrète en passant par le 36 rue de Babylone, donnant accès aux jardins de l'hôtel Matignon. À la porte bleue vous serez accueilli par une personne de la sécurité prévenue de votre arrivée. Vous n'aurez pas les honneurs d'entrer par le 57 rue de Varenne.

– Quelle déception. Le gouvernement ne sait plus recevoir aujourd'hui !

C'est noté. Merci pour votre précieuse intervention.

– Il a fallu mettre en avant d'importantes révélations dont vous étiez le messager. Nullement besoin de vous préciser que vous n'avez pas droit à la moindre erreur.

– Je n'imaginais pas le contraire ! À aucun moment je n'avais l'intention de lui évoquer ma prochaine destination de lieu de villégiature ou lui demander de m'accorder à participer à un conseil des ministres.

– Mais quand cesserez-vous d'être insolent Gabriel ?

– Jamais Monsieur.

L'urgence faisant la force, je n'annule pas mon ordre de placer Hippolyte dans la salle des interrogatoires. Il va patienter le temps de ma rencontre officieuse ce qui pourrait le faire réfléchir, d'autant plus que je vais demander à diffuser la climatisation à 12°. Plus de trente minutes à cette température, le froid a tendance à affaiblir le corps et par conséquent il devient plus sensible aux agressions extérieures.

Dans le parking en sous-sol, une de nos motos est réquisitionnée sans signer le carnet de sortie. Aussitôt, le Chef d'atelier, présent chez nous depuis la création de l'agence, me tend mon casque personnel en m'apostrophant :

– Gabriel, vous ne signerez toujours pas le registre j'imagine ? Obligatoire pour tout le personnel de l'agence utilisant les véhicules motorisés !

– Vous imaginez bien Joël, vous me connaissez maintenant.

Mais si l'en est un qui doit donner l'exemple c'est bien moi, alors je vous le signe mais c'est exceptionnel !

Comment se porte votre épouse Sandrine si ma mémoire est bonne ?

– Parfaitement bien merci et je vous félicite d'enfin respecter les process internes.

– Transmettez-lui bien mes meilleurs souvenirs en espérant qu'elle vous gâte toujours.

– Avec plaisir Colonel ! Elle sait y faire !

Et ramenez-moi la DUCATI dans le même état s'il vous plaît !

– Comme d'habitude Joël.

– Justement pas comme d'habitude pour une fois Gabriel.

– Soyez rassuré, je vais à une réunion puis retour ici sans filature, intervention, ou prise en flag.

– C'est vous le boss maintenant !

10h45 – 36 rue de Babylone – PARIS 7ème

Effectivement une porte discrète bleue s'ouvre à mon arrivée. Un membre de l'équipe de la sécurité de l'hôtel de Matignon me tend la main et me demande de le suivre.

Nous traversons le splendide parc arboré à l'anglaise d'une surface de 2,5 hectares titré du plus grand parc privé de la capitale, pour rejoindre la terrasse extérieure donnant sur le parc.

Durant la marche, l'homme me dresse l'histoire du lieu en me précisant qu'au XVIIIème siècle, le propriétaire initial, le maréchal de France Charles-Louis de Montmorency Luxembourg le cède avant même la fin de la construction à Jacques de MATIGNON, prince de Monaco. Différents propriétaires s'enchaînent par la suite m'affirme-t-il, jusqu'en 1922 date à laquelle l'État français le rachète pour en faire la résidence officielle du président du Conseil à partir de 1934. Là, je suis agréablement surpris par cette petite escapade historique narrée par un membre du service de la sécurité. C'est agréable de découvrir que la culture fait partie de leur fonction.

Il va falloir que je m'informe sur l'origine de l'immeuble acheté par l'agence pour exposer son histoire lors de visites officielles !

Debout sur la terrasse, Monsieur le Premier ministre, accompagné de son Secrétaire général, me souhaite la bienvenue. Ils me dirigent vers la salle du conseil, salle de travail des travaux du cabinet du Premier ministre ou encore lors des comités interministériels.

En observant la pièce, les murs et plafonds sont recouverts de dorures du XIXème siècle encadrant des médaillons blancs évoquant les fables de la Fontaine. Des tapisseries des Gobelins illustrent l'histoire de Don Quichotte. La tradition de l'art français dans sa splendeur. C'est une visite placée sous le signe de l'Histoire !

Assis, le Premier ministre me demande d'être direct dans mes explications et le plus précis possible. J'entame l'historique de la mission « SAC NOIR » et ses différentes découvertes et rencontres entre le MAROC et la SUISSE. Habilement, je suis obligé d'évoquer les ventes de toiles de Maîtres couvrant certains secrets dans lesquels sont mêlés malgré eux de près ou de loin des grands dirigeants français.

Abordant le sujet sensible en fin de narration des agents de la D.G.S.E capturés dont un assassiné, j'expose ma stratégie :

– Monsieur le Premier ministre, il vous faudrait provoquer de la part du Président de la République, une allocution télévisée au sujet de la Sécurité Nationale en danger suite à l'enlèvement de deux journalistes ou membre d'une organisation non gouvernementale, en mettant en avant un chantage odieux auprès de l'État français face auquel il ne cèdera pas.

– Vous êtes sérieux Lieutenant-colonel Saint Régent ? Vous réalisez que la nomenklatura militaire française va s'y opposer par la voix du Chef de l'État-major particulier du Président ainsi que le Secrétaire général et son Directeur de cabinet. Sans compter l'ensemble de ses staffs dédiés à la sécurité intérieure et extérieure.

– C'est un pari audacieux je vous l'accorde mais à la vue du danger encouru et face aux négociations des accords commerciaux internationaux, il me semble que prendre les devants pour faire sortir « l'ennemi » devient la stratégie.

– Si le Président avec qui je vais m'entretenir personnellement, acceptait une telle démarche, vous seriez tenu comme seul responsable d'un éventuel échec

– Ai-je failli à mes responsabilités Monsieur ?

– Je ne vous connais pas assez Lieutenant-colonel. Mes prédécesseurs avaient comme interlocuteur le Colonel de GANS dont la simple parole suffisait à garantir toute demande.

– J'ai été formé par le Colonel et sa confiance m'est revenue de droit. Nous n'avons pas les mêmes qualités diplomatiques, c'est certain, mais si aujourd'hui je sollicite votre intervention, c'est ma parole d'Officier confirmé du Renseignement français qui est à prendre en compte.

– Votre raison m'amène à joindre le Président. Je vous souhaite de viser juste Lieutenant-colonel.

– Soyez rassuré sur un point, mon patriotisme. Si je n'avais pas conscience que notre Sécurité Nationale était engagée j'aurais terminé ma mission avec mes équipes sans vous alerter.

– Pour conclure, ma question finale est simple : avez-vous suffisamment les moyens d'être proactif avec les patrons d'autres services de Renseignements ? Vous soutiennent-ils ?

– Ma plus grande qualité, c'est devenir invisible en chasse une fois mes arrières assurés. Mes confrères m'ont assuré de leur soutien dans l'intérêt national donc…

– Restez joignable durant les heures à venir. En cas d'acceptation, vous serez contacté par le Président et sachez qu'il prend très au sérieux les dossiers concernant la Sécurité de l'État. Je me répète, en cas d'échec votre tête tombera. Vous vous êtes fait remarquer de manière négative par mon Directeur de cabinet gardant un goût amer lors de votre intervention à Brienne.

– Je vous prie de bien vouloir m'excuser auprès de votre proche collaborateur Monsieur le Premier ministre. Je prends à cœur mes fonctions et parfois, je suis sanguin.

– Ne vous inquiétez pas. Je vais faire en sorte qu'il oublie lorsque vous serez à 100% de taux de réussite. Je vous fais raccompagner.

– Merci Monsieur le Premier ministre, excellente fin de journée. Monsieur le Secrétaire général, très heureux de vous avoir rencontré.

De retour au B.S.I, ma ligne sécurisée retentit. Apparaît le numéro de Nina[45]. Cet appel devait arriver tôt ou tard sachant qu'elle a été certainement informée de la disparition de son compatriote. Sans perdre de temps, après les formules de politesse, elle me demande si mon agence ou une autre était impliquée dans la disparition d'Andreï DANILCHENKO. L'obligation de lui mentir est nécessaire malgré notre complicité et proche rapport. Jouant la montre, je lui avoue avoir vent de quelques bruits de couloir laissant imaginer que les services de Renseignements Suisses ne seraient pas étrangers à cette disparition. Ma démarche est volontaire pouvant mettre hors d'état de nuire Markus. Surprise par cette identification possible, elle me dit être rassurée de m'écarter des soupçons pesant soit sur mon agence, soit sur les différentes agences françaises. Avant de raccrocher, je lui demande si Wolfgang est reparu sur les écrans radar. Formellement, elle me répond : « jamais plus entendu parlé de lui Gabriel ».

Ne pas confondre alliés et intérêt d'État... Les Russes manient parfaitement la propagande et sont tout sauf solidaires quand les enjeux leur sont favorables. Nina pourrait être manipulée par sa hiérarchie dans le but d'obtenir des informations de ma part. Depuis qu'elle a pris conscience que nous ne scellerons pas d'histoire sentimentale, Nina peur devenir une lame perforante.

---

45 Interprète personnelle du Président de la République fédérale de Russie – Cf la trilogie : Témoignage Invisible – 23ème // Nord – As de Pique.

Chapitre 14
Sourcing

Dans la salle des interrogatoires, attend sagement Hippolyte Z.

Pour m'assurer de toute la légitimité possible même si je me fous totalement des règles, je fais joindre Me Gilles S. durant la séance. Le côté pesant de sa présence peut provoquer une libération de la parole du détenu.

Menotté et frigorifié, ce piège à miel va devoir livrer ses secrets. Ne changeant rien dans mes habitudes, je suis rentré avec de placé dans le dos sous ma veste de costume, mon poignard de combat offert quelques années en arrière par un ancien légionnaire. Il a quelques interventions à son actif lors de discussions musclées.

– Parlons franchement Hippolyte. Vous êtes gradé Caporal-chef et dépendez du service de Maxime D. à la direction Technique & Informatique

– Oui Lieutenant-colonel.

– Je ne pense pas que vous connaissiez les règles du langage militaire. C'est « Mon Colonel ». Depuis quand avez-vous rejoint le B.S.I ?

– J'étais développeur informatique, puis technicien en cybersécurité dans l'Armée de Terre. J'ai simplement été approché par un membre de l'agence durant un exercice de simulation d'une attaque par un Cheval de Troie mettant en danger les bases de données. À partir de ce moment-là, j'ai été affecté lors d'une OPEX en charge d'une équipe de combattants des systèmes d'information et de communication. Je participais à l'encadrement d'une section. J'ai répondu à Maxime D. lors de mon assurance dans mes fonctions.

– Mais nous avons John Rambo avec nous ! Plus précisément, où se déroulait ton OPEX ?

– C'est Secret Défense Mon Colonel.

– Petit con, tu te souviens qui je suis ? Tu n'as pas l'impression que les habilitations je les ai reçus pendant que toi tu t'astiquais devant ta maîtresse d'école ?

– L'OPEX se déroulait en LIBYE

– Deux choix s'offrent à toi maintenant : le premier, de manière militaire, tu avoues avec honneur. La seconde, de manière lâche, tu n'avoues rien et…

En moins d'une seconde, je saisis mon poignard de la main droite, de la main gauche je serre le cou de ce jeune militaire en l'entraînant violement dans mon élan. Il se trouve plaqué contre le mur où ma lame est bien posée sur sa veine jugulaire. Je taille légèrement sa peau pour que quelques gouttelettes de sang coulent et l'effraie. L'avocat m'harangue offrant un côté théâtral à cette agression.

Paniqué, le jeune Caporal-chef, fond en larmes. C'est bon signe, il va être prêt à être cueilli. Entre sa première séance avec Panther, l'isolement en cellule avec une température basse, la violence de ma méthode, il finit par implorer le pardon.

– Tu gèreras tes aveux avec Me Gilles S. dans quelques minutes. Pour ma part, et ta réponse est primordiale, quel est l'origine de la femme qui t'a séduite ? Et depuis quand tu la fréquentes ?

– Je ne sais pas Mon Colonel. Depuis un an. Elle est installée chez moi.

– De quelles origines étaient les informations que tu lui livrais ?

– Celle de votre présence à GENÈVE par exemple.

– Tu es dans une sacrée merde car là tu divulgues des informations classifiées pouvant entraîner la mort d'agents sur le terrain. Quand je pense qu'il y a cinq minutes tu jouais les gros durs à ne pas vouloir dévoiler où ton OPEX se déroulait !!!! Tu n'es pas prêt à être un opérationnel dans le Renseignement.

– Je demande pardon. Elle m'a entrainé dans un tourbillon sentimental dans lequel j'ai perdu pied

– Tais-toi. Maintenant tu vas surtout obéir à mes ordres et je te conseille de les respecter à la lettre.

– Si je peux me rattraper en regagnant votre confiance, je le ferai

– Écoute-moi bien : elle doit être en alerte depuis ton enfermement, donc en rentrant ce soir tu vas lui dire que l'agence était en évaluation par suite à la diffusion d'informations stratégiques. Sois offusqué par le fait de la possibilité que certains de tes collègues auraient parlé.

– Oui à vos ordres.

– Cesse de m'interrompre à chaque fin de phrase. Tu vas devenir un agent double finalement. Tu vas lui révéler tes doutes sur sa présence chez toi. Si c'est une pro, elle va se vexer, te demander de la croire et que le week-end prochain elle va te présenter à ses parents. Là, c'est une aubaine pour identifier son service.

Me Gilles S. va te donner une liste de fausses informations à lui distiller régulièrement. Bien entendu tu perds tes accréditations pour atteindre les différentes salles, mais tu vas me servir. Si tu obtiens des résultats, peut-être que je t'intègrerais à nouveau pour un poste lié au piège dans lequel tu es tombé pour éviter le bis repetita dans notre agence. Tu pourrais être un formateur, mais va falloir obtenir notre confiance.

– Je serai à vos ordres pour tenter de me faire pardonner et être au service de mon pays.

– Tu n'as pas le choix. Je veux que tu l'amènes dans un lieu public pour qu'un de nos agents la photographie et passe en suivant les clichés dans nos logiciels. Ne change pas d'attitude face à elle.

– Je suis prêt à tout

– Ton relais à partir de maintenant est la Capitaine Élodie. Tu sors ce soir et tu vas être sous surveillance h24. En attendant, je te laisse avec Gilles à qui tu livres ton histoire depuis ta rencontre. Comment s'appelle-t-elle ? Enfin sa fausse identité !

– Addison GUILLIA.

– Donne une description précise d'elle.

– Comptez sur moi Mon Colonel.

– Oh il vaut mieux oui.

Andreï DANILCHENKO est très bien traité depuis son arrivée dans sa cellule. À aucun moment il ne doit croiser du regard un visage des membres du B.S.I. Les consignes sont strictes auprès de mes équipes. Intérieurement je sais que sa capture a pour but de m'en servir comme monnaie d'échange le jour où les protagonistes seront découverts.

En attendant la décision présidentielle, il me faut lancer des informations auprès de certaines de mes sources.

Dans le bureau de la Capitaine, je la préviens que j'ai mis le Caporal-chef dans une position fragile pour lui, mais primordiale pour nous.

Elle va devoir le suivre et l'accompagner dans cette position d'agent double. On se doit d'ouvrir les vannes, chose qu'elle comprend parfaitement.

Finalement très à l'aise dans ses fonctions, Élodie me remercie encore de l'avoir fait évoluer vers la direction de l'agence. Le terrain ne lui manque pas du tout.

Une de mes sources est logée à MADRID. Le temps ne me permet pas de faire un aller-retour pour le rencontrer en face to face. Seul le téléphone sera le moyen de nous entretenir.

– Hector, j'ai besoin de toi en urgence.

– Gabriel, tu sais très bien que je suis en retraite et mes réseaux sont en sommeil.

– Réveille-les. J'ai besoin de savoir si le dénommé Zakaria EL KHARMAZ, ancien chef de la police marocaine, agit pour le compte de puissances industrielles ou pour son propre compte, qui sont ses relais etc…

– Jamais entendu parlé de ce nom.

– Je ne te demande pas si tu le connais, je te demande d'activer tes réseaux

– Quel est mon intérêt ?

– Tu aimes toujours la grande vie ?

– Quand tu goûtes à certains privilèges, difficile de s'en priver Gabriel !

– Je connais le prix. Tu auras une somme à la hauteur de ce que tu m'apportes.

– Donne-moi quelques heures.

– Tu as cinq heures pas une de plus. Tu connais le numéro de ma ligne sécurisée. Sois bon comme tu l'as été. Ne me déçois pas ou je te garantis lancer une information à ton sujet auprès du C.N.I[46] chez qui je détiens deux trois contacts privilégiés.

---

[46] Centre de Renseignement National & de contre-espionnage espagnol.

– Ok Gabriel, pas besoin de me menacer. Jusqu'à présent mes informations ne t'ont jamais déçu.

– Tu as cinq heures.

Une bonne chose de faite. De la salle des communications, l'équipe des analystes ayant mis une surveillance sur RMITRI DYBOLOVLEV, m'alerte en urgence. Il communique avec Markus ! La retranscription des échanges annonce la couleur : il le menace de le faire coller par Wolfgang en le tenant responsable de l'enlèvement de son ami. Markus, lui se défend d'être son allié et non son ennemi. C'est exactement ce que j'attendais... Il n'est pas encore temps de crier victoire.

Un numéro masqué apparaît sur l'écran de mon TEOREM. Avant de décrocher, mon intuition m'amène à penser au Président.

C'est bien le Président. Je m'améliore !

Incisif dans le ton, il me demande de confirmer ce que son Premier Ministre lui a remonté de manière confidentielle. Devant mes confirmations appuyées, le Président n'est pas contre l'idée de déclencher une allocution ou une interview avec des journalistes accrédités, à la condition sine qua none d'éliminer le groupe appelé « Les Compagnons de l'Aube ». Il confirme et m'assure prendre très au sérieux notre Sécurité Nationale et à ce titre me certifie que ma place est sur un siège éjectable en cas d'échec. Sans autre choix, j'affirme au Président prendre mes responsabilités.

Pour prendre la meilleure décision, il me demande de lui faire transmettre un rapport succinct de la mission « SAC NOIR » qu'il étudiera avant sa décision définitive. Son devoir lui impose de me préciser qu'officiellement mon agence dépend du ministère de la Défense, mais dans les faits, seuls L'Élysée et Matignon sont un accès direct à ma hiérarchie. Les choses sont claires !

Quelques instants plus tard, il décontracte la conversation en me demandant mon pronostic pour le prochain vainqueur du Tour de France ! Avec une pointe humour, je lui affirme qu'Eddy Merckx a toutes ses chances. Alors, le Président m'informe que cette légende ne participe plus à aucune course en me recommandant de mettre à jour ma culture cycliste.

Le rapport sera sur son bureau dans deux heures.

Convoquant immédiatement Marine, je lui dicte le rapport attendu par le Palais en synthétisant chaque action et découverte. Une fois scellé, il lui faudra apporter en personne la note classée Secret Défense au Secrétaire Général de l'Élysée. La patience sera de mise pour connaître son intention définitive.

Ne perdant pas de temps pour obtenir sa monnaie d'échange, Hector me rappelle sans profiter des cinq heures attribuées. Il était évident que son réseau est autant en sommeil qu'un chat devant une souris prête à voler un morceau de gruyère.

Ses révélations méritent la somme attribuée pour ce genre d'informations. Il sait comment récupérer les billets dans trois heures lors d'une rencontre dans le bistrot habituel. Pour cela j'active mon antenne sur place qui détient dans le coffre un budget annuel en liquide destiné à ce genre de dépenses.

Vendredi 14h00

La remise en liberté d'Hyppolite porte ses fruits. S'il joue correctement sa partie de taupe il peut devenir un véritable proche collaborateur. Une équipe a été dépêchée dans son logement pour le plomber. La première nuit n'a rien révélé en sa défaveur. Il a plutôt joué les amoureux fougueux en étant très attentionné avec Addison. Ce matin, en sortant par la porte de l'immeuble dans lequel il habite, un de nos agents a pris en photo cette dernière.

Le Sergent Cécile me demande de descendre en urgence dans la salle des opérations. Après être passé dans toutes les bases de données en notre possession, un profil pourrait correspondre : Luana LEVIN, Officier du Service de Renseignement de la Confédération (S.R.C).

Soit elle a subi de la chirurgie esthétique légère pour ne pas être prise dans les radars, soit la femme photographiée n'est pas du S.R.C.

La Confédération et son Service de Renseignement détient une équipe de 300 à 350 agents ce qui l'entraîne régulièrement à collaborer avec ses pays voisins, d'où ma collaboration passée avec Markus.

Fait des plus curieux, c'est que quelques courtes années en arrière, si ma mémoire ne me fait pas défaut, le département fédéral de la Défense, l'équivalent d'un ministère, a déclaré s'être fait dérober des données du S.R.C ultras sensibles, mettant en danger la sécurité de la SUISSE. L'informaticien repéré, membre du S.R.C, sortait en toute impunité des informations pouvant, si elles étaient dévoilées, provoquer des conflits diplomatiques internationaux en secouant la confiance du monde financier face aux Helvètes.

Moins de dix ans en arrière, lors d'une mission, j'ai rencontré Markus désirant redorer la collaboration interservices, il a su me convaincre jusqu'à atteindre une relation extra-professionnelle. Aujourd'hui, son implication avec les Russes, l'institution que sont les P.F.E.G dans lesquelles il opère, le monde de l'art impliqué autour de négociations internationales d'équipements militaires et/ou civils, la volonté d'identifier des agents français infiltrés, cette « illégale » que serait Luana LEVIN missionnée pour menacer le B.S.I, bref l'accumulation de ces faits ne prône pas en sa faveur. La question subsidiaire est de découvrir s'il est même impliqué dans ce groupe appelé « Les Compagnons de l'Aube » ayant assassiné un des deux agents de la D.G.S.E ?

Avant de connaître la position ferme du Président de la République quant à informer la nation d'un chantage subi et affirmer le refus de céder à ce chantage, je convoque mes meilleurs techniciens afin d'utiliser un de nos logiciels spécialisé en changeur de voix capable, une fois l'originale enregistrée, de se faire passer pour la personne auprès d'un interlocuteur. Il nous faut capter en priorité la voix de Wolfgang dont la Caporale Ambre m'assure l'avoir enregistrée lors de sa visite dans le bureau du Directeur des P.F.E.G. Elle nous demande quelques minutes pour la passer sur écran et la scanner par le logiciel.

La deuxième voix dont j'ai besoin, c'est celle de Zakaria, la troisième Markus, la quatrième Luana LEVIN alias « Addison » et la cinquième celle de Rmitri DYBOLOVLEV.

– Je les ai aussi ! Dans quinze minutes j'ai les cinq timbres de voix, reste plus qu'à dicter votre texte et la restitution sera parfaite lors d'appels…

– Voilà du good job Caporale. Il faut repérer là où se trouvent les cinq cibles pour ne pas commettre d'erreur lors des conversations. Alors mettez-vous tous en surveillance serrée de ces identités, vous avez carte blanche pour utiliser tout ce qui est en notre possession. Si vous avez besoin d'autorisation de services extérieurs à notre agence, vous la demandez, vous l'obtiendrez en suivant. La Capitaine Élodie se chargera de décrocher vos demandes.

Tout le monde en action immédiatement.

– Affirmatif Colonel.

– On se cale pour dimanche si les feux sont au vert, ou lundi matin. D'ici là je vous aurai exposé ma stratégie une fois obtenues quelques confirmations manquantes.

Mettez-vous bien en tête que nous allons tous jouer une partie délicate dans laquelle on doit collaborer avec la Centrale pour récupérer un des nôtres sain et sauf en priorité 1. En priorité 2, j'exige harponner Zakaria EL KHARMAZ en flag, en priorité 3 mettre hors d'état de nuire définitivement Wolfgang, en priorité 4, écarter tout risque de chantage de la part des Russes sur nos dirigeants industriels. En 5ème priorité, l'officier Markus du S.R.C mais je vais m'en charger personnellement. Vous pourrez quitter votre fauteuil une fois que mes demandes seront projetées sur les écrans face à vous. Vous êtes toutes et tous sur le pied de guerre jusqu'à nouvel ordre.

Des questions ?

– Aucune.

– Alors action !

Chapitre 15
Break

Samedi – PARIS centre

Sous pression, j'ai quitté le B.S.I tard dans la nuit. À titre exceptionnel je m'accorde la journée du samedi même si l'agence peut me joindre h24 en cas d'urgence.

Cet après-midi, je réserve un moment privilégié uniquement pour Cara. Ces dernières semaines n'ont pas été favorables pour consolider notre complicité et notre intimité. Son implication a permis de franchir une étape dans le déroulé de « SAC NOIR » sans qu'elle rechigne une minute pour y participer et mettre sa vie en danger. Hier au soir, Cara affirmait vouloir prolonger sa présence en rencontrant l'homme l'ayant invitée à SINGAPOUR. À ce stade, je n'ai pas pris de décision formelle malgré son insistance. Notre relation amoureuse est mise à rude épreuve par mon métier hors du commun mais nous nous dévorons des yeux à chaque moment passé ensemble. Son soutien est fort, son charisme m'éblouit, son humour me fait sourire et me relaxe, sa positivité déteint sur mon comportement. C'est ce que l'on peut définir comme être amoureux avec un grand A.

Aujourd'hui sont mises de côté mes obligations car celle qui partage ma vie doit être prioritaire.

Amatrice de massage relaxant, je vais lui offrir un aparté de détente prodigué par mes soins. Les secrets du massage m'ont été appris il y a quelques années lorsque j'ai dû, pour une mission, m'infiltrer dans un salon spécialisé afin d'identifier la maîtresse d'un important diplomate Bolivien corrompu. Parfois les missions amènent à s'engager dans des voies peu communes !

Pour totalement surprendre Cara, j'achète une table de massage pliante livrée deux heures après dans notre appartement.

Ce week-end, sa fille Cassandra est invitée chez une camarade de classe ce qui nous laisse enfin 24h00 de vraie vie de couple.

Rentrant de deux heures de shopping dans les boutiques parisiennes, Cara constate la mise en scène conçue : rideaux tirés pour la pénombre, une dizaine de grosses bougies allumées, fond musical de type Lounge diffusé dans les lieux branchés de la planète, serviettes roulées sur la table et flacon d'huile de massage parfumé à la fleur d'oranger.

Surprise, Cara me demande :

– Chéri, que se passe-t-il ???

– J'avais envie de m'occuper personnellement de ton corps en agissant avec mes mains agiles.

– J'adore l'idée ! Tu sais que j'aime les surprises ! Laisse-moi quelques minutes pour me doucher et être totalement à ta disposition mon amour

– Prends le temps dont tu as besoin...

Revêtu d'un peignoir en éponge, je vérifie & vérifie encore chaque détail pour laisser imaginer Cara se trouver dans un véritable salon de massage élégant.

Ma patience est récompensée une petite dizaine de minutes plus tard quand, vêtue d'une serviette nouée jusqu'au-dessus de sa poitrine, Cara entre dans le salon théâtralisé, sourire rayonnant aux lèvres, ses cheveux parfaitement lissés prouvant son envie d'être désirée.

Tel un véritable professionnel, je l'invite à s'allonger sur le ventre en plaçant une serviette sur son fessier divinement rebondi.

Je verse abondamment de l'huile dans mes mains et j'entame des allers/retours légèrement appuyés sur sa jambe droite. Du talon jusqu'au haut de sa cuisse, je me concentre en malaxant ses muscles pour la plonger dans une relaxation totale.

Sa jambe gauche reçoit les mêmes soins mais en frôlant de plus en plus les premiers centimètres de sa fesse.

Constatant aucune réaction de rejet, j'attaque de manière énergique ses fesses. Comment calmer mon excitation ? Impossible. J'ai promis à son arrivée un massage sérieux, je tiens mon engagement du moins le plus longtemps possible !

Son dos devient un terrain de jeu idéal pour mes mains dont elle sent la force appuyer sur chaque centimètre. De temps en temps, Cara émet de légers gémissements m'encourageant dans ma démarche. Me plaçant face à son visage pour masser ses épaules, elle écarte mon peignoir surprise par mon érection. Mon sexe entre dans sa bouche le durcissant définitivement. Il m'est impossible de maintenir la pression de mes mains sur ses épaules et à cet instant, je m'offre le luxe d'apprécier pleinement cette fellation.

Me rendant ma liberté de mouvement, Cara sourit à nouveau tout en me faisant signe de rependre mon massage. Immédiatement je m'exécute en ne contrôlant plus mes pulsions sexuelles tellement l'excitation est palpable.

Après de longues minutes d'astreinte, il est temps de proposer à Cara de se retourner pour être allongée sur le dos. Sans obtenir son accord, je saisis la serviette et la lance loin de la table. Maintenant, son corps est totalement nu. Quelle perfection de ses formes.... J'aime la regarder et nourrir mes yeux de son ultra féminité.

Consciencieusement, je reprends le rôle du masseur en démarrant par ses jambes. Mes yeux sont fixés sur son sexe et son minuscule triangle pubien.

Mes mains remontent petit à petit jusqu'à effleurer ses lèvres ne laissant aucune réaction de sa part pour me repousser. Alors, à mon tour, je viens poser ma langue sur son clitoris entamant un cunnilingus apprécié. Son orgasme lui fait soulever ses hanches en s'agrippant fortement à mes poignets. J'insiste encore quelques secondes ce qu'elle réfute en me repoussant pour profiter de son orgasme clitoridien.

À peine redescendue de ses émotions, je monte sur la table, m'allonge sur elle en la pénétrant. L'acte est un mélange d'érotisme et de sexualité torride quand se sentant proche de jouir à nouveau, Cara me demande de me retirer pour profiter encore de la puissance de mes mains. Ne lui refusant rien, je m'exécute tel un soldat aux ordres. Alors je verse à nouveau de l'huile sur son corps tout en me concentrant sur sa poitrine, sa zone érogène la plus alerte. Conscient de mes actes manuels, je sais qu'en un instant son excitation peut remonter très vite...

La relation reprend de plus belle lorsque je saisis ses jambes pour les placer sur mes épaules m'offrant ainsi son sexe face au mien. Un deuxième orgasme s'empare d'elle en entraînant le mien trop tard pour le retenir. Elle aime me sentir jouir en elle, j'aime cette sensation de réciprocité nous amenant à voler dans les airs les plus voluptueux.

Une heure trente après cette interlude érotico-romantique, je lui propose d'aller dîner dans PARIS pour conclure cet après-midi torride.

Proposition acceptée, nous revêtons chacun une tenue plutôt chic pour nous rendre au restaurant de l'Hôtel Costes rue Saint-Honoré. La surprise supplémentaire à laquelle ne s'attend pas ma beauté, c'est que j'y ai réservé une chambre. Lors d'une conversation autour d'envies prononcées, j'ai bien retenu cette envie précise…

Chapitre 16
Retour aux affaires

Dimanche 12h31 – B.S.I

Quelques heures d'intimité avec Cara m'ont suffi pour me ressourcer et reprendre de main de maître la mission après le contact téléphonique de mon bras droit me demandant de rejoindre en urgence l'agence.

Le travail des agents est remarquable ! En quelques heures ils ont, grâce au logiciel, analysé, enregistré les cinq voix me permettant lorsque j'appellerai chaque correspondant, avoir la voix identique de celui ou celle qui est censé appelé.

Une convocation dans le bunker est adressée à la Capitaine **É**lodie et les chefs de service pour 14h00 dans le but de leur dévoiler mon plan quelle que soit la décision présidentielle.

13h44

Le Président entouré de son Chef d'État-Major particulier me joint par téléphone :

– Bonjour Colonel Saint Régent.

– Bonjour Monsieur le Président.

– A mes côtés se trouve le Général « XXX » souhaitant entendre vos dernières informations.

– Mes respects Mon Général.

– Sachez Saint-Régent que je déconseille formellement au Président de planifier une allocution télévisée.

– A quel titre Mon Général ?

– Cette intervention peut faire rompre les liens d'agents de terrain infiltrés dans de nombreux réseaux terroristes. La panique va s'emparer et chaque organisation terroriste va imaginer qu'elle est visée. Les doutes vont s'emparer de tous en risquant la vie de nos agents.

– Avec tout le respect que je vous dois Mon Général, chaque Directeur d'agence de renseignements doit alerter en cascade ses chefs de service afin qu'ils informent leurs agents par les différents moyens mis à notre disposition. De mon côté j'agirai en ce sens.

– Ce n'est pas faux Lieutenant-colonel.

– Je vous remercie. Le B.S.I aura donc la capacité d'alerter ses agents.

– Dites-moi Lieutenant-colonel, vous n'êtes pas un débutant, hormis à la tête d'une telle agence, permettez-moi de connaître vos intentions finales.

– Mon Général, je veux attirer l'ennemi en dehors de sa zone. Lui proposer un deal qu'il ne pourra refuser en menant une action sur les bases arrière. Ma spécialité est l'infiltration, alors je vais mettre à profit mon expérience.

– Ne jouez pas les escadrons de la mort sans preuve formelle. Ni la FRANCE ni le Président ne peuvent être impliqués dans un scandale diplomatique international en pleine négociations commerciales avec nos grandes entreprises.

– Ma première action a été de vendre un vrai/faux fichier comportant de fausses identités d'agents infiltrés. Très rapidement j'ai compris que la démarche était un leurre initié, sans preuve formelle encore, par le Renseignement Suisse dont un Officier bien connu de moi serait corrompu. Si j'étaye mon analyse, je pourrai imaginer que lui aussi agît de manière délibérée mais je vais le savoir rapidement. À quel titre ? Je n'ai pas encore de réponse formelle. On ne peut pas risquer se compromettre par le truchement de Service Secrets se servant de nous ! Cela serait intolérable.

– Ne commettez aucune erreur Lieutenant-colonel Saint Régent. Vous avez en opposition tous les conseillers militaires du Président.

– Ai-je votre confiance Mon Général ?

– A 50%, je ne vous le cache pas.

– Alors je vais obtenir les 50% restants.

– N'oubliez pas que vous n'êtes plus un électron libre couvert par un digne Officier respecté par tous.

– Affirmatif Mon Général. Validez-vous ma demande auprès de notre Président ?

– Comptez sur moi. Vous me semblez maîtriser votre stratégie. Gagner des victoires n'est pas gagner une guerre. Sachez vous appuyer sur les différents Directeurs ou Commandants d'unités **à** qui j'octroie un immense respect.

– Je n'y manquerai pas Mon Général.

Le Président prend la parole :

– Lieutenant-colonel Saint Régent, une allocution enregistrée, de dix minutes maximums, sera diffusée sur l'ensemble des chaînes françaises durant laquelle j'affirmerai que la FRANCE s'oppose à toute forme de chantage face aux groupes terroristes tout en demandant la libération immédiate d'un de nos compatriotes sans monnaie d'échange. Son statut ne sera pas divulgué bien évidemment. Vous serez prévenu par voie officieuse du jour de la diffusion avant les organes de presse.

Mercredi soir me semble opportun après le Conseil des ministres du jour durant lequel je devrai informer le gouvernement de mon action.

Pour conclure, le pays compte sur vous, les institutions également, nous restons bien évidemment discrets sur les raisons qui m'amènent à enregistrer cette allocution, faites de même.

– Je vous remercie Monsieur le Président. Comptez sur ma dévotion et mon engagement à sauver notre compatriote, protéger nos entreprises et accomplir en bonne et due forme la mission « SAC NOIR »

– Vous n'avez pas d'autres choix possibles. Bonne chance.

En fonction de la réussite de votre mission, il serait essentiel, tout comme pour vos homologues chefs des services de Renseignement associés aux chefs des Armées, d'être dans mon bureau avant le Conseil des Ministres du mercredi. En tant que Chef de l'État, je livre certaines directives après vos remontées d'informations du terrain. Votre avis peut être pris en compte certes, mais vous mettrez en application ma politique présidentielle. Votre rang vous oblige à cet impératif dès à présent.

– Je serai honoré Monsieur Le Président de me trouver à vos côtés chaque mercredi.

– Parfait Lieutenant-colonel. Vous recevrez le process à respecter par un de mes aides de camp. On ne badine pas avec la République et la protection des citoyens français.

– A vos ordres Monsieur le Président.

Les hommes politiques… Faut-il dans ma position leur porter une confiance inébranlable ? Servent-ils leurs propres intérêts dans le grand échiquier des alliances en vue d'élections ? Ou sont-ils totalement investis d'une mission de protection de leur pays ?

À ces questions régulièrement posées à feu le Colonel Archibald de GANS, il avait pour habitude de botter en touche dans le but de m'éviter toute retenue dans mes actions de terrain sous peine de remontrances politiques que lui savait contrer ! Je n'ai pas ce talent si reconnu par tant d'intermédiaires gouvernementaux ou militaires.

14h00 – Le Bunker

Mes chefs de service sont comme à l'habitude d'une ponctualité digne des Rois.

Prêts à m'écouter, je profite de leur attention pour les informer d'avoir réussi la prouesse de convaincre le Président de la République française de diffuser une allocution télévisée pendant laquelle il dénoncera sa fermeté à refuser tout chantage avec des groupes terroristes. Ma conclusion est de leur démontrer qu'avec cette intervention « Les Compagnons de l'Aube » vont certainement commettre une erreur fatale. Les personnes agissant dans l'illégalité, hors la loi, même les plus rudes, commettent habituellement, parce que soumis à un état de stress permanant, une faute repérable. À la condition de mettre sous surveillance les bonnes personnes.

Il aura fallu une petite vingtaine de minutes pour décrire le plan mûrement réfléchi à déclencher quelques minutes après l'allocution présidentielle.

Les tâches sont réparties auprès de chacun devant tout mettre en œuvre pour ne subir aucun accroc. La moindre erreur serait fatale, ils le comprennent tous. Séance levée.

Seul dans cette pièce hermétique, je contacte les agents disponibles sur notre serveur comme à l'accoutumée.

Sont réquisitionnés les proches, Adjudant Cyril R., la Caporale Ambre, le Sergent Arthur dédiés à être actifs dans Hermès, et sans hésitation la cellule Alpha/Oméga commandée par Panther. La Capitaine Éléonore doit aussi prendre place lors du déplacement.

Associée à cette team, je favorise la Capitaine Éléonore détenant des outils technologiques car capable de nous faire introduire dans n'importe quel immeuble, bureau ou salle dits impénétrables.

L'équipe sera restreinte volontairement pour être bien plus furtive en OPEX.

Avant de confirmer par voie téléphonique auprès de Panther, il me faut la certitude de la présence et de la volonté de Cara à maintenir son action. Elle a bien répondu à l'invitation de Rmitri DYBOLOVLEV lors de la vente des toiles de maîtres !

Nous détenons toujours son compatriote et ami ce qui pourrait le faire changer de planning. Seule Cara peut obtenir une information capitale dans l'organisation future de nos déplacements.

Doit être certifiée par mes équipes la présence des quatre toiles de feu mon faussaire à SINGAPOUR il y a encore trente minutes. Je dois stimuler Cara à contacter Rmitri DYBOLOVLEV pour garantir le maintien de l'invitation.

– Chérie, ma décision est prise. Tu peux prolonger ton rôle lors du déplacement à SINGAPOUR à la condition sine qua none d'aucune prise de risque de ta part ni d'écart de langage comme lors de la vente des tableaux dans le bordelais.

– Tu vois, sans même insister, j'étais certaine de ta décision ! Je ne suis pas innocente, tu le sais. Si j'affirme ma position, c'est par raison.

– Ne le prends pas à la légère. Je déclenche un plan précis comportant des risques importants. Je ne me pardonnerais jamais s'il t'arrivait quoi que ce soit, tout comme à mon équipe.

– Tu es le meilleur, je suis rassurée.

– Cela ne fait pas tout. Le facteur X fait partie intégrante d'une mission.

Peux-tu contacter Rmitri DYBOLOVLEV par téléphone et décrocher sa confirmation à te proposer des toiles uniques pour ton employeur présent exceptionnellement pour l'occasion ? Tu n'as pas oublié son nom, Dan ROY.

– Je l'appelle immédiatement.

– Dès que tu raccroches avec lui tu me préviens sans perdre une seconde.

– A tes ordres mon chéri !

Lorsque l'invitation sera approuvée définitivement, il me faut revêtir l'apparence du fictif employeur de Madame FROST. Son profil tourne déjà sur les moteurs de recherche depuis la décision de faire intervenir Cara lors de la vente privée. Son visage conçu de toute pièce par un logiciel de morphing sera aisé à reproduire.

Dan ROY, homme de soixante ans, barbe poivre et sel, cheveux plaqués en arrière, le pur dandy élégant new-yorkais absent des soirées mondaines, plutôt discret dans sa vie privée dans le but de protéger ses affaires et totalement absent des réseaux sociaux. Ayant fait une première fortune dans les chaînes de restauration rapide en Amérique du Nord et Centrale, il a diversifié son capital parmi différents secteurs dont l'investissement très rentable entre l'art ancien et contemporain. Sa vie sentimentale n'est étalée nulle part, ni ses lieux de villégiatures. Le profil parfait à endosser lors de cette future rencontre à hauts risques.

Depuis plusieurs minutes j'attends le rappel de Cara. Nerveux, je tourne en rond dans cette salle heureusement climatisée.

La Capitaine **É**lodie me rejoint pour m'avertir de la préparation opérationnelle des équipes prêtes à déployer leur travail lors de mes appels. Inquiète quant à ma nervosité visible, elle tente de me confirmer qu'à nouveau je serai à la hauteur.

– Élodie, tu es avenante, mais rejoindre SINGAPOUR peut être un piège se refermant sur nous.

– Tu as paramétré le taux de risque ?

– Affirmatif.

– Alors quel est le problème ? Ta stratégie est claire !

– A la condition que les temps d'intervention et de changement d'apparence soient suffisants.

– Il y a dix ans tu défiais les lois du métier en étant trois personnes différentes dans la journée !

– C'était il y a dix ans Élodie ! Les enjeux sont plus puissants, les ennemis sont bien mieux équipés et les services de protection de plus en plus affûtés.

– Tu veux que je parte avec vous ?

– Non. Tu as un statut maintenant officiel te permettant de me relayer s'il m'arrivait quoi que ce soit.

– Prends sur toi, reste concentré à 100%. De la salle de commandement je serai en direct avec toi, tout est déjà ordonnancé et millimétré.

– Attends Cara rappelle.

D'une voix calme et détendue, tout mon contraire, elle m'informe de la confirmation de la réservation de chambres à l'hôtel MARINA BAY SANDS et l'impatience de la part de Rmitri DYBOLOVLEV à rencontrer ce riche et discret spéculateur dès jeudi sur place.

– Élodie, on change une partie du plan.

– Donc ?

– On lance les appels croisés d'ici trente minutes le temps de géolocaliser les cinq cibles.

– Tu ne veux pas attendre l'allocution présidentielle ?

– Sans commettre d'erreur d'appréciation, PARIS-SINGAPOUR c'est approximativement 13h de temps de vol. Demande à Pierre des Moyens Généraux d'immédiatement bloquer un FALCON et mettre à disposition voiture et van à l'arrivée. Il lui faut aussi réserver suffisamment de chambres pour l'équipe. L'hôtel est constitué de trois tours avec un plateau les couvrant.

– Tu veux que tes hommes soient dans le même tour ?

– Évidemment.

– Je gère, détends-toi ou tu risques le burn out !

– Attention, les noms à bord sont Dan ROY et sa conseillère Ennara FROST en escale à PARIS. Je me contrefous de ne pas faire apparaître la team à bord.

Rencontrer l'oligarque sur place est la priorité. Va alerter tout le monde, on lance l'attaque.

– A tes ordres Gabriel ! Au fait tu vas t'appuyer sur quel service ?

– Là aussi je vais ménager les susceptibilités, uniquement le C.O.S et un commando trié sur le volet prêt à intervenir en zone urbaine. Contacte le Général commandant et demande son appui. Il peut réquisitionner n'importe quelle unité des Forces armées en dehors du Service Action de la D.G.S.E, ce qui lui laisse le choix de puiser dans un vivier important.

– Il va me suivre ?

– Tu es la Directrice adjointe du B.S.I il me semble !? Donc il te suivra. Tu gères les connexions entre ce commando, lui que tu inviteras dans la salle ici dès ton premier contact, et nous à SINGAPOUR.

– Les grands moyens !

– Je vais me les faire tous un par un.

– Te revoilà en pleine possession de tes moyens !

– L'action est mon adrénaline. À partir de cet instant, c'est une direction bicéphale prenant le commandement de « SAC NOIR ».

Maintenant, c'est autour de Panther de recevoir mon appel destiné à lui transmettre mes consignes strictes pour le déplacement dans la cité insulaire d'Asie du Sud-Est. Les précisions techniques relevant d'une exactitude militaire ne sont pas un obstacle pour lui. Je l'informe qu'à bord sera l'oligarque russe devant servir de monnaie d'échange en temps utiles. On peut oublier une règle habituelle, celle d'apprendre la langue du pays ciblé ! On réquisitionnera des traducteurs sur place.

Diverses questions balayées, il m'informe partir avec cinq hommes surentraînés depuis leur retour de dernière mission et en attente d'être engagés à nouveau. Ultérieurement, je lui préciserai l'heure de la convocation dans la salle dédiée de la 107. Avant de raccrocher, ma dernière information transmise est celle fournie par Hector. Surpris mais rassuré, Panther préfère ce scénario où in fine nous ne serons confrontés qu'à très peu de personnes.

Le brief définitif aura lieu pendant le long vol, une exception à laquelle jamais personne n'a été habitué durant nos nombreuses missions. Les dernières informations tomberont mercredi entraînant des affinements sur le plan.

15h20 – Salle des communications -B.S.I

Les cinq personnes pour qui j'ai demandé l'identification du timbre de voix sont géo localisées. Sans surprise, Zakaria est dans une suite du MARINA BAY SAND, Wolfgang avec son employeur, dans le même hôtel, Luana LEVIN dans PARIS et enfin le must, mon « ami » Markus se trouve étrangement à MONACO.

Plusieurs choix s'offrent à moi quant à la première cible à appeler. Ma décision est de contacter en premier mon confrère suisse, en me faisant passer pour Zakaria. Sans connaître leur connivence, leur mode de discussion doit avoir un style propre. L'improvisation est de mise…

Chapitre 17
Détonation

Quand tout à coup, en composant son numéro, je réalise mon erreur d'appréciation. Bien trop tôt avant notre arrivée de contacter les protagonistes. S'ils échangent avant jeudi, ils pourraient s'apercevoir de la supercherie. Machine arrière.

C'est le Lieutenant-colonel Saint Régent qui appelle l'officier helvète. Il est temps de se positionner.

Demandant le silence total dans la salle, je fais diffuser l'échange téléphonique sur le système audio :

– Salut Markus, tu es en forme ? Tu as des informations à me livrer enfin ?

– Le patron du B.S.I qui m'appelle à l'aide !

– A l'aide de rien du tout ! Tu fais preuve d'altruisme depuis tant d'années, continue !

– Gabriel, je ne suis pas innocent sinon je n'aurai pas fait carrière au S.R.C.

Cesse de me prendre pour un pantin.

– Tu es fébrile ?

– Je peux te faire vraiment confiance ? Tu es sur ligne sécurisée ?

– Affirmatif ! Il me semble avoir largement prouvé au cours de ces dernières années notre solidarité interservices. Parle je suis tout ouïe mon ami.

– Le sang ne peut toucher notre honneur.

– Où veux-tu en venir bordel !

– Je me suis fait piéger par ton meilleur ennemi Wolfgang.

– Qu'est-ce que tu racontes ???

– Il est à la solde de l'oligarque russe Rmitri DYBOLOVLEV qui lui-même a des intérêts financiers au sein d'U.A.C, consortium créé par ton ami Président de la RUSSIE. L'oligarque a été approché par Zakaria pour t'attirer dans un plan machiavélique afin que son réseau puisse bénéficier de parts dans le contrat d'armement et des commissions lors de transactions de toiles de maître. Ils ont fait un pacte dont le but ultime est d'écarter DASSAULT Aviation des négociations de vente du Rafale avec l'INDE en profitant de la situation pour éradiquer des agents de terrain actifs.

Wolfgang veut ta peau et a su convaincre un cercle intime de personnes initiées à notre monde.

– Tu te fous de ma gueule ? C'est la Sécurité Nationale de mon pays qui est mise en jeu. Tout ton speech à la con, je suis fan, mais qui a envoyé Luana LEVIN comme agent infiltrée ou agent Roméo, appelle-la comme tu en as envie, pour piéger un de mes collaborateurs ?

– Oui c'est moi sur ordre du département fédéral de la Confédération. La C.I.A, le MI-6, le MOSSAD, le F.S.B, le B.N.D[47], sauf la D.S.G.E, étaient sur les nerfs après la fuite des données du S.R.C.

– Tu es vraiment minable. Réglez vos problèmes internes comme de dignes professionnels.

– Il fallait nous assurer, du fait de notre relation à tous les deux, que vos services français n'étaient pas impliqués. Tu m'as bien mis dans une merde noire après ton coup à Prieuré Marquet ! je sais détecter par cœur tes méthodes.

– On t'a piégé aux P.F.E.G ; j'avais des doutes sans compter que mon intuition ne m'a pas faite défaut.

– Toi, le plus patriotique des officiers français, tu aurais procédé de la même manière

– Certainement, mais en corrélation avec un allié. Je vais te poser une seule fois la question : où est retenu le second agent de la D.G.S.E ?

– A PARIS.

– L'adresse et l'organisation qui l'entoure ?

– Si je te livre tout le spectacle sur un plateau, tu m'écartes des représailles ?

– L'adresse je t'ai demandé, accélère. On discutera après.

Le temps de sa réponse, j'écris sur un papier destiné à la Capitaine Élodie d'appeler le ministre de Défense immédiatement avec mise en alerte d'un groupe d'intervention au choix entre le R.A.I.D et le G.I.G.N voir les deux conjointement.

– Il y a trois hommes à la solde d'EL KHARMAZ qui le retiennent dans un appartement théâtralisé mais sous caméras reliées sur son

[47] Service Fédéral de Renseignements Allemand.

smartphone dans le bâtiment jouxtant l'ambassade de LIBYE dans le 16ème.

– Merci je sais où elle se trouve ! Quel immeuble ???

– Dos à la grille de l'entrée du n°2, tu as trois volets blancs métalliques sur ta droite, puis une grille noire d'un mètre de haut. Les volets correspondent à cet appartement en RDC dans lequel est séquestré votre agent. L'appartement est loué par Zakaria personnellement.

– Je souhaite le plus sincèrement du monde que tu me communiques une information capitale.

– Je te donne une autre preuve de ma bonne foi. Le F.S.B te suit à la trace mais ils n'ont pas réussi à prouver ton implication dans l'enlèvement d'Andreï DANILCHENKO.

– Rien à foutre de cette information Markus.

Les infos d'Hector, une de mes sources, finalement s'avèrent justes alors que des doutes subsistaient. Le renseignement d'origine humaine, défini dans le langage usuel comme « rohum », lorsqu'il s'avère aussi précis, est un risque physique pour lui. Il me faut le faire protéger encore plus. C'est un agent dormant alors que le titre « honorable correspondant » lui sied à merveille.

– Tu es à MONACO pour y faire quoi ???

– Récupérer les certificats d'authenticité des toiles achetées par DYBOLOVLEV.

– Tu es son majordome ?

– Bien sûr que non ! On a impliqué DECRAUPAZ voulant défendre son business et protéger les intérêts suisses. Quelque part c'est toi qui as été piégé par Zakaria mis sous surveillance depuis plus d'un an par mon service. Tu es un dommage collatéral

– Garde tes commentaires pour toi. Tu vas rappliquer à PARIS pour partir avec moi à SINGAPOUR. Pourquoi « trèfle 4 feuilles » ?

– Impossible ! Car la famille de l'avionneur détient une toile d'une valeur inestimable devant servir de monnaie d'échange par Zakaria. Nous avons secrètement organisé son transbordement. Certes il est entre les mains de tes ennemis, mais des alliances se sont créées sur place et notre unité d'élite la surveille. Je ne peux pas tout détailler par téléphone.

– Ne me fais pas disjoncter ! Rapplique et brouille les pistes. Irrémédiablement tu maîtrises ce jeu. Je te rappelle une fois l'exfiltration de notre agent confirmée.

– Coupez les caméras via le Wi-Fi de l'ambassade. C'est sous ce réseau que les images apparaissent en live sur l'application de Zakaria.

– Au moins tu sers à quelque chose. Je transmets l'info.

– Reprenons notre alliance Gabriel.

– N'essaie même pas de tenter une fuite, je te fais coller au train. Reste joignable impérativement à compter de cet instant.

Le temps de réaction a été immédiat après la délivrance de cette notification de la part du ministre qui, sans perdre une seconde, a alerté le Premier ministre et ainsi de suite en cascade jusqu'au Directeur de la Centrale.

Personnellement, je suis abasourdi par l'enchainement de révélations entendues. Narre-t-il la vérité absolue ? Pas de place aux états d'âme, place à la réactivité.

Une équipe de la D.G.S.E est déjà sur place en observation avant de transmettre son rapport aux forces d'intervention. La tombée de la nuit sera propice à la libération de l'otage sans créer d'alerte suspicieuse auprès de l'ambassade.

Il fallait s'y attendre, mon ministre de tutelle demande ma présence immédiate sur place avec une équipe restreinte. Il me relaie le contact du coordinateur de la D.G.S.E auprès de qui je dois collaborer.

Quelques secondes suffisent à m'entretenir avec mon bras droit, de lui ordonner de mettre en stand-by les agents retenus pour le déplacement à SINGAPOUR, de dispatcher l'info auprès du Général commandant le C.O.S ainsi qu'auprès de Panther.

Également, je souhaite la collaboration de nos hackeurs pour surveiller, via le réseau de caméras de l'hôtel MARINA BAY SANDS, les mouvements des ennemis confirmés.

Ma dernière demande est de s'assurer de la montée de Markus sur PARIS par tous les moyens possibles à notre disposition en maintenant une surveillance sur lui via ses deux lignes téléphoniques.

Les hommes de permanence ne me semblent pas adaptés à m'accompagner sur l'intervention, alors j'embarque avec moi le seul à être dans son bureau à taper un rapport, le Capitaine Basile S., chef du Service Action du B.S.I. De par ses attributions et ses expériences, il est l'homme de la situation.

En deux phrases il a su déterminer son rôle en m'assurant être proactif. Sujet acté, il monte avec moi sur une DUCATI pour nous déplacer en urgence.

17h12 – 2, rue Charles Lamoureux – PARIS 16ème

La D.G.S.E a déployé sur place leur fourgon banalisé truffé d'électronique dernière génération pour observer le lieu et détecter la stratégie d'intrusion. Invité à monter à bord pendant que Basile joue les piétons observateurs, le coordinateur fait preuve de nervosité à l'encontre de l'agence que je représente.

– Lieutenant-colonel, il y a des choses qu'il nous est impossible de divulguer. Chaque membre de notre direction générale se voit imposé d'appliquer la notion de Secret Défense en toutes circonstances. Visiblement, le B.S.I s'est fait déborder.

– Monsieur, vous êtes un homme d'expérience pour revêtir la fonction de coordinateur. Vous mentez par omission, concept habituel dans nos univers, cela ne vous offre pas le privilège de dénigrer les actions d'autres agences. Je ne suis pas certain que vous n'ayez jamais été confronté à des erreurs au sein de la Centrale mettant en danger une de vos missions. Nous sommes bien présents ici sur ordre et en observation pour une phase 1 car un agent de terrain reste le dernier survivant des deux capturés. Nous sommes logés à la même enseigne, alors soyons solidaires pour libérer l'un des vôtres lors de la phase 2

– Restons-en là et concentrons-nous effectivement.

La diplomatie n'est vraiment pas ma qualité première. Ma seule idée en tête était de lui coller mon poing dans la gueule.

Deux heures d'observation commune nous amènent à faire intervenir en tête de colonne d'assaut le G.I.G.N (groupe de 10) par le jardin extérieur et le R.A.I.D (groupe de 8) par les trois fenêtres rue Lamoureux. Complétant l'attaque, nos deux agences présentes sur place avec nos hommes, assureront les arrières.

Les plans de l'appartement sont diffusés sur un de leurs écrans permettant de préparer l'exfiltration. Au premier étage, loge depuis plus de vingt ans une personne aujourd'hui âgée de 89 ans. Le danger ne viendra pas d'elle. Aux étages 2 et 3, uniquement des plateaux bureaux désertés la nuit. Aucune menace non plus par ces étages.

Pour déclencher l'assaut, non seulement la rue sera bloquée en amont et en aval mais également associé à une coupure d'électricité déclenchée de manière synchronisée avec le « Go » des officiels.

Pour s'assurer d'aucune alerte déclenchée par le personnel de l'ambassade logée sur place, il me semble intéressant d'étudier les plans techniques du bâtiment pour découvrir le système de circulation d'air et des conduits de climatisation. Étonné, le coordinateur, moins vindicatif et mesuré dans son phrasé m'interroge sur ma demande. Restant courtois, je lui réponds que techniquement il est possible en quelques minutes de pulvériser par les clapets d'aspiration extérieurs sur le toit, du gaz soporifique type valium. Non seulement l'effet d'endormissement sur les éveillés sera immédiat, mais de plus au réveil un état nauséeux produira l'incapacité de se souvenir de ce qu'ils pourraient entendre. Une condition subsiste pour s'assurer de la diffusion du gaz, c'est l'absence de détecteur de gaz combustible et soporifique dans les pièces de l'immeuble. Nous le découvrions !

– Excellente idée Lieutenant-colonel, vous en disposez ?

– Vous imaginez bien qu'en proposant cette technique, je détiens des cartouches dans le plus grand des secrets. Je les fais venir immédiatement.

– Excellent ! Je retiens la proposition pour l'immédiat et le futur même si la convention sur l'interdiction d'utiliser des armes chimiques est stricte.

– Depuis quand une agence des Services Secrets respecte les conventions internationales ?

– Vous avez raison.

La Capitaine Élodie se charge de nous faire livrer le matériel demandé par un de nos permanents, qu' il aura la charge de monter sur le toit de l'ambassade par la rue Émile Menier avec la plus grande discrétion et de mener à bien la propagation du gaz. La projection sur écran via Google Maps des infrastructures de ventilation confirme bien les entrées/sorties d'air sur la toiture.

J'émets une seconde idée, celle de placer un véhicule banalisé à la dernière seconde contre la grille de l'ambassade de façon que personne ne puisse en sortir dans le cas où du personnel n'aurait pas été sous effet du gaz. Deux caméras de surveillance grand angle, extérieures, situées de chaque côté de l'entrée, seront à l'aveugle une fois l'électricité coupée. Le coordinateur devient encore plus aimable, alors il valide les deux propositions comme si j'étais en formation à l'école ! Je vais m'en faire un ami !!!

23h55

Régulièrement j'ai en ligne les instances discrètes du Palais et de Matignon sans compter le ministre de la Défense excessivement nerveux. Entre deux appels, j'ai obtenu la confirmation de l'arrivée de l'officier helvète dans la capitale.

La pire nouvelle vient de Cara venant d'être prévenue par sms du lieu d'exposition des toiles. Les invités, donc Ennara FROST et Dan ROY, sont priés d'embarquer à bord d'un bateau mis à disposition sur Marina Bay le jeudi à 7:00pm heure locale.

Leur piège est dévoilé pour nous supprimer librement le long des 193 kilomètres de côte ou en plein milieu du détroit de SINGAPOUR. Dès la libération de l'otage, je prendrai les mesures adaptées pour parer cette option.

Les deux leaders des unités d'intervention, présents dans le fourgon, prônent l'assaut à minuit trente précise une fois l'ordre du préfet de Paris et de la région Île-de-France confirmé. Lui-même doit obtenir le top départ du ministre de l'Intérieur.

La rue Charles Lamoureux depuis plus d'une heure bénéficie de très peu de circulation de voitures et seulement deux couples l'ont empruntée à pied, ce qui nous assure une forme de calme pour terminer de paramétrer l'attaque. Le détecteur thermique dirigé vers l'appartement du RDC confirme que dans une pièce, la plus proche de l'immeuble de l'ambassade, se trouve un homme isolé sans mouvement.

La pièce la plus proche de la partie jardin comporte trois hommes eux aussi sans mouvement

Nous sont remis à mon officier et moi-même deux gilets pare-balles de niveau « III » de l'unité du R.A.I.D et deux casques pare-balles équipant à chaque intervention les « Ripper[48] » de la colonne d'assaut. Exceptionnellement, j'exprime le choix de porter plutôt un casque léger destiné au groupe de soutien ou tireur de haute précision de l'unité. Non pas par caprice mais le poids du casque lourd serait une gêne du fait de ne pas avoir l'habitude d'en porter.

Le préfet entouré de son garde du corps entre à son tour dans le fourgon, demande immédiatement après les salutations d'usage un brief au coordinateur avant de livrer son feu vert.

---

[48] Surnom des hommes/opérateurs portant un bouclier en tête de colonne d'assaut.

Ne connaissant ni ma fonction, et ce par force, le B.S.I n'est pas porté à la connaissance de certaines institutions, ni mon identité, virilement il me demande de lui servir un café. Amusé par sa demande, je fais couler son café dans la machine calé entre les extincteurs. Me remerciant, il cherche à savoir si je fais partie de l'unité du R.A.I.D du fait de porter leur gilet. Par réflexe et coupant net toute initiative de la part du coordinateur de lâcher l'info, je me présente comme un émissaire du ministère de la Défense. L'ambiance devient plus conviviale avec le représentant de la République félicitant la coopération des unités d'intervention avec l'agence de renseignements !

00h25

Le préfet collecte les derniers renseignements attestant qu'à l'intérieur de l'ambassade aucune communication téléphonique cellulaire ni standard ne sont émises signe d'assoupissement des occupants. Les deux leaders estiment **ê**tre parés à intervenir.

Les minutes consacrées aux échanges téléphoniques interministériels sont longues pour à minuit trente-huit entendre le préfet se tourner vers nous et annoncer **:**

– Messieurs, vous avez le feu vert ministériel et le mien.
– A vos ordres Monsieur le préfet.
– Le taux de réussite attendu est de 100%
– Nous n'envisageons pas un taux de 99%
– Parfait Messieurs. Place à l'action.

00h40

Aux deux angles de la rue Charles Lamoureux, rue Émile Menier et rue de Noisiel, des membres des deux unités font barrage pendant qu'un des hommes se charge de coller une voiture banalisée devant les grilles d'entrée de l'ambassade.

Le système radio « Acropol » utilisé par l'unité m'est aussi fourni par une oreillette, il fait résonner la voix grave et calme du chef d'unité du G.I.G.N annonçant :

« 30 secondes avant coupure générale ».

Mon collaborateur diffuse le gaz dans les conduits depuis déjà une dizaine de minutes. L'effet étant quasi immédiat, je lui demande de remporter les bouteilles vides et de rentrer immédiatement au B.S.I.

S&W serré entre mes deux mains, je suis en dernière position avec l'unité du R.A.I.D avançant pas à pas. Les Rippers s'approchent du volet métallique correspondant à la pièce dans laquelle se trouve l'otage.

Basile, lui, détient la même position en couverture avec le G.I.G.N sauf que la colonne a la charge de neutraliser trois hommes en quelques secondes pendant la prise de tous les moyens de communication par lui.

La priorité de l'intrusion et de la neutralisation des gardes de l'otage revient au G.I.G.N détournant ainsi par leur action l'attention des preneurs d'otage en offrant une liberté de mouvement pour l'intrusion de l'escadron du R.A.I.D.

Le dernier faisceau du détecteur de chaleur atteste le calme absolu à l'intérieur. À l'aide de vérins, le peloton de gendarmes fait sauter les volets métalliques, fracasse les vitres et pénètre dans la pièce en un temps record. L'entraînement poussé de ces hommes porte ses effets en situation extrême. On entend les bruits sourds produits par les silencieux de leurs armes automatiques associés à l'explosion de grenades fumigènes.

Le « GO » est à son tour prononcé par les forces de police employant la même technique d'intrusion dans la chambre mais eux n'utilisent pas de grenade afin d'épargner l'otage.

Un seul et unique coup de feu sans silencieux est tiré en représailles par les preneurs d'otages en direction d'un membre de l'unité qui, touché à la main droite est évacué illico presto de la pièce par deux autres. Malgré le port de gants spéciaux, la balle a réussi à la transpercer. Son jour de chance car il serait gaucher d'après les infos données en live. Il peut rejoindre sans tarder l'hôpital Européen Georges-Pompidou.

Sans surprise, les trois gardes de l'otage sont abattus sans sommation. Temps imparti, moins de deux minutes !

Par oreillette, nous entendons :

– Salle sous contrôle.

À mon tour d'entrer dans la chambre où se trouve l'agent de la D.G.S.E totalement « stone ». Attaché avec une chaîne reliant ses chevilles à ses poignets, un membre de l'unité la sectionne. Sans force, il ne tient pas debout. J'essaie de le rassurer sans succès car il a été visiblement drogué dans le but de le rendre inoffensif. Porté par deux hommes il est sorti par la fenêtre, et aussitôt mis à l'arrière du véhicule banalisé ayant servi de bouclier. Départ en trombe vers un hôpital pour un check-up complet. Opération réussie !

Dans le même temps les trois cadavres sont sortis et eux aussi placés dans un fourgon banalisé pour rejoindre une destination inconnue. Le matériel de communication récupéré par Basile est transmis au coordinateur, l'électricité est réenclenchée, le préfet félicite chaque personne présente au nom du gouvernement de la FRANCE et en son nom personnel.

Le camp est levé dans le plus grand calme. La rue Charles Lamoureux a été le théâtre discret d'une libération d'otage sans qu'aucun habitant ne se soit aperçu de la moindre activité.

Quels seront les réactions officieuses de l'ambassade mêlée à des procédés terroristes ? À mon humble avis, aucune.

Quelle sera la réaction de Zakaria EL KHARMAZ lorsqu'il découvrira sur son application des pièces vides sans l'otage dont le rôle **était** de lui servir de moyen de pression ? Comment va-t-il se justifier auprès de ses « associés » ? L'invitation à la vente destinée à Dan ROY sera-t-elle maintenue dans la cité État ?

Va falloir l'anticiper…

Par ligne sécurisée, j'informe mon bras droit du bon déroulé de la libération de l'otage grâce aux unités d'élites. Connaissant mes reflexes, La Capitaine a fait récupérer Markus en provenance de NICE par deux permanents à C.D.G. En attendant mes instructions, elle l'a fait placer dans un hôtel sous garde rapprochée jusqu'à son transfert au B.S.I.

Avec Basile nous rentrons à l'agence poser la moto et retrouver nos domiciles rapidement. En remontant du garage en sous-sol, je contacte Markus pour l'informer, comme convenu, de la libération de l'otage, de rester joignable pour toute personne avec qui il est en lien et enfin pour le prévenir que demain matin il sera conduit cagoulé à l'agence.

Quelques heures de sommeil sont nécessaires.

Chapitre 18
Stratégie

Lundi 08h15 – B.S.I

Marine me voyant arriver sur le palier de l'étage où se situe mon bureau me fait signe sans parler qu'elle va me préparer un double expresso. Ses réflexes sont salutaires !

Il fallait bien ne pas bénéficier de répit, mon ministre adoré appelle :

– Bonjour Gabriel, voilà une opération menée de main de maître !

– Bonjour Monsieur le ministre. Il vous faut féliciter les unités d'intervention.

– Vous pensez bien que les félicitations sont tombées en cascade du plus haut sommet de l'État. Personnellement, je vous félicite d'avoir été enfin parfaitement diplomate avec l'Officier coordinateur de la D.G.S.E envers qui j'imaginais parfaitement à l'avance vos réactions impulsives.

– Comme quoi, les surprises existent. Toujours être là où personne ne vous attend.

– N'en faîtes pas trop non plus Gabriel. Comment l'initiative de diffuser un gaz soporifique vous est venue ?

– Dans le livre « Les meilleures techniques d'agent secret pour les nuls »

– J'avoue pour une fois rire de votre insolence !

– Ahhhh enfin ! Merci !

– Plus sérieusement, Le Président a fait annuler l'enregistrement de son allocution.

– Erreur ! Grave erreur ! Il lui faut maintenir cette intervention pour ne pas laisser penser aux acteurs de ce complot que la FRANCE est le donneur d'ordre dans la libération de l'otage.

– Gabriel, vous êtes certain à 100% de votre hypothèse ?

– Affirmatif ! Ce n'est pas une hypothèse, c'est une évidence ! Appelez-le et demandez-lui d'appliquer ce que nous avions convenu

– Donnez -moi un argument.

– Je vais pour la première et la seule fois de ma carrière, mettre en danger un confrère qui par ses agissements met en péril notre propre Sécurité Nationale au nom de la sienne. Le contrat de vente des Rafale à L'INDE est la clé du danger. Dès le départ j'ai été induit en erreur par différents sujets et les raisons concernant l'achat de la liste des agents infiltrés. S'il avait pu l'obtenir, nous serions attaqués de toute part. D'après mes sources fiables, il y a bel et bien une volonté d'obtenir cette putain de liste Monsieur. Plus tard je vous livrerai les détails.

– Une fois de plus, Gabriel, je vous porte une confiance absolue. Ne décevez personne.

La voiture transportant Markus est à l'entrée du parking. Le temps de descendre au deuxième sous-sol, puis de le faire monter dans mon bureau, j'ai le temps de m'entretenir avec le patron du C.O.S quant au déplacement à SINGAPOUR.

En quelque secondes il comprend l'embarras dans lequel je pourrais me trouver au large des côtes sans moyen d'échapper à un assassinat en règle. Il peut mobiliser ses unités de commandos marins mais d'après lui il faudra suivre par satellite les déplacements.

En réponse, j'insiste sur le fait que le suivi des périples de nos ennemis par vue aérienne à l'aide d'un satellite est plus que recommandé certes, mais la faiblesse réside dans leur programmation coûteuse et compliquée à paramétrer à aussi longue distance. D'après mon expérience, les drones dotés de longue endurance avec une autonomie de 40h sont à privilégier. Équipés de missiles à guide laser, ils pourraient aussi, sur ordre, débarrasser l'embarcation navigante et les hommes à bord. Violation des espaces aériens, les représailles vont jaillir de toutes parts !

Le Général n'est pas contre mon avis tout en étant retissant sur l'autorisation délivrée par le Chef d'État-Major des Armées.

Dans cette configuration et à l'étude de la situation, nous aurons une autorisation, quitte à passer par le Président directement.

En revanche, j'accentue ma vision en ayant recours aux drones minuscules développés par les Services de Renseignements jouissant d'une imagerie de mouvement à large spectre permettant une observation minutieuse. La caméra est focus sur une cible tout en surveillant simultanément devant, derrière, à droite ou à gauche encore. Leur résolution d'un milliard huit cent millions de pixels produit une restitution d'images exceptionnelles favorisant les décisions d'intervention. Nous en sommes dotés, bénéficions de ces avancées technologiques.

Avant de prendre une ordonnance pour affecter une unité sur place et de mettre en action les satellites ou les drones, nous convenons de faire un point à heure précise, soit 18h00 ce soir. En conclusion, je lui livre une information prioritaire, celle concernant le détournement d'une toile de maître aux P.F.E.G appartenant à la famille de notre avionneur national. Le nom de code sous lequel elle est évoquée est « trèfle 4 feuilles ». Sa reprise est prioritaire pour la restituer dans son box sans que les propriétaires n'en soient informés.

La chef de service du Bureau des Analystes, Sergent Cécile L., me demande quelques secondes d'attention. À l'aide de Mojo, notre hackeur en chef, elle m'informe que la surveillance mise en place via le réseau de caméras du MARINA BAY SANDS, le seul qui n'apparaît pas dans les couloirs, les halls ou encore les restaurants, c'est Zakaria EL KHARMAZ, alors que son smartphone émet bien un signal de présence dans l'établissement.

Professionnelle, elle a fait connecter Mojo sur le logiciel de gestion des commandes du room service. Depuis son arrivée, aucun achat n'a été enregistré. Cette information est capitale.

Mon intuition me dit immédiatement que Markus voulant jouer les bons samaritains, est bien plus partie prenante dans l'organisation. Et si le Zakaria rencontré à Marrakech ainsi que dans PARIS lorsque je l'ai fait se déshabiller avait été supprimé depuis par on ne sait qui… ?

Ou autre version à envisager, si dès le départ Markus et Zakaria utilisant les mêmes techniques que les nôtres profitaient du silicone, des perruques etc… ?

Markus et Zakaria ont la même silhouette, leur corpulence est similaire !

Un détail me revient ! Zakaria est fiché à INTERPOL mais se déplace dans l'espace Schengen sans aucun problème d'après lui. Cette liberté de mouvement est propre aux Services Secrets.

En tant qu'Officier du Renseignement français, dévoué à mon pays et à ses intérêts nationaux et économiques, je n'hésiterai pas une seconde à éliminer Markus si cette théorie se confirme.

Marine me prévient qu'il est à l'étage. Venant l'accueillir, je l'invite à s'asseoir dans un des fauteuils dans la zone salon :

– Markus, tes révélations nous ont été utiles. L'agent exfiltré est sain et sauf, la France étouffe l'affaire.

– En tant qu'agent de terrain, je ne peux qu'éprouver une immense fierté à avoir été l'artisan de sa libération.

– Dis-moi, Zakaria EL KHARMAZ, pour toi, il aurait l'envergure de mettre à mal la Sécurité Nationale française ?

– Il en a l'ambition en tout cas ! Tu es informée de son passé au MAROC ?

– Affirmatif

– Il n'a peur de rien. Il est convaincu que la FRANCE n'agit pas avec honneur. Le S.R.C le suit à la trace depuis des années. Il détient une somme importante dans une banque privée Suisse mais aucune autorité ne peut saisir ce capital de plus de 100 millions d'euros.

– Markus, mon adjointe me demande en urgence. Je te laisse quelques minutes profiter de mon bureau.

Avant de quitter mon fauteuil, je déclenche les caméras dissimulées dont, lors de cette procédure, la diffusion des images se fait dans la salle des communications.

Quatre à quatre je descends dans la salle rejoindre la Capitaine en plein travail.

– Élodie, enclenche toutes les connexions possibles avec les différentes agences européennes, contacte INTERPOL, en mode « confidentiel », Zakaria EL KHARMAZ pour moi a été abattu depuis bien longtemps. Fais analyser toutes ses photos de sa grande époque marocaine avec les dernières en notre possession. Rappelle-toi, il aurait procédé à de la chirurgie esthétique !

– C'est quoi le problème ?

– On est piégé par Markus. Livre-moi par message ce que tu peux capter dès que tu as des preuves. Je remonte le voir, je vais le relâcher dans PARIS en lui demandant de me rejoindre à SINGAPOUR pour nous donner un coup de main sur place. Pour toi, qui peut transférer 5 millions d'euros pour du vent ?

– Un officier dépendant d'une agence de Renseignements !

– Exactement ! Tu n'es pas mon double pour rien.

Sur l'écran de contrôle, les trois caméras de mon bureau diffusent les images en live. Il est sur son smartphone.

– A tous, captez-moi les destinataires de ses message, priorité « 1 ».

De nouveau dans mon bureau, j'annonce :

– Markus, j'ai besoin de toi et de tes hommes sur place pour m'aider. Tu acceptes ?

– Évidemment Gabriel !

– Tu peux te rendre à SINGAPOUR dans quelques heures et maintenir le niveau de confiance avec les Russes ?

– Donne-moi tes instructions et on les gère entre nous.

– Parfait ! Reste connecté, le temps d'organiser mon départ et de vérifier certains paramètres de sécurité, je t'envoie tout.

– Avec plaisir ! Heureux de te retrouver dans l'action Gabriel Saint Régent.

– Je te fais raccompagner dans PARIS dans les mêmes conditions qu'à ton arrivée. Tu connais les process !

Les analystes ont capté le numéro du sms envoyé au destinataire identifié : Wolfgang. Le contenu est écrit en anglais :

« Il ne se doute de rien. Le plan à fonctionner. Nous avons une longueur d'avance sur lui. Préparez la croisière fatale. C'est bien son agence qui détient Andreï DANILCHENKO. IL se rendra sur place avec lui. Méfiance. Continuez à mettre la pression sur les antennes de la D.G.S.E en Asie. Je serai à SINGAPOUR dans 2 jours comme convenu. J'ai fait le job comme demandé ».

Le ministre tarde à me rappeler alors que je dois obtenir la diffusion de l'allocution présidentielle. Finalement, je prends l'initiative de l'appel. D'après lui, le Président consulte ses conseillers spéciaux pour jauger des impacts et des conséquences auprès de l'opinion publique tout autant qu'auprès des relations diplomatiques internationales. Agacé, je dois affirmer à nouveau l'importance de mettre sous pression nos ennemis pour les amener à agir dans la nervosité. Comprenant parfaitement ma position, il me demande de lui accorder une heure supplémentaire pour se rendre au Palais et rencontrer le Chef de l'État en aparté. Alors face à sa démarche, je ne peux lui révéler que nous avons été piégés. Il refuserait de convaincre le Président. Ma prise de risque est maximale et doit aboutir à une réussite totale.

Puis, enfin, il me livre des renseignements de dernière minute au sujet du contrat entre l'INDE et DASSAULT Aviation. Des soupçons de corruption révélés par l'association Sherpa, entre DASSAULT et son partenaire THALES. Je ne peux m'empêcher de répondre « ils sont forts dans la propagande ! Depuis l'appel d'offres remportés en 2012 pour la livraison de 126 Rafales, les révélations de corruption, les dénonciations de trafics d'influence ont été classés sans suite ! Ils ne lâcheront rien pour favoriser U.A.C. ». Sa réponse est mitigée ! « Laissons faire la justice, j'ai eu la confirmation par le dirigeant de DASSAULT qu'ils sont parfaitement clean ». Alors je dois mener ma mission en prenant compte de cette affirmation sans retenir les démarches de la justice.

12h02

La mise en place de la stratégie doit me faire prévenir Cara du danger encouru. J'estime sa présence être un véritable danger dont elle ne mesure ou n'évalue peut-être pas les risques réels.

– Chérie, les dernières révélations obtenues ne me permettent pas de t'amener à SINGAPOUR avec nous. Il m'est impossible de te faire prendre des risques inconsidérés.

– Attends, je ne veux pas savoir les détails, je suis certes comme tu aimes le répéter une civile, mais tu sais parfaitement que tu peux compter sur moi pour être celle dont personne ne se méfiera.

– Je ne doute pas de tes talents ni de ton savoir-faire en toute situation, mais pour être clair, ils connaissent ma responsabilité pour l'exfiltration de leur compatriote. Leur plan est à grande échelle, je dois préparer avec mes équipes ma stratégie d'attaque.

– Alors prends-moi avec toi, je te l'impose.

– Tu n'as peur de rien ?

– De rien.

– Si je valide ta demande, mets-toi bien en tête que nous partons à deux, nous rentrons à deux.

– Impossible d'imaginer le contraire.

– A tout à l'heure. Je t'aime

– Moi aussi mon chéri.

Seul dans mon bureau, dans un silence pesant, un sentiment de crainte m'envahit. Jusqu'à présent, préparer une opération clandestine n'a jamais été lié à de l'inquiétude.

Avec une forme d'insouciance découlant d'une forte légitimité des actions confiées, entouré des meilleurs agents, membres de Forces Spéciales, d'équipes opérationnelles, je n'ai quasiment jamais pris en considération le fait de potentiellement ne pas rentrer vivant. Le destin m'a régulièrement ménagé alors, par reconnaissance, il me faut réagir.

Aujourd'hui, le poids des responsabilités, la forte relation amoureuse liée à Cara, l'absence de mon mentor à qui je pouvais me confier lors d'une baisse de moral en obtenant de sa part un regain de motivation, le job n'est plus le même.

La présence à mes côtés d'Élodie est une aubaine donc je me dois pour elle de trouver en moi le même relais dont j'ai pu bénéficier durant de longues années. Mes équipes ont connu un leader charismatique, le Colonel Archibald de GANS, pour eux il est impératif de prolonger son rôle. Ainsi, ces quelques secondes de fragilité doivent repartir dans les abysses du psyché inconscientes de mon activité mentale. Celui surnommé « la légende » est de retour, galvanisé comme jamais.

12h28

– Bonjour Nina, comment se passe la vie moscovite ?

– Gabriel, sans toi elle est triste comme un hiver sibérien.

– Vous les femmes russes vous savez conquérir le cœur des hommes.

– Il nous faut savoir appuyer là où votre faiblesse laisse des gouffres béants !

– Nina, depuis notre première rencontre[49] dans la limousine de V.V.P, nous avons tissé un lien affectif, respectueux et solidaire dans l'intérêt de nos deux pays.

– Je ne vois pas où tu veux en venir !

– Nos univers nous font parfois devenir des alliés, parfois des rivaux. Aujourd'hui, j'ai la mauvaise sensation d'être dans la seconde configuration avec ton pays.

– Va droit au but Gabriel.

– Depuis 2012, l'avionneur français DASSAULT négocie avec l'INDE un contrat commercial pour la vente de notre avion de combat le Rafale pour 126 unités. Le P.D.G de ce fleuron industriel est attaqué de toutes parts chef de corruption et de tant d'autres accusations.

– Tu es un Officier sérieux et respecté Gabriel, tu es depuis bien longtemps aguerri aux méthodes non officielles.

– Oui bien évidemment Nina. Actuellement, les paramètres mettent en danger mes institutions. J'ai besoin de tes confidences au sujet des actions de ton gouvernement.

– Tu me demandes de trahir mon pays ?

– Loin de là. Nous avons été de forts alliés, la donne change vraisemblablement ! Je dois savoir si les Russes ont un intérêt à éliminer de l'échiquier commercial DASSAULT en créant des alliances malsaines.

– Le seul élément que je vais te livrer c'est qu'effectivement tu constitues un danger dont certains se méfient. Sois vigilant, ton agence nuit par sa mission. Je ne t'en dirai pas plus

– J'en prends bonne note.

---

[49] Cf. « Témoignage Invisible »

Une Russe reste une Russe surtout si elle n'obtient pas ce qu'elle veut. Elle m'a pris pour un innocent.

Enfin, je reçois la confirmation officieuse de la diffusion de l'allocution présidentielle ce mercredi à vingt heure. Le Président enregistrera un message dont la durée sera de huit minutes pendant lesquelles il portera haut et fort la fermeté de la FRANCE à refuser toute forme de chantage face aux ennemis de notre nation.

Il est temps de préparer le départ vers SINGAPOUR avec notre monnaie d'échange, l'oligarque russe.

La relance est faite auprès de tous les acteurs réquisitionnés pour ce voyage périlleux ainsi qu'auprès des opérationnels surveillant chaque seconde de notre présence dans la cité-État.

La convocation dans le bunker est fixée à dix-sept heure. J'annoncerai un changement de lieu de destination en rapport avec les faits dénonçant notre identité. La priorité d'annonce revient à mon adjointe demandée immédiatement dans mon bureau.

Bien assise en face de moi, je lui livre la seule option capable de nous protéger sur place, en objectif deuxième, ramener la toile dérobée dans son box sécurisé aux P.F.E.G. La troisième option si elle se dessine, éliminer Wolfgang.

Prenant le temps de détailler mon plan, Élodie acquiesce sans s'opposer au déroulé. Elle félicite mon initiative de capture s'avérant à ce jour utile. En fin d'explications, elle prend la parole et me dit « voilà le retour du véritable Gabriel ».

Bénéficiant de son approbation associée à sa collaboration, la capitaine fait sortir le Russe de sa cellule pour le faire escorter jusqu'à une salle d'interrogatoire. Le matériel destiné à l'enregistrer est installé. Il aura une minute pour convaincre les destinataires de la vidéo de ne tenter aucune action le mettant en danger. La prouesse va résider dans le fait de faire croire qu'il est retenu par les Suisses.

À pute, pute trois quart.

Pour lancer la diffusion sur les téléphones de la team impatiente de me rencontrer, il est impératif d'avoir recours à un serveur suisse. Mojo est charge de craquer l'hébergeur « Infomaniak » présentant l'intérêt d'être hébergée par la confédération helvétique. C'est peut-être grossier, trop évident, « téléphoné » mais il nous faut tenter le tout pour le tout. Le doute peut s'emparer dans l'esprit de nos ennemis entraînant un changement d'attitude bénéficiaire. Arriver à laisser imaginer que Markus joue un double rôle dans son alliance devrait le positionner vraisemblablement en traitre.

Afin de donner une vraisemblance sur l'origine des geôliers de l'oligarque, nous devrions détenir au moins un uniforme de combat dans les tons bruns équipant l'armée suisse. Un des agents du B.S.I s'en équipera, il revêtira une cagoule en se tenant derrière Andreï avec une arme braquée sur sa tête. Donner un aspect sévère dans une ambiance de lourdeur est le thème.

La question m'est posée sur ce qu'il doit évoquer. C'est simple : il prétend bénéficier de conditions de détention bienfaisantes, vouloir retrouver sa liberté et se retirer de spéculations dans le monde l'art. Pour conclure il demande de l'aide à son ami Rmitri en acceptant les conditions de sa liberté. Il n'est pas question d'en faire plus pour laisser planer de nombreux doutes.

À dix-sept heure, toute l'équipe impliquée dans la mission « SAC NOIR » est autour de l'immense table rectangulaire.

Les attributions de chacun sont dispatchées en accompagnant un message de ma part sur la possibilité d'être confronté à des mercenaires, tueurs à gage, membre du F.S.B, unités paramilitaires. Ils admettent la dangerosité du déplacement tout en affirmant leur concentration optimale sans laquelle à chaque seconde nous pourrions être abattus.

Pour leur information, la diffusion sur l'écran principal du message vidéo enregistré par l'oligarque les rassure quant à une réaction mesurée de notre comité d'accueil.

– J'ai besoin d'un volontaire en capacité de revêtir le rôle de Dan ROY dont vous découvrez en image l'apparence. Il aura la charge de protéger en frontal une personne étrangère à l'agence pendant que nous serons en protection. Vous comprenez que je ne peux endosser ce rôle pour avoir été dénoncé. Alors qui est volontaire ?

L'adjudant Cyril répond en premier :

– Pourquoi mêlez-vous une personne étrangère à l'agence ?

– Compte tenu des enjeux, je porte mon choix sur l'effet attendu par sa capacité à déstabiliser le ou les protagonistes. Contente-toi de mettre dans ta lunette et de taper toute personne en mesure de nous nuire.

– C'était une question ! Je ne discute pas les ordres.

– Alors qui ?

– Gabriel, je suis capable de répondre à tes attentes.

– Panther, tu ne penses pas être plus utile à coordonner tes hommes ?

– En situation de danger pour la civile, je serai le seul à l'en sortir. Je vais déléguer un commandement des opérations à mon second

– Alors, je valide.

Une dernière information liée à mon plan est expliquée clairement : Dan ROY et Ennara FROST descendent bien dans l'hôtel où deux chambres leur sont réservées mais la surprise est qu'ils prennent possession de leurs clés de chambre entourés de leurs deux gardes du corps avec qui le richissime homme d'affaires américain a l'habitude de voyager. Ses deux gardes du corps sont des membres du C.O.S. affectés. Ils devront refuser d'embarquer à bord du bateau pour des raisons de problème de santé. Ennara FROST sera le lien avec Rmitri à qui elle annoncera le refus de profiter de la croisière artistique. De là, elle devra tenter d'entraîner le Russe dans le MARINA BAY SANDS sur la pagode couvrant les trois tours au 57ème étage. Sa force de persuasion est grande, tout repose sur elle. Lorsque le Russe sera devant la situation ne pas nous avoir à bord, il acceptera j'espère, de privatiser une salle. Mojo s'introduira dans le système de surveillance de l'hôtel, fera bloquer certains accès pour favoriser notre intrusion sans être repérés. Déjà, il a réussi à faire embaucher deux serveurs d'origine européenne dans le restaurant d'altitude « CÉ LA VI ». Ils embauchent jeudi matin. Eux aussi font partie de l'unité du C.O.S.

L'anticipation m'a fait obtenir grâce à l'intervention du Directeur de la Centrale une planque suffisamment grande pour la transformer en poste de commandement reculé non loin de l'hôtel. Cette planque sert aux opérations de surveillance de la D.G.S.E et elle est totalement inconnue de qui que ce soit…

Avant de clôturer le brief, j'annonce que deux unités du C.O.S ont déjà décollé depuis ce matin en mode fantôme.

Le dernier message adressé est l'affirmation de mettre en danger un confrère en qui ma confiance n'est plus. En fonction des évènements, la charge de l'abattre me revient et ceci à personne d'autre.

L'heure de départ de la 107 est fixée à demain mardi matin à 05h00 avec tout le matériel nécessaire choisi par chacun. Le transfert vers VILLACOUBLAY sera sous haute surveillance avec l'aide d'une unité du G.I.G.N sur qui nous avons déjà pu compter dans le passé. La présence du Russe dans un des véhicules serait un handicap pour la sécurité de nous tous en tenant compte de l'aveu de Markus d'être collé par le F.S.B.

Compte tenu du temps de vol de 13h, du décalage horaire avec SINGAPOUR de +6h, nous atterrirons à heure locale, environ vers 1:00 du matin dans la nuit de mercredi à jeudi.

La répartition des chambres vous sera donnée par Marine dans quelques minutes car l'obligation est pour chacun d'entre vous de dormir cette nuit à l'agence.

Le rappel des enjeux me fait argumenter à chacun qu'il était impossible de confier le sort de la mission à des agents « officiels » de l'agence, mais plutôt à eux, considérés comme des membres très spéciaux du Renseignement. Si nous tombons en mission, nous tomberons seuls sans couverture gouvernementale, la règle est stricte.

Séance levée.

Exceptionnellement, je ne dormirai pas à l'agence mais avec Cara dans l'impossibilité de la laisser seule la veille d'un tel voyage en vue de sa prestation. Nous rejoindrons le B.S.I autour des 3h30 du matin.

Chapitre 19
Singapour

Le dîner est préparé avec soin par Cara ne laissant transpirer aucune tension ni stress apparent d'avant départ. Rompue à gérer sa vie et sa fille, elle a déjà organisé sa garde pour être libre de ses mouvements.

Souriante, son attitude toujours positive arrive à me faire oublier quelques minutes ce à quoi nous devons nous attendre.

Une bouteille d'un de mes vins préférés, Château CARTEAU, un Saint Émilion grand cru millésime 2000, est ouverte. Cara me sert délicatement et tend son verre pour trinquer à la réussite de notre envol pour l'Asie. Profitons-en sans excès…

L'insouciance de ces moments est interrompue par un appel de l'agence. Le Sergent Cécile m'informe que Rmitri quitte SINGAPOUR à bord de son jet privé en direction de MOSCOU. Comme par le plus grand des hasards, juste après avoir reçu la vidéo mettant en scène son ami ! Instinctivement, je lui réponds qu'il quitte le lieu pour ne pas être officiellement impliqué dans la rencontre à venir laissant ses sbires agir pour son compte. Il sera photographié au cours des prochaines 72h avec des officiels ne laissant aucun doute sur son implication. Le plan ne change pas pour autant, tout est en ordre.

Mardi - 3h45 – B.S.I

Peu d'heures de sommeil ne sont pas un handicap à ce stade car les treize heures de vols serviront à trouver le sommeil réparateur.

L'ensemble de mon équipe est en tenue plutôt décontractée avec leur paquetage à leur pied. Je présente officiellement Cara qui est accueillie chaleureusement. J'allais être surpris par le manque de réaction de l'Adjudant Cyril R alias « Iron » mais finalement il s'adresse à Cara :

– Je ne sais pas pourquoi mais j'aurais dû insister pour jouer le rôle de votre employeur. Je suis le meilleur vous le savez et enfin j'aurais pu choisir un costume de business man américain dans le dressing.

– Cyril de mémoire ?

– Affirmatif Madame Saint Régent.

– Non pas encore. Il n'a pas fait sa demande

– Je vais lui conseiller de se lancer car au moins pour la cérémonie je ne serai pas en guenille.

– Iron ! Tu veux être un de mes témoins ?

– Oui chef !

– Alors ne commets aucune erreur à SINGAPOUR. Tiens, prends une cagoule et viens avec moi sortir Andreï DANILCHENKO de sa cellule. Tu n'as pas besoin de revêtir un costume, il ne te verra pas !!!!

– Très drôle mon Lieutenant-colonel.

Menotté et cagoulé, nous escortons le prisonnier jusqu'à notre voiture dans le parking souterrain. Puis toute l'équipe s'engouffre dans la voiture attribuée et les malles sont chargées dans le van.

4h15

Le convoi est bloqué dans la montée rejoignant la lourde double porte en bois d'accès au parking.

Je contacte le leader de l'unité du G.I.G.N qui confirme être prêt à nous escorter jusqu'à la 107.

Ce genre de convoi, si on est bien collé par le F.S.B peut être attaqué. Pour ne pas subir une telle agression, la voiture dans laquelle je me trouve sortira du convoi à l'intersection de la prochaine rue puis sera prise en charge à ce moment-là devant et derrière par deux véhicules banalisés du peloton des gendarmes. On n'est jamais assez prudent…

Le portail s'ouvre, un à un les véhicules du convoi sortent. Tous les occupants ont leur arme à la main prêts à riposter.

La grande avenue du 16ème arrondissement sur laquelle l'agence se situe est calme. Peu de voitures circulent à une heure si matinale. Donc j'adresse par radio la consigne de ne pas respecter les feux de signalisation en roulant à grande vitesse jusqu'au tarmac.

Comme convenu, à la dernière seconde, notre MERCEDES tourne sur la droite, se positionne entre les deux escortes motorisées et nous enclenchons une vitesse totalement interdite par le code de la route. À quatre heure trente et une, j'entends un message radio émis par les gendarmes signalant que nous sommes collés au train par deux 4X4, plaques « corps diplomatiques ». Quelques secondes plus tard, l'information est dispatchée au sujet de l'identité des propriétaires :

l'ambassade de RUSSSIE ! Une précision relaie le message relatant les distances respectables à laquelle les 4X4 restent. Leur démarche n'est que de l'intimidation. Ils sont conscients de l'arsenal prêt à faire feu s'ils tentaient quoi que ce soit.

Il est certain que le déplacement de notre convoi est déjà connu par beaucoup de personnes impatientes de notre arrivée en Asie…

Finalement, les tout-terrain ont stoppé leur poursuite dès que nous nous sommes approchés de la B.A 107. Ils ont accompli leur mission, attendre patiemment que nous quittions l'agence avec leur compatriote.

Ne manquant jamais de remercier l'unité du G.I.G.N composée de vingt hommes au pied du FALCON comme à chaque fois, nous pouvons embarquer à bord et décoller au plus vite. On ne saura jamais si leur précieuse présence a été un frein sur une éventuelle attaque du convoi. En serrant la main du leader, je lui glisse :

– Si en sortant de l'aéroport vous constater toujours les 4x4 garés le long des grilles, arrêtez-vous et demandez-leur si le SPARTAK MOSCOU détient toujours autant d'aussi mauvais joueurs de foot et si enfin de DYNAMO va les ridiculiser dans le prochain championnat ! Les rivalités sont grandes entre eux et ils réaliseront à quel point on se contrefout de leur présence.

– Comptez sur nous Lieutenant-colonel ! Bon vol.

Le vol atteint sa vitesse de croisière rapidement ce qui entraîne quasiment tout le monde dans un profond sommeil. Seul le Doc, vient me rejoindre pour s'assurer qu'en cas de blessés sérieux on pourra s'assurer de l'intervention d'une unité de soins intensifs. Je ne peux que lui répondre « débrouille-toi à t'assurer qu'un d'entre eux soit réceptif ! Pas mon problème Benjamin, c'est toi qui assures le back office sur ce sujet. Maintenant va dormir comme les autres, je te veux à 100% ».

Les treize heures de temps de vol m'ont permis de dormir, réfléchir, dormir, réfléchir et échanger avec mon adjointe. Aucune agence digne de ce nom en EUROPE n'est capable de certifier que Zakaria EL

KHARMAZ est mort ou vivant. L'analyse d'une banque de données de ses photos révèle qu'il a bien subi des interventions de chirurgie esthétique et, élément intéressant, qu'il s'est fait admettre à la clinique du Lac il y a deux ans. L'identité déclarée : Mohammed ZAMRAHK. Très enfantin ce nom d'emprunt ! Pour ma part, aucun doute, il est tombé dans les mains du S.R.C.

Mercredi 1:02am - Aéroport de Paya Lebar – SINGAPOUR

Récupérés par les deux unités du C.O.S arrivées sur place depuis la veille, nous montons à bord des vans à disposition en direction de la planque. Les protocoles de sécurité nous imposent de changer le plus souvent possible l'itinéraire « logique ». On a été suivis au départ, on est forcément observés à l'arrivée. Les vans sont évidemment noirs mais une halte dans un parking extérieur de la ville nous fera changer de véhicules en évitant les péages pour emprunter différentes marques de voitures les plus sobres qui soient.

Les hommes du C.O.S dépêchés sur place ont appliqué les consignes de leur Général m'ayant imposé cette tactique. Il a relayé les consignes auprès de l'antenne locale pour nous servir d'appui.

Mon premier appel est destiné à Markus pour m'assurer de sa présence. Un appel, deux appels, trois appels, il ne répond pas…

2:05 – La planque

D'une surface d'environ 150m^2, la planque est un ancien entrepôt de stockage de marchandises pour alimenter le mall voisin de l'hôtel. La location est faite au nom d'une compagnie de textile américaine ce qui, en principe, permet de passer en dessous des radars de surveillance. La D.G.S.E fait payer le loyer, via cette société fictive, par trimestre au moyen d'un virement bancaire émis de la CITIBANK, banque nationale américaine.

Le confort est spartiate mais le matériel informatique de surveillance installé de nos confrères, associé au nôtre, laisse une large surface libre. Une douche de fortune a été montée ainsi qu'un lavabo tout autant rudimentaire. La partie dortoir est composée d'une quinzaine de lits de camp datant aisément des années 70 ! Le confort hôtelier n'est ni la priorité ni une nécessité.

Le dernier avantage et pas des moindres, c'est que l'entrepôt est de plein pied, sans étage donc facilitant les connexions avec les satellites.

L'accueil du chef d'antenne est chaleureux et nous invite à une réunion informative où l'ensemble de nos informations seront croisées dès 7:00am.

Notre prisonnier ayant reçu deux doses de Propofol est toujours somnolant. Il est allongé sur un des lits de camp toujours cagoulé et toujours menotté.

Dan ROY et son fidèle bras droit Ennara FROST, entourés de leur garde rapprochée, vont quitter la planque. Panther passe entre les mains expertes de la capitaine Éléonore pendant que je prends Cara à part.

– Chérie, tu te rends compte que nous ne pouvons plus reculer ?

– Tu me fais confiance Gabriel, alors concentre-toi sur ta surveillance ainsi qu'à coordonner l'opération. Panther et ses hommes veillent sur moi. On va réussir.

– Tu me promets que tu garderas un langage courtois sans aucune provocation ?

– Oui, une véritable bonne élève !

– Tu portes une fois dans l'hôtel ton oreillette et cette montre s'il te plaît. C'est une Bell & Ross modèle White Ceramic femme, équipée d'une balise bi-fréquence émettant un signal vers un satellite me permettant de te surveiller à 10 mètres près. J'ai la même, version modèle homme !

– Tu vois, je ne serai jamais en dehors de ton observation !

– Cara, je t'aime.

– Moi aussi chéri.

Vingt minutes plus tard, par l'arrière de l'entrepôt un van MERCEDES de prestige les attend pour rejoindre le MARINA BAY SANDS sans être repérés. Les deux soldats de Panther costumés portent chacun une caméra sub miniature pour être suivis par Ambre et Arthur à chaque seconde de leur déplacement.

Serrant virilement la main de Panther, il pose sa main libre sur mon épaule et m'adresse « Gabriel, il ne lui arrivera rien, compte sur moi. J'ai observé sa gestuelle, c'est la femme de la situation. Mes hommes donneront leur vie pour elle, alors détends-toi ».

2:55am

– Mesdames, Messieurs, À tour de rôle, les normes de surveillance sont à enclencher. Nous entrons dans le dur, tout le monde à son poste, top départ.

– A vos ordres Lieutenant-colonel.

– On quittera SINGAP en triomphateurs, gardez cela en tête.

À PARIS, à l'agence, c'est l'effervescence avec la collaboration des interprètes en données de communication, les ingénieurs informatiques, les hackeurs, le D.A.S.E.M, la Capitaine Élodie, tous sont sur le pied de guerre dans la salle de commandement. Sans eux en relais, nous serions trop à l'aveugle.

Le Livre Blanc demandé par le Président SARKOZY sur la défense et la sécurité nationale nous a permis de recruter des agents de l'ombre pour muscler nos agences. Maintenant ils sont au cœur de l'action.

J'insiste à nouveau en appelant l'Officier Suisse qui ne répond toujours pas. Peu importe son double ou triple jeu, ne pas être joignable est étrange. Il ne m'a pas non plus confirmé son départ pour la cité-État.

Les deux suites dénommées « Chambres de luxe » sont au 40ème étage avec vue sur le port face à la mer. Accompagné par le concierge, ils sont invités à une visite sans se séparer.

Panther ordonne à un de ses hommes d'être dans la suite de Cara d'autant plus qu'avec un canapé si grand qu'il pourra s'y reposer comme dans un lit.

Et voilà, Cara demande au concierge comment aller rejoindre la piscine à débordement sur le toit ! Elle est intenable ! Va-t-elle réaliser qu'elle est une cible prenable ?

L'homme les invite à le suivre afin de leur faciliter l'accès privatif. Je vais garder mon calme. Elle peut être sûre d'elle grâce à son sulfureux passé, bénéficier de sa forte personnalité, de son aplomb, il ne faut pas tomber dans l'excès de confiance. Exceptionnellement je n'interviens pas, je la laisse s'immerger dans son rôle de composition. Cara m'a demandé de lui faire confiance, elle connaît les enjeux, je lui accorde cette courte liberté.

La Caporale Ambre me montre sur un de ses écrans le signal émis par la géolocalisation des traceurs posés sur les quatre fausses toiles.

Elles sont bien dans l'hôtel. Les batteries certes performantes des traceurs devraient ne plus émettre de signal dans 24h me précise-t-elle. Ma question est sa capacité à identifier l'étage, le numéro de chambre dans laquelle elles se trouvent et envisager que la « master piece » dérobée aux P.F.E.G est avec elles.

Les faux REMBRANT, RODIN, MÍRO et PICASSO ne m'intéressent en rien. Le duo me demande quelques minutes pour focaliser le signal.

Parallèlement je demande au B.S.I de nous indiquer à quel étage sont Wolfgang et ses acolytes. Ma question est à peine posée que la réponse m'est donnée : 48ème étage, tour centrale.

Le logiciel de géolocalisation utilisé par Ambre requiert des compétences d'utilisation dignes d'un ingénieur informatique. Amusée, elle m'explique comment il fonctionne tout en tapotant sur son clavier et livre le point d'émission : 48ème étage, tour centrale chambre 508 ! Au moins nous sommes affirmatifs sur le fait que Wolfgang est le cerbère de son trésor. Il me paraît impossible d'aller cambrioler sa suite… Sauf si on arrivait à le faire sortir pour une raison : me rencontrer. Il perdrait tous ses moyens pour m'affronter.

Par téléphone, je m'entretiens avec Élodie pour prendre conseil auprès d'elle. Sans hésiter, elle m'interdit de créer la rencontre. Trop prématuré tant que nous ne connaissons pas le lieu de présentation des toiles en dehors de l'hypothèse de partir en croisière. D'un côté elle a raison, d'un autre reprendre la toile est une priorité.

Mon attention est demandée pour me confirmer la présence de Bader EL TAAMOUDI bénéficiant quant à lui de deux suites entourant la sienne dans lesquelles pas moins de huit gardes du corps sont enregistrés à la conciergerie ! Il ne doit pas avoir envie de se faire enlever, c'est évident ! La suite de Zakaria reste encore sans mouvement alors que le signal émis par son smartphone est toujours actif.

Pour revenir au refus de mon bras droit de provoquer une rencontre avec Wolfgang, je vais attendre la convocation adressée par le fuyard vers MOSCOU à Cara. De là, la prise de contact se fera. Pour m'assurer de ne pas être en danger j'étudie la configuration de la ville en essayant de trouver un lieu propice, dégagé avec une capacité d'extraction rapide. Mes hommes ont besoin de 30 mn pour s'introduire dans sa suite et sortir « trèfle 4 feuilles ». On pourra compter sur le relais des deux vrais/faux serveurs recrutés au restaurant d'altitude. La machine de guerre mise en place devra être active et performante.

7:00am

Le B.S.I me harcèle d'appels depuis deux minutes pendant mon échange avec mes équipes. À mon tour de rappeler.

– Élodie que se passe-t-il ?
– Tu es prêt à entendre ce que j'ai à t'annoncer ?
– Ne perds pas de temps !
– Mieux, connecte-toi en visio.
– OK.

La connexion est active. Un carton carré est posé sur son bureau ouvert par son milieu. Détail, mon adjointe est entourée du Chef de la sécurité du B.S.I.

– Gabriel, nous venions d'être livré par Chronopost de ce colis expédié de PARIS plus précisément du bureau de poste rue de Grenelle dans le 7ème arrondissement. Nom et adresse de l'expéditeur bidons, aucun accusé de réception bien évidemment

– Magnifique ! Tu as un admirateur te couvrant de cadeaux ! Mais en quoi cela…

– Accroche-toi, je l'ouvre à nouveau.

Putain, Mon Dieu, c'est quoi cette horreur ! Dans un plastique transparent, la tête de Markus tranchée, totalement ensanglantée. Une vision de l'effroi extrême choquante et répugnante. Je reste stoïque devant l'écran.

Je peux avoir été désillusionné par les actes de Markus, ne pas avoir su identifier son rôle précis dans cette mission, le voir terminer dans une boîte en carton est un acte de haute barbarie insoutenable.

– Gabriel, pour toi, qui sont les coupables de cet acte ?

– Si je les connaissais Élodie, je n'aurais pas pris la responsabilité d'engager une équipe à plus de 10.000km de PARIS.

– Doit-on informer les huiles au sujet du colis ?

– Ce soir doit avoir lieu l'allocution du Président de la République. Soit tu relayes et il est conforté dans sa volonté même si Markus était du S.R.C, soit, devant l'ignominie de cet acte, il stoppera.

– Gabriel, Je fais quoi alors ???

– Laisse-moi quelques minutes pour analyser la situation s'il te plaît. Le choc de la vision m'a secoué.

En attendant, qui est notre spécialiste des méthodes du Renseignement russe à l'agence ?

– Il me semble que c'est un agent du Service Action de l'agence.

– Ne perds pas de temps à l'identifier, demande à Basile de te l'amener. Qu'il étudie la base du cou et qu'il détecte si la lame l'a tranché en venant de la droite ou de la gauche, si c'est une lame fine, épaisse ou à dents, si la tête a été coupée lorsqu'il était debout, assis etc… Chaque détail analysé peut s'avérer révélateur de l'origine.

– Gabriel, c'est répugnant ce que tu me demandes.

– Je ne t'ai pas obligé d'y assister, je te recommande d'agir vite. Silence radio sur la livraison auprès de tout le monde jusqu'à nouvel ordre.

L'isolement quelques minutes est nécessaire pour percevoir et déterminer les actions à mener.

Le premier réflexe intuitif serait dans cet acte une réponse faite à la diffusion de la vidéo enregistrée avec Andreï DANILCHENKO. Cette option, laissant imaginer que les Suisses retiennent l'oligarque, aurait fait adresser la tête de Markus à sa hiérarchie. Pourquoi nous ? Parce qu'ils savent qu'il m'informait en sous-marin ou de manière commandée ? Zakaria EL KHARMAZ devenu un véritable fantôme aurait été Markus comme envisagé et les deux réunis doivent disparaître des écrans pour nous offrir l'acte final.

Une autre hypothèse, ils se sont servis de lui, ils ont détecté qu'il tentait de me demander de l'aide et pour démontrer leur puissance, ils m'adressent un message fort. Et si une partie ou part entière de la réponse venait de DOUVIER, Suisse d'origine, actionnaire du port franc de SINGAPOUR, accusé ouvertement par Rmitri DYBOLOVLEV d'escroquerie. Le port franc d'ici bénéficie d'encore plus de discrétion pour les Européens, preuve en est les ouvertures massives de comptes bancaires et transferts d'œuvres d'art. En revanche la réussite commerciale n'est pas au rendez-vous encore. J'ai beaucoup de mal à penser que cet homme serait actif dans l'écartement d'entreprises françaises lors de contrats internationaux sachant que certains sont ses propres clients !

Sauf s'il tentait de se racheter auprès de l'oligarque en mettant fin au conflit avec ce dernier à la suite de son arrestation à MONACO pour suspicion de manipulation de prix lors de la vente d'objets d'art de très grandes valeurs.

Dernière hypothèse, envisagée dès le départ, les Russes sont les marionnettistes de l'ensemble de la mise en scène destinée à déstabiliser la FRANCE. Ils paraissent les suspects n°1 d'autant plus après la dernière communication du ministère de la Défense indienne affirmant un renforcement de ses systèmes de défense sur fond de tensions avec le PAKISTAN, en ayant recours à l'armement russe. Le communiqué annonce une commande de vingt et un Su-30 MKI[50], agrémentée de contrats de modernisation de leur MIG-29.

Le vol dans les P.F.E.G d'une toile de maître, propriété de la famille de l'avionneur français, a très bien pu être orchestré par les Services Secrets Russes sous couvert des procédures en cours entre leur oligarque et l'actionnaire de ces entrepôts DOUVIER. Ils sont des maîtres en la matière.

Ne reste plus qu'à créer une alliance avec les Services de Renseignements Suisses mêlant un homme d'influence d'origine marocaine en capacité d'émettre des leurres dévastateurs pour les contrats de DASSAULT Aviation. Les réactions en chaîne brouillent leur prise de risques imaginant que d'autres puissances seraient les initiatrices. Le tout parfaitement orchestré pour m'attirer face à un Wolfgang revanchard, sachant que je dirige la seule agence gouvernementale parallèle en charge de la protection des intérêts économiques internationaux des entreprises du C.A.C 40.

Là, à partir de cet instant l'hypothèse est sérieuse.

7:25am

De retour face au P.C guerre, je demande à contacter Panther immédiatement de manière à faire sortir Cara au plus vite à l'aide de ses hommes tout en s'appuyant sur nos infiltrés dans l'hôtel.

J'ordonne à deux agents de les attendre à la réception de l'hôtel avec un véhicule et assurer leur transfert jusqu'ici.

Benjamin F. me demande s'il doit encore piquer le prisonnier pour le maintenir dans un état végétatif. Je lui réponds instinctivement : « tu sais quoi le Doc, shoote-le autant qu'il te plaira pour le déplacer sans qu'il nous gêne. Lui et ses potes m'emmerdent sérieusement ».

M'isolant à nouveau, il me faut contacter mon ministre et l'informer personnellement au sujet de mes convictions sur l'origine de nos ennemis.

---

[50] Soukhoï Su-30 MKI avion de chasse biréacteur construit sous licence avec la force aérienne indienne.

À la seconde où j'appuie sur la touche appel, c'est ma Directrice adjointe qui tente de me joindre :

– Gabriel, ta demande au sujet de l'étude de la décapitation dont a été victime Markus vient de me remonter.
– Allez allez allez Élodie balance.
– D'après Basile, la méthode employée est propre aux Spetsnaz de l'Unité 29155 détachée du renseignement militaire russe dénommée « G.R.U[51] », spécialisée en sabotage et assassinat.
– Il est affirmatif ?
– A 100%. Ses sources l'ont en plus informé d'une activité peu habituelle de la cellule du F.S.B sur PARIS depuis quelques semaines donc leur action peut concorder.
– Là, ça pue sévère. Par habitude, les russkoffs aiment se servir de la méthode la plus ancienne, l'empoisonnement !
– L'Unité 29155 ne sort jamais pour faire de la dentelle, tu le sais parfaitement, elle est ultra mobile et en capacité d'organiser une attaque n'importe où sur ordre de MOSCOU.
– Je sais bien. Active les réseaux, mais il me semble que les notes remontées par la D.G.S.I nous informaient qu'ils auraient établi une base arrière en Haute-Savoie. Si les renseignements sont d'actualité, fais organiser une surveillance de leur planque
– A tes ordres.
– Tien-moi informé. Je fais extraire en ce moment même Cara et Panther du MARINA. Je vais mener en personne une intrusion dans la chambre où le signal est émis par les traceurs.
– Tu es branque !
– Non je sais ce que je fais.

L'appel au ministre peut encore attendre. Dès le retour dans la planque de l'équipe, on monte une opération d'infiltration dans les chambres.

[51] Abréviation en russe de la Direction Générale du Renseignement.

8:11am

Cara, Panther et ses hommes sont bien de retour dans l'entrepôt sans avoir rencontré le moindre obstacle, ce qui ne m'étonne pas. Surpris, il me demande pourquoi cette annulation de mission. Alors je lui montre en épargnant Cara, l'enregistrement de la visio. Puis, j'étaye mes hypothèses sur les protagonistes sans oublier de lui livrer l'analyse de Basile.

– Je comprends mieux ta décision de nous faire extraire du 40ème étage

– Nous sommes en accord.

– La suite ?

– On va monter un commando et aller s'infiltrer au 48ème dans la suite 508

– Qui ?

– Toi, moi, deux de tes hommes, quatre hommes du C.O.S et mon ange gardien, Iron, mon sniper. Nous sera d'une grande aide, la Capitaine Éléonore avec sa capacité à fabriquer des badges d'ouverture. Je compte sur toi ?

– C'est toi le boss et la mission unique de la cellule, c'est d'être au service du B.S.I.

La Capitaine Éléonore a déjà enclenché son travail en collaboration avec sur place, la Caporale Ambre et en différé avec Mojo très actif sur la détermination des codes attribués aux cartes magnétiques des chambres et des accès du personnel de l'hôtel. Les deux barmans/serveurs du restaurant sont toujours en poste et reçoivent comme consignes de collecter neuf uniformes à la blanchisserie localisée au deuxième sous-sol de chacune des trois tours. Ils ont une heure pour se rendre à la sortie des employés où deux membres de notre commando l'attendront pour récupérer la collecte.

Cara me fait signe de venir la retrouver. Inquiète, elle aussi m'apostrophe sur le pourquoi d'un changement radical et les raisons de son éloignement des écrans.

– Chérie, je ne t'explique rien pour l'instant, en revanche d'ici 9:00am tu contactes par sms Rmitri et tu te positionnes fermement en le menaçant de quitter SINGAPOUR s'il ne te livre pas l'heure et le lieu de l'exposition. Ton employeur n'aime pas perdre son temps, tu devras lui préciser.

– Oh la ! À tes ordres !

– Je suis passé en mode « chasse » donc aucune place à l'improvisation dès à présent.

Pendant que Panther briefe ses hommes au sujet de notre immersion dans le MARINA, je briefe de mon côté Iron qui malheureusement ne bénéficie d'aucun point de stationnement assez haut pour couvrir nos arrières. Cette fois-ci je n'attends pas de lui une protection à distance, mais rapprochée. Une technique pour laquelle il est aussi entraîné et par ses expériences dûment éprouvées à mes côtés.

Mojo porte à ma connaissance, après une étude des profils des employés de l'hôtel, que 98% sont d'origine locale, donc se faire passer pour du personnel d'étage risque fort être remarqué. Ravi d'apprendre cette analyse, il nous faudra être encore plus rapides lors de notre intervention.

Chapitre 20
48ème étage

10:10am

Les uniformes n'ont pas été choisis par taille, mais bon an mal an on s'est adaptés à ce que chacun soit habillé avec les tenues ramenées. La Capitaine nous remet neuf badges programmés pour ouvrir les sas intermédiaires, les locaux techniques, les chambres, les accès aux parkings ainsi que les passages privatisés. Elle a réalisé une prouesse en peu de temps avec ses confrères et son matériel high- tech.

10:26am

Nous entrons par l'entrée arrière dédiée au personnel de la tour centrale. Afin d'éviter d'être repérés, non seulement Mojo de son fauteuil s'amuse à couper les caméras en fonction de nos avancées mais nous nous dispatchons en suivant les consignes reçues adressées par Ambre et Arthur dans nos oreillettes.

Au bout de cinquante mètres de couloir, un portique de détecteurs de métaux est situé en plein milieu. Premier obstacle à contourner.

Seul un vigil en est en charge.

– Solution ?

– Gabriel, on le voit par une des caméras. Je la coupe. Vous êtes à l'aveugle. Le planning des équipes de sécurité prévoit un remplacement pour 11:30am.

– OK. Tu peux enregistrer la scène sur trente secondes et la diffuser en boucle ?

– Un jeu d'enfant Lieutenant-colonel. J'ai besoin de deux minutes max ! J'ai huit écrans à piloter, deux claviers

– Je m'en fou Mojo ! Accélère ! On fait semblant d'ajuster nos tenues avant impact.

Le vigil doit à peine mesurer un mètre soixante-dix ce qui incite Panther à attendre le « Go » pour envoyer deux de ses hommes l'entourer en lui demandant des informations pour détourner son attention et lui injecter une dose d'anesthésiant. De nombreux bacs de linge métalliques sur roulettes sont prêts à être évacués ce qui nous offrira le choix de le dissimuler sous les piles de draps.

On reçoit la validation du passage en boucle de la bande vidéo. Après des signes militaires adressés par Panther à ses hommes, ceux-ci se dirigent vers le garde. En moins de dix secondes l'homme s'évanouit. À quatre on le jette dans un des bacs.

Quatre ascenseurs sont destinés au personnel desservant l'ensemble des étages. Premiers tests permettant de confirmer la validité des badges. Répartis face aux ascenseurs, on pose à tour de rôle les cartes sur le détecteur. Un bip de déclenchement annonce la fonctionnalité. Premier test réussi !

Iron à mes côtés ne peut s'empêcher d'imiter un asiatique lors de la montée. Agacé, je ne peux rien dire car je suis conscient de sa méthode de concentration. On le regarde, un des Alpha/Oméga et moi, en levant les yeux ! Il est drôle finalement.

Au 32ème étage l'ascenseur dans lequel je me trouve marque un stop. Tout le monde reprend sa concentration. Les parois de l'ascenseur ne nous permettent pas de maintenir la connexion avec la planque.

Deux femmes de ménage entrent avec le chariot rempli de serviettes, de gel douche, shampooing, papier toilette et accessoires de nettoyage. Elles nous saluent soit en Malais, soit en Mandarin une des deux langues officielles de la Cité-État. Évidemment, Iron déclenche une conversation avec elles dans un anglais approximatif ce qui fait rire ces deux femmes. Une bonne diversion mais il va falloir qu'il stoppe net ses pitreries.

Elles s'arrêtent au 39ème étage et en riant nous parlent sans que nous ne comprenions. Seul Iron prolonge ses échanges. Les portes refermées, je lui demande s'il prend des stupéfiants parfois.

Nous atteignons le 48ème étage en premier. La connexion à nouveau active me permet de recevoir les dernières informations. Le reste des membres du commando font arrêt sur arrêt du fait que 12:00am approche, heure à laquelle les chambres sont libérées.

Nous visualisons deux chariots de chambre pendant que les femmes de ménage sont actives dans les chambres. Il nous les faut pour charger les tableaux s'ils sont bien dans une des chambres…

– Mojo, connecte-toi sur le logiciel du room service et vérifie si des commandes sont en cours dans la 508

– A vos ordres !

– Non rien depuis vingt-quatre heure ni aucune facture payée encore dont la note s'approche des quatre mille dollars de Singapour.

– Vérifie la suite 510 occupée par le koweïtien.

– Alors lui les room service enchaînent les commandes ! onze mille dollars à l'instant même ! Attention il vient de commander deux bouteilles de RUINART et du caviar pour 200grs. Le delivery doit avoir lieu dans quatre minutes.

– Verrouille les caméras de la zone.

– Comme si c'était fait !

Les reste du commando est enfin dans les couloirs de l'étage. De longues lignes droites desservent les différentes suites.

Deux agents doivent tenir le chariot et frapper à la porte de la 508. En couverture Panther et moi, à l'angle du couloir Iron.

Le premier sonne à la porte en s'annonçant en anglais comme étant du room-service. Aucune réponse. Une seconde fois il sonne. Toujours aucune réponse.

Le passage de nombreux occupants de chambres voisines perturbe notre décision d'entrer.

Un calme se profile alors je place mon badge dans la fente. La diode verte ne s'allume pas. J'essaie à nouveau mais force est de constater que mon badge ne fonctionne pas. Au tour de Panther de tenter l'ouverture. Du premier coup la diode verte déclenche l'ouverture. Le reste de l'équipe se positionne de chaque côté de la porte à distance de sécurité.

De manière extrêmement délicate nous entrons, armes équipées de silencieux dirigés vers la seconde porte du sas donnant directement dans la suite.

Nous l'ouvrons tout aussi délicatement constatant qu'aucun bruit n'est émis. La visite pièce par pièce se fait en gardant une concentration optimale.

La suite est vide. Est posée sur la table basse du salon principal un smartphone relié à son cordon d'alimentation lui permettant de maintenir sa charge et d'émettre sa localisation pour nous guider jusqu'ici.

– Gabriel, dans la chambre.
– Laquelle !
– La principale.

Les portes du dressing grandes ouvertes, laissent apparaître un corps sans vie, la tête penchée en avant. Le corps est maintenu droit à l'aide des cintres dans lesquels ses bras sont accrochés. Prenant la tête par les cheveux je la relève. L'homme est Zakaria EL KHARMAZ. Posant mes doigts sur sa gorge, le corps est encore tiède. J'annonce la découverte par radio.

Prolongeant la visite dans la salle de bain majestueuse de la taille d'un appartement, je découvre, posés dans la douche italienne, les quatre faux tableaux avec inscrit à la bombe utilisée par les graffeurs en travers :

« fake »

Une fouille minutieuse s'enclenche pour trouver un indice finalement découvert sans chercher plus que cela.

Posé sur le lit, un iPhone allumé. Au moment de le prendre en main, un sms écrit en anglais s'affiche sur l'écran :

« Keep it always with you[52] »

Rien ne sert de rester plus longtemps dans cette suite où j'avoue ne pas refuser un séjour s'il m'était proposé. De plus la vue est époustouflante.

Avant de quitter l'étage sous bonne escorte, j'aimerais tester l'attitude de Bader AL TAAMOUDI face à quelques questions plutôt embarrassantes à lui poser. Ne pas omettre le fait qu'il est entouré

---

52 « Gardez-le toujours avec vous »

d'une garde rapprochée digne de celle du Président des ÉTATS-UNIS débarquant au Moyen-Orient en plein conflit.

Panther et son équipe se délèguent à couvrir les chambres dans lesquelles sont de permanence les gardes de l'homme d'affaires.

Il faut que Mojo pilote à distance le blocage des portes et la coupure de la retransmission des caméras. Demande faite et réalisable d'après sa réponse. Semblablement la chance serait au rendez-vous, en voyant arriver le véritable service d'étage poussant un chariot avec la commande du Koweïtien !

Gentiment, sans heurt, nous demandons aux deux grooms de nous laisser prendre la main. Surpris, ils comprennent aisément de ne pas s'opposer, conformément à leur discipline, puis on leur demande d'attendre quelques minutes.

On actionne le bouton poussoir du carillon. La porte est ouverte par un sbire nous faisant signe d'entrer. À l'intérieur de la suite l'homme d'affaires est entouré de deux somptueuses créatures simplement revêtues de leurs dessous. Son majordome nous demande de déposer les bouteilles de champagne avec leurs seaux à glace en même temps que la boîte de caviar sur la table et de servir le breuvage dans les verres disponibles.

Une montée d'adrénaline m'envahit en repoussant l'homme de main qui, par réflexe se met en position de bouclier devant son employeur. Les deux femmes hurlent de peur, alors Panther les invite à s'enfermer dans l'immense chambre.

En anglais j'interpelle Bader :

– Pas de panique, nous ne sommes pas des ennemis.

– Alors pourquoi ces armes ?

– Pour obtenir des réponses. Nous sommes des Officiers du Renseignement français suivant à la trace les personnes avec qui vous êtes en relation d'affaires. Seriez-vous prêt à coopérer ?

– Êtes-vous en mesure de prouver votre statut ?

– Vous étiez, quelques jours en arrière, présent dans une propriété du bordelais pour participer à une vente confidentielle de toiles de maître organisée par deux oligarques russes. Lorsque les ventes se sont emballées, vous cherchiez l'appui d'une femme présente, Ennara FROST. Durant la nuit, l'un deux a été exfiltré par mon service.

– Je confirme. Baissez vos armes, je suis citoyen Koweïtien, homme d'affaires international mais surtout, depuis mon service militaire obligatoire, j'ai intégré le service de sûreté de l'État. J'ai des devoirs envers mon pays du fait de mes activités financières.

– Donc, vous êtes actif ?

– A 100%. Vous ne faites pas parti de la D.G.S.E, vos méthodes d'approche ne correspondent pas.

– Effectivement nous sommes une agence gouvernementale française parallèle, non officielle.

– Mon gouvernement est en relation étroite avec le dirigeant de DASSAULT Aviation. Nos parlementaires s'opposent à l'achat de 28 Rafale car la FRANCE a la réputation d'abandonner ses alliés et amis.

– Vous évoquez l'histoire lors de l'invasion irakienne quand mon pays a refusé de livrer des pièces et des munitions pour les Mirage de votre armée ?

– Vous connaissez bien votre histoire militaire. Nous avons dû mettre à l'abri nos avions de combat en ARABIE SAOUDITE. Je vais être plus précis encore. La libération prononcée, nous avons vendu ces avions à un pays africain. En revanche, les Américains ont été ultras réactifs en nous fournissant leurs avions de guerre.

– Votre pays ne peut tenir compte des décisions en situation d'état de guerre même si, je vous l'accorde, nous avons manqué de coopération.

– Malgré tout, sachez Monsieur que l'armée de l'air Koweitienne serait fiere de piloter des Rafale et c'est pourquoi nous sommes très proches des Russes qui pourraient obtenir gain de cause en faisant annuler la vente avec l'armée Indienne. Vous n'êtes pas sans ignorer que nous avons acheté pour notre armée et notre garde nationale 30 hélicoptères « CARACAL » auprès d'AIRBUS Hélicoptère. Un signe de pardon de notre part.

– J'étais en mission infiltrée dans la délégation française en 2015 lors de la signature du contrat pour plus d'un milliard d'euros.

Êtes-vous informé qu'ils ont mis une machine de guerre en place pour corrompre les industriels français détenant à titre personnel des œuvres d'art en impliquant leurs compatriotes en capacité, malgré eux, d'entrer en contact avec ces dirigeants. La déstabilisation et la propagande sont leur religion !

– C'est le pourquoi de votre présence ici dans ma suite ?

– Affirmatif.

– Leurs différents Services Secrets officiels et non officiels, agissent pour identifier vos agents et les supprimer. Dans le Golfe, nous ne souhaitons pas constater la mise en péril de votre sécurité nationale qui aurait pour conséquence directe un déséquilibre économique et sécuritaire désastreux.

– Vous confirmez une étroite entente avec Rmitri DYBOLOVLEV et Andreï DANILCHENKO ?

– Ils sont manipulés par les hautes instances russes. Leurs seuls intérêts sont de prolonger leur train de vie dispendieux en se prenant pour des Rois, alors ils sont au garde à vous devant le Tsar des temps modernes.

– Si je projette une photographie de la situation, les seuls vrais marionnettistes sont les instances dirigeantes du pays ?

– Auriez-vous connaissance du consortium « U.A.C » ?

– Oh que oui !

– Donc vous savez parfaitement qui est à sa création et qui en est actionnaire ?

– Affirmatif.

L'iPhone mis à ma disposition sonne. Ne voulant pas interrompre cet échange diplomatique avec Bader, je raccroche. De plus, ne pas montrer ma soumission provoquera leur agacement.

– Bader, vous permettez que je vous appelle Bader ?

– Je n'ai pas d'objection à la condition de connaître votre identité.

– Lieutenant-colonel Gabriel Saint-Régent.

– Honoré de vous rencontrer.

– Merci. J'ai une question : quel est le rôle de Zakaria EL KHARMAZ ?

– Un traitre minable dont on n'entend plus parler depuis plusieurs jours. Il a créé de toutes pièces « Les Compagnons de l'Aube » desservant sa cause pour faire trembler votre nation. Deuxième question ?

– Il est dans la suite 508, pendu à des cintres, sans vie.

– C'est vous ?

– Absolument pas mais j'aurais bien aimé lui coller une balle de 9mm entre les deux yeux.

– Il était lui aussi à la solde du Kremlin. Deuxième question ?

– Un membre du S.R.C, Markus…

– On a tenté de le protéger lui. Le Kremlin l'a poussé à la faute, s'est servi de lui pour approcher le Directeur des P.F.E.G et obtenir la sortie d'une toile inestimable appartenant à la famille DASSAULT.

– Comment ça ?

– L'homme de main des oligarques, Wolfgang, ancien des Spetsnaz, désavoué par POUTINE en personne, a réussi la prouesse de se faire titulariser par les hommes d'affaires Russes et à bénéficier d'une totale liberté d'actions à la condition de produire des résultats bénéfiques pour U.A.C. Il retient la fille de Markus jusqu'à ce que DASSAULT soit écarté définitivement.

– On a livré à mon intention sa tête décapitée dans un carton ce matin.

– Vous plaisantez Lieutenant-colonel ?

– Négatif.

– Qui détient cette information à part vous et votre agence ?

– Personne d'autre.

– Je vous propose un marché. Je vous amène avec votre agent Ennara FROST, quel tempérament à ce sujet, digne d'un pur-sang arabe, associé à une beauté italienne

– Gardez vos appréciations pour vous Bader.

– Une pointe de jalousie peut-être Lieutenant-colonel ? Vous avez un faible pour elle, c'est évident mais peu importe, je vous amène à Wolfgang, vous faîtes votre business avec lui.

– En échange ?

– Nous devons encore et encore renforcer notre partenariat stratégique dans la lutte face à Daech, c'est pourquoi votre gouvernement passe son temps à étouffer les délations au sujet de corruptions liés au contrat avec l'INDE. Nous Koweitiens, et pays arabes, représentons des milliards d'euros de contrats pour vos grandes entreprises.

– Très bien, mais cet argument est pour la façade Bader, livrez-moi vos intérêts personnels.

– Je veux détenir les quatre toiles volées à GENÈVE par Wolfgang.

– Les REMBRANT, RODIN, MÍRO et PICASSO ?

– Il me les faut pour ma collection privée. La veille des attentats du 11.09, le KOWEIT a fait sortir sa réserve d'or d'une des tours du W.T.C. Certains amis discrets m'ont certifié que dans une salle voisine sécurisée plusieurs toiles absentes des salles de vente internationales se trouvaient cachées. La légende entoure leur disparition puis leur réapparition. Aujourd'hui elles sont réapparues. Je les veux.

– Alors organisez-moi cette rencontre et je vous livre le lieu où elles sont détenues.

– Marché conclu. Répondez à ce téléphone, c'est agaçant !

– En attendant, restez joignable, j'ai vos coordonnées Bader si besoin d'organiser la rencontre.

– Inchallah.

Les alliances se font et se défont en fonction des événements et des intérêts de chacun. C'est le monde impitoyable du renseignement international.

En ressortant de la suite, je demande que les quatre toiles gisant dans la douche de la 508 soient immédiatement récupérées et amenées à la planque. On maintient donc le blocage des gardes du Koweitien le temps de la sortie des œuvres. Elles retournent à PARIS avec nous, il suffira de convaincre un faussaire de supprimer les inscriptions et réparées les dégâts. En suivant, Bader AL TAAMOUDI recevra pour plusieurs centaines de millions de dollars de dons entourant une légende. À lui de s'assurer de leur origine…

En capacité d'identifier les points d'émission d'un smartphone partout dans le monde, nous savons que nos ennemis en sont tout aussi capables. Pour ne pas faire repérer la planque je monte seul, sur le toit de ces trois hôtels réunis pendant que mon équipe disparaît avec les toiles, départ sécurisé par Mojo à distance.

Le temps de me débarrasser du haut de l'uniforme et voler en passant au vestiaire de la piscine le pantalon d'un honnête client, je profite quelques minutes de la full sea view du « Sands Sky Park », le temps de recevoir un nouvel appel. La vision panoramique sur SINGAPOUR à deux cents mètres au-dessus du niveau de la mer est époustouflante. Au bord de la piscine qualifiée de la plus longue du monde en hauteur avec ses cent soixante mètres, on sent le vent tiède nous frôler ce qui agrémente cette ambiance électrique. J'ai beau me tourner et me retourner, cette terrasse d'un hectare offre à perte de vue des images exceptionnelles. Me perdant dans mes pensées m'imaginant profitant avec Cara du lieu, je suis ramené à la dure réalité par la sonnerie du smartphone. Je prends mon souffle, serre les mâchoires et décroche.

– Gabriel Saint Régent, vous confirmez votre identité ?

La voix métallique passe par un transformateur. Il m'est impossible de reconnaître l'appelant. Mis à part mon intuition me guidant sur Wolfgang, je dois rester en alerte.

– Affirmatif. Qui est à l'appareil ?

– Vous n'avez pas à savoir.

– Alors je raccroche. Vous voulez jouer dans la cour des grands, soyez un grand.

Le temps de replacer le smartphone dans la poche de mon pantalon, il sonne à nouveau.

– Lieutenant-colonel, soyez patient nous allons nous rencontrer prochainement. La vue vous convient ?

– Autant que celle transmise bientôt par un drone militaire qui ciblera votre planque pour l'anéantir.

– Du calme Lieutenant- colonel ! Vous êtes un véritable adversaire mais vous n'avez pas obtenu d'incontestables résultats encore.

En votre possession un de nos amis, nos dirigeants aimeraient le voir revenir parmi eux.

– Je le place dans en 1ère classe dans le prochain vol pour MOSCOU ?

– A la grâce de Dieu

– Allez droit au but, mes amis Marseillais apprécieront.

– Nous détenons « trèfle 4 feuilles », nous sommes prêts à un échange avec des conditions.

– J'aime votre humour potache de collégien.

– L'insolence vous caractérise toujours autant.

– Ma marque de fabrique.

– Rentrez à PARIS, nous vous recontacterons dans 24h00. Je vais vous demander de rester discret sur le futur. Il serait dommage de nous en prendre à la superbe brune à vos côtés.

Aucun numéro ne s'est affiché, donc rappel impossible. En revanche les règles du jeu sont enfin définies.

Dès mon retour dans la planque, je contacte mon ministre qui doit me donner des informations plus précises. Je n'ai pas été informé de tout, parole d'Officier de terrain. À mon tour d'omettre de livrer ce qui est en ma possession. Un réflexe me vient subitement ! Entourer d'un tissus épais le smartphone le rendant muet.

12:05am

Il est l'heure de plier bagage et de rentrer à PARIS, dans deux heures maximums, nous devrons décoller, information annoncée à tous.

– Monsieur le ministre bonjour.

– Bonjour Gabriel. Quelle est la situation ?

– Quels officiels étrangers doivent arriver dans PARIS dans les 24h00 ? Ne me prenez plus pour un innocent Monsieur.

– Dites-moi plutôt ce que vous savez.

– Honnêtement ?

– Évidemment.

– Que vous me prenez pour un sacré con depuis le début.

– Gabriel, je ne comprends pas.

– Malgré tout le respect que je vous dois, avec toute l'âme patriotique dont je suis animé depuis le premier jour, je m'engage à vous coller sur le cul vos mauvais choix stratégiques en politique internationale.

– Vous dépassez vos attributions Lieutenant-colonel Saint Régent. Gardez vos menaces et soyez aux ordres.

– Pour cela, Monsieur le ministre, gardez votre code d'honneur avec des femmes et des hommes comme moi qui se salissent les mains pour que les politiques tirent les gloires

– Gabriel, je peux vous faire encore plus confiance ?

– Décidemment, faites comme les Marseillais, allez droit au but !

– Demain, atterrît de manière confidentielle une délégation indienne comprenant le Premier ministre et le Chef des armées pour rencontrer le PDG de DASSAULT et s'assurer de garanties futures

– Voilà nous y sommes. Je rentre à PARIS. Tenez-moi informé des plannings, des lieux de rencontre, c'est capital.

– Gabriel, vous êtes un précieux élément, parfois il vous faut apprendre à composer.

– Au sujet de ma sécurité et celle de mes équipes, je ne compose pas Monsieur. Gardons secrètement nos échanges. À demain Monsieur.

L'homme au bout du fil me demandant de rentrer à PARIS est parfaitement informé de la visite soi-disant confidentielle de ceux qui pourraient signer un chèque de plusieurs milliards. Secret…

Il est vraisemblable que les assassins de Zakaria ne sont que des seconds couteaux déjà rentrés dans leur pays. Les véritables acteurs, dont Wolfgang, sont en FRANCE, prêts à agir pendant les rencontres commerciales.

Nous saluons chaleureusement le chef d'antenne de la D.G.S.E et ses équipes pour l'hospitalité et leur garantissons d'être disponibles en échange s'ils ont besoin d'une aide lors d'une prochaine mission.

Le retour vers l'aéroport emprunte différentes routes comme à l'aller pour respecter les protocoles de sécurité.

Le temps de vol retour estimé en sens inverse à 13h30 par l'équipage sera consacré au repos.

À bord, l'ambiance n'est pas festive. Nous sommes sains et saufs, sans avoir été confrontés à la moindre altercation. Les commentaires fusent au sujet de la performance de Mojo, une pointure dans son domaine.

Andreï est maintenu sous sédatif jusqu'à ce que nous le rendions à ses compatriotes, enfin si le deal reste propre.

Quant à Cara, j'échange avec elle sur ma vie, mon passé dévoilé, et au fur et à mesure, en m'attardant sur une cicatrice, Shankar…

Le passé reste dans le passé, seuls le présent et le futur sont à privilégier. Je préfère anticiper, alors je lui annonce qu'à notre arrivée, elle et sa fille sont consignées au B.S.I. Non négociable.

L'allocution du Président de la République a bien été diffusée à vingt heure, heure française. Un message a été reçu par l'équipage aussitôt relayé. L'arrivée de la délégation indienne observera ce message fort comme une garantie attendue. Quelles seront les répercussions sur l'homme mystère, seules les heures à venir en décideront.

À l'arrivée nous attend un convoi solidement armé destiné à nous ramener à l'agence en assurant notre protection pour éviter toute attaque délibérée dans le but de nous reprendre notre prisonnier.

Chapitre 21
L'Arc de Triomphe

Jeudi 15h00 – B.S.I

Mon premier entretien se fait avec la Capitaine Élodie. Le sujet la préoccupant est que faire de la tête de Markus. Malheureusement, nous ne pouvons rien en faire si ce n'est la faire porter dans un funérarium précis avec lequel nous détenons des accords confidentiels. Il est impossible d'alerter nos homologues du S.R.C sur son décès. La seule action à mener c'est créer une boîte mail fictive et leur adresser un message informatif lié à sa disparition.

Nous balayons les sujets d'actualité, déterminons les équipes à garder en alerte pour le futur échange proposé par un illustre inconnu ! De nuit, PARIS est régulièrement le théâtre de ce genre d'opérations clandestines. Elle me rassure en me confirmant gérer tous les paramètres de sécurité afin que je garde ma concentration.

Par la messagerie cryptée, je reçois le planning de la délégation indienne. Aucun commentaire sur le retour du message délivré par le Chef de l'État !

Rien à retenir si ce n'est l'entretien au Palais avec la présence du P.D.G de DASSAULT, Éric TRAPPIER. Un dîner toujours non officiel est organisé en comité restreint avec différents intervenants cramponnés aux milliards en jeu.

Mon caractère insolent m'incite à lui répondre une citation d'un homme dont je m'inspire depuis le jour où son parcours militaire, d'homme politique, d'orateur m'a séduit, Sir Winston CHURCHILL. Il ne faut pas décevoir ses relations, alors ma réponse est envoyée :

« Un bon politicien est celui capable de prédire l'avenir et qui, par la suite, est également capable d'expliquer pourquoi les choses ne se sont pas passées comme il l'avait prédit ».

Entouré des ingénieurs informatiques, j'écoute leur possibilité de craquer l'iPhone trouvé à SINGAP. Ils prétendent que le connecter à un de nos ordinateurs serait une erreur car un spyware y est certainement accouplé. D'après eux le choix de l'iPhone n'est pas innocent par les multi caméras installées et le puissant micro. Ils me demandent s'ils peuvent le sortir de son emballage de fortune et recommande le silence total.

L'écran allumé révèle les applications de base d'Apple, donc pas de suspicion sur une appli douteuse. La deuxième démarche est d'étudier la consommation de données. Les logiciels espions sont de gros consommateurs de data. Le volume consommé est très faible. Troisième étape, ils vérifient si la puce GPS est activée. Effectivement la donnée de localisation est active, alors ils la déconnectent. Une dernière vérification est faite en cliquant sur une des applis d'origine, celle nommée « contacts ». La liste est vide mais elle se met automatiquement en mise à jour. Aussitôt ils l'éteignent puis remettent le smartphone dans sa housse épaisse en tissus.

– Lieutenant-colonel, ce téléphone est piraté ; je vais vous offrir une pochette athermique fournie pour les badges télépéages, c'est système D mais efficace !

– Bien joué mon garçon. Les appels entreront ?

– En principe oui mais les émissions de données seront coupées.

– Espérons…

Le hasard n'existant pas, le smartphone émet une sonnerie sans numéro apparent. Je demande le silence absolu et branche le haut-parleur en décrochant :

– Lieutenant-colonel Saint Régent, ne tentez pas de percer les mystères de ce téléphone, vous déclenchez une alerte sur notre programme

– Je ne suis pas doué cher ami ! Il me faut bien tenter de vous identifier.

– Ne perdez pas de temps inutile. Nous allons nous rencontrer ce soir.

– Quelle joie ! Une tenue à me conseiller ? Smoking de gala ? Costume ? Jean basket ?

– Restez concentré et faites noter le point GPS de notre rendez-vous.

– Quel dommage, j'aurais tant aimé m'asseoir autour d'une table et déguster un grand millésime en refaisant le monde.

– Je ne le répèterai pas : 48°52'24.8»N 2°17'42.1»E.

– C'est noté ! À quelle heure les agapes débutent ?

– Trois heure précise. Prenez soin d'ici là de notre ami. Nullement obligé de vous préciser de vous rendre seul avec lui. Le lieu est déjà sous protection.

– Évidemment, je vais…

Impossible de terminer ma phrase, il a raccroché.

Le Sergent Cécile à l'aide de son écran holographique a bien enregistré le point G.P.S transmis. Elle me demande de me retourner et de visualiser l'image satellite :

L'Arc de Triomphe de l'Étoile, Place Charles de GAULLE !

Le choix du lieu n'est pas innocent. C'est le monument français commandé par NAPOLEON Ier à la gloire des victoires militaires françaises sous son Empire. Le symbole est fort.

Prenant ma tête entre mes mains pour prendre une grande respiration, je me rappelle la tristement célèbre « Campagne de Russie » menée par l'Empereur français en 1812. L'histoire ne retiendra pas l'envahisseur qu'il a pu être en RUSSIE, mais son statut de grande figure politique et de génie modernisateur. À ce jour, les historiens Russes lui rendent grâce pour avoir stimulé ce pays à devenir une grande puissance européenne au fil des décennies. De nos jours encore, NAPOLEON fascine les Russes. Alors, car cela ne fait plus aucun doute, Wolfgang tient en voulant m'attirer vers ce monument historique à rendre hommage à ce stratège militaire. Il oublie peut-être, ou n'est-il pas assez cultivé sur cette partie de son histoire, que ce fut bloqué dans un MOSCOU vide, en flamme, ses soldats épuisés, que l'Empereur s'est résigné à vivre une défaite. La prise de la ville vide était pour lui un triomphe.

16h05 – Le Bunker – Réunion de crise

Notre immeuble bénéficie des dernières avancées technologiques en matière de sécurité ce qui en fait un bastion imprenable même en cas d'attaque à l'arme lourde. Une porte dérobée dans le parking souterrain conduit vers une sortie donnant de l'autre côté du quartier ce qui permettrait d'évacuer le personnel ou tout prisonnier retenu dans la bâtisse.

C'est avec ces mots que j'entame la réunion de crise. Je le vois à leur visage, personne ne réagit !

– Vous ne comprenez pas que la Place Charles de GAULLE est soit une stratégie mûrement réfléchie par Wolfgang, soit c'est un leurre pour nous détourner de l'agence en mettant une tactique d'attaque frontale dans le but de venir libérer son compatriote ! Mesdames, Messieurs, il faut vous transformer en guerriers, pas en spectateurs du film du dimanche soir.

Un brouhaha s'installe car tous mes chefs de service présents se retournent les uns vers les autres pour tenter de comprendre comment le monument français peut être pris pour cible avec une immense difficulté pour eux de défendre nos positions. Je les laisse quelques secondes, le temps de me servir seul un expresso. Ils vont réagir ou je vais tellement taper fort mon poing sur la table que le silence va s'installer définitivement.

Ressemblant à une salle de classe de troisième une heure avant les vacances d'été, je me vois obligé de bien taper sur la table de manière virile pour obtenir leur concentration. Un silence s'installe.

– Vous aurez la parole dans quelques minutes, ne vous inquiétez pas, restez concentrés.

– Veuillez nous excuser Lieutenant-colonel, mais regardez l'écran sur lequel la salle des communications nous transmet.

À l'écran est diffusée une photo de deux de nos agents infiltrés à MOSCOU en charge de surveiller nos entreprises françaises implantées. La photo vient d'être prise il y a quelques minutes mettant en scène les deux Officiers traitants entourés d'hommes non identifiables sous L'Arc de Triomphe. C'est un message fort destiné à calmer nos ardeurs démontrant qu'ils s'en serviront comme bouclier humain si nous tendons un guet-apens.

Immédiatement, la Capitaine Élodie les nomme : Patrice F. et Pascal B., rompus depuis des années aux us et coutumes moscovites, régulièrement en capacité d'anéantir des menaces réelles dirigées contre les entreprises françaises. D'après elle, leur capture ne daterait que de moins de douze heures.

J'expose, dans le calme revenu, la situation avec les contenus en notre possession. La première phase est de placer l'agence en « Stade 1 », le niveau d'alerte maximal empêchant toute entrée ou sortie sauf ordre exceptionnel validé par la Capitaine ou moi-même.

Notre Chef de la Sécurité, l'Adjudant-chef Bruno B. quitte la salle immédiatement pour déclencher les procédures techniques et administratives liées à rendre hermétique le B.S.I. Je lui demande de faire sortir le prisonnier et le placer attaché dans le sas donnant accès au parking souterrain.

– Mesdames et Messieurs, voici les ordres pour mener à bien l'opération du soir baptisée « Dark Night » en hommage au film éponyme. Vos codes de liaison radio se définissent dans l'ordre par lequel je m'adresse à vous. Le mien sera « Code 10 ». Donc, le « Code 1 » revient au Lieutenant Maxime, en tant que Directeur technique et informatique. Peux-tu intervenir sur les éclairages et monuments de la ville de PARIS ?

– Vraisemblablement.

– Non ce n'est pas une réponse. Alors tu quittes la salle, tu rejoins Mojo et trouvez-moi le moyen d'accès aux alimentations sans alerter les services municipaux ou EDF.

– A tes ordres.

– Basile, de combien d'hommes opérationnels tu disposes ?

– Si j'arrive à contacter ceux en repos, avec moi huit.

– A ton tour de quitter avec l'attribution du « Code 2 » la salle et de les affecter immédiatement en réquisitionnant les Officiers François B. et Alexandre D. détenant les « Codes 3-4 » Dès que ton équipe est au complet, tu les dissémines dans le périmètre en identifiant leurs mouvements seconde après seconde. Inutile de préciser qu'ils se fondent dans la foule habituelle.

– A tes ordres

– Sergent-chef Jérôme, Hermès est dispo ?

– Affirmatif Lieutenant-colonel !

– Alors va le faire positionner le plus proche possible de L'Arc avec deux de tes Sous-officiers et mets en place les liaisons. Prends le Doc avec eux, il sera utile en cas d'accroche sur place. Hermès détient « Code 5 », toi le « Code 00 »

– A tes ordres.

– Lieutenant Tom et Adjudant Cyril, vous quittez la salle et rejoignez deux toits d'immeuble dans la plus grande discrétion. Attention aux toits équipés de caméra de surveillance privée. Douze avenues se déversent sur la Place Charles de GAULLE. Je ne suis pas sniper comme vous, mais fixez un point culminant chacun en opposé permettant de couvrir toute fuite de notre ennemi mais surtout vous offrant une vue dégagée en dessous de L'Arc.

Donc par déduction, il n'y a que l'avenue de la Grande Armée et les Champs-Élysées ! Prenez le matériel de communication nécessaire, transmettez votre point de tir à la Capitaine Élodie. « Code 6-7 » vous revient.

– A vos ordres.

– Panther, ta cellule peut mettre à disposition combien d'hommes dans les deux heures ?

– Gabriel, avec moi, six hommes les mêmes qui ont fait le déplacement à SINGAP.

– Alors tu quittes le bunker et tu les rassembles pour eux aussi s'immerger dans la zone. Tu as le « Code 8 »

– A tes ordres.

– Lieutenant Pierre, on détient toujours le 4x4 MERCEDES G avec les vitres blindées ?

– Affirmatif.

– Fais-le préparer par le Chef d'atelier avec le plein et fais placer des caméras embarquées dirigées vers l'intérieur et l'extérieur. Tu fais préparer deux AMG C-63 en me sélectionnant les deux meilleurs pilotes.

– A mon tour de te dire : à tes ordres !

– Lieutenant Yoni, tu mets à disposition tout l'arsenal de protection, de communication, de surveillance nocturne, toutes les armes avec munitions que chacun te demandera. Je valide toute demande.

– A tes ordres Gabriel.

– Capitaine Élodie, tu prends le commandement du B.S.I dès l'instant où je quitte l'agence. Tu seras la coordinatrice générale. Annonce à toute personne mobilisée l'heure de départ de la surveillance que je fixe à 22h00.

– Je peux prononcer à tes ordres moi aussi ?

– Viens surtout dans mon bureau immédiatement.

La mine fermée, elle me demande si j'estime que seul le B.S.I est en mesure de palier au défi organisé par Wolfgang, lui-même solidement entouré par déduction soit d'une unité du F.S.B locale, soit de l'unité 29155 ou les deux réunies. Faut anticiper. Compte tenu du fait que l'Élysée a réquisitionné un service d'ordre sérieux tous services confondus, les forces disponibles seraient-elles en mesure de venir nous seconder ? Je n'en suis pas convaincu.

Notre force résidera dans la tactique à déployer et dans sa rapidité d'exécution. L'effet de surprise sera notre meilleur atout. Alors elle me demande sur quoi je m'appuie pour être autant sûr de moi.

Dix-neuf hommes opérationnels avec moi, ce qui fait vingt hommes prêts à s'engager pour libérer nos deux Officiers traitants, récupérer « trèfle 4 feuilles » et surtout leur rendre Andreï sont suffisants.

– Je vais t'expliquer maintenant mon effet de surprise de dernière minute.

– Tu n'auras pas droit à l'erreur.

– Tu es toujours intime avec le Directeur de l'ordre public et de la circulation de PARIS ?

– Depuis ma soirée privée avortée par tes soins, très peu de contact.

– Il me semble qu'il te fait encore livrer des bouquets de fleurs ?

– Gabriel, comment tu sais ???

– Peu importe. Tu vas l'appeler en y mettant une force de conviction exceptionnelle pour lui proposer de vous retrouver pour un dîner romantique ce soir à 20h00 au SIR WINSTON. Je serai dans la salle sans que personne ne me remarque

– Je croyais que tu m'affectais à la coordination de l'opération ?

– On va agir différemment jusqu'à ton retour !

– Sois sérieux Gabriel.

– Cet homme a obligatoirement deux téléphones portables. L'un professionnel, l'autre personnel. Le professionnel doit détenir les codes d'accès au programme informatique lui donnant la possibilité de bloquer n'importe quel feu de circulation dans PARIS.

– Tu es un génie.

– Merci mais il faut que tu arrives à lui faire poser sur la table du dîner ce téléphone bien précis. Je peux déclencher des appels répétés ce qui l'incitera à le laisser sur la table. À l'aide de ce scanner, tu le plaqueras sous la table, préalablement mis en position « start ». Il effectuera un diag complet, une copie de tous les dossiers, alors nous obtiendrons tous ses petits secrets. Discrètement je le récupère lors d'une interruption « repoudrage » et je le ramène ici. Restera plus qu'à le laisser dans les mains de Mojo et de Maxime !

– Ok ! Donc tout repose sur moi mais quel est ton but ?

– Tu ne vois toujours pas ?

– Non !

– Wolfgang a choisi comme point d'échange L'Arc de Triomphe, symbole napoléonien dans toute sa splendeur. L'Empereur est devenu une icône pour les Russes.

– Je ne vois toujours pas.

Je tire mon explication de l'histoire réelle vécue par NAPOLEON en 1812 subissant la stratégie militaire des généraux russes défendant MOSCOU. Ils ont délibérément laissé entrer l'envahisseur français et ses troupes dans une ville quasiment vide. L'histoire va s'inverser…

Alors, récupérer les codes d'accès auprès du Directeur de l'ordre public et de la circulation de PARIS permettra de passer tous les feux de circulation au rouge à 600m à la ronde de L'Arc empêchant la moindre voiture et moto de le rejoindre.

Le seul véhicule pénétrant dans la zone sera le mien avec le prisonnier. À cet instant-là, je ferai couper tous les éclairages municipaux extérieurs dans le quartier, plonger L'Arc dans le noir absolu et organiser une coupure électrique générale dans les habitations voisines. Nos équipes seront équipés de lunettes à vision nocturne pour leur intervention. Temps estimé de l'opération : 5mn montre en main avant une réaction de la préfecture de PARIS.

Nous aurons le champ libre pour intervenir.

La Capitaine Élodie B. au parcours militaire actif au sein du Renseignement assorti de nombreuses réussites, se lève et m'informe considérer que son soupirant sera à vingt heure assis à une table du SIR WINSTON.

Dernière personne à convoquer, le Lieutenant Yoni I. Chef de l'armurerie. Aussitôt convoqué, il entre dans mon bureau. L'obligation m'est faite pour lui aussi, de lui décrire la scène vécue par NAPOLEON Ier lorsqu'il est entré dans MOSCOU en s'installant dans la résidence de l'Empereur Alexandre au Kremlin. Pendant ce temps-là, des incendies prenaient naissance dans la ville pour l'embraser. Ces détails historiques transmis, je lui demande :

– Détiens-tu des jerricans en polyéthylène pour carburant ?

– Oui Gabriel, une vingtaine si mes stocks sont à jour.

– Leur contenance ?

– Dix litres.

– Tu as des détonateurs électroniques pour le déclenchement à distance ?

– Une armoire remplie !

– Alors tu vas les transmettre à nos permanents pour qu'ils aillent les disposer dans les poubelles à chaque angle des douze avenues desservant la Place de l'Etoile et dans celles à l'entrée des accès aux visites du monument.

– Ils vont se faire repérer !

– Je ne pense pas. Ils vont revêtir les tenues des équipes d'entretien de la ville pour faire croire être en horaire de nettoyage et les déposer dans les poubelles.

– Qui déclenchera les détonateurs à distance ?

– Moi, donc tu vérifies les codes et tu me les amènes en suivant. Combien de temps durera la flamme de chaque Jerrican ?

– Facilement vingt minutes.

– Parfait.

– Je descends m'en occuper.

– Je descends avec toi pour aller désigner les permanents.

Onze permanents sont présents dans la salle de repos. Deux d'entre eux reçoivent ma confirmation à les dédier à l'escorte véhiculée nocturne, cinq autres à aller enfiler une tenue jaune fluo et verte des services techniques de la propreté de la ville de PARIS, puis se rendre au dépôt municipal prendre possession des petits véhicules électriques avec benne pour les encombrants. Leur contact sur place est « Monsieur Paul » qui, habitué à voir réquisitionner ses véhicules par la Police et les Services Secrets pour mener à bien des enquêtes, a été désigné pour collaborer dans la plus grande discrétion.

Immédiatement après avoir terminé de leur détailler leur action précise, ils se lèvent pour accomplir leur mission tels des guerriers prêts à affronter l'ennemi.

Personnellement, je me conditionne à vivre certainement ma plus grande prise de risque dans PARIS. Cette capitale a tellement connu d'affrontements, de combats, de luttes mais cette nuit, elle devra être une belle endormie protégeant ses habitants ne devant courir aucun danger. Je suis pleinement conscient qu'aucun dommage collatéral ne devra exister.

Chapitre 22
Opération « Dark Night »

19h45 – B.S.I

Toutes les équipes sont en place, les poubelles sont prêtes à faire feu, Hermès est en place dans une contre-allée de l'avenue Foch, Élodie s'apprête à rejoindre son Roméo au SIR WINSTON rue de Presbourg. Revêtue d'une petite robe noire classique, elle porte un effort sur son maquillage.

– Dis-donc, il a une chance exceptionnelle le Roi des feux tricolores !

– Tu es vraiment pénible Gabriel. Je m'exécute face à tes délires certes brillants, mais l'ironie n'est pas pour moi ce soir. Tu es bien content que ce haut fonctionnaire ait répondu dans la minute à ma demande.

– Là, j'ai touché un point sensible ! Tu l'aimes bien le régulateur du trafic routier.

– Tu sais, on dirait un adolescent jaloux.

– Absolument pas Capitaine ! Je te souhaite de te stabiliser, d'être heureuse, épanouie et surtout d'être aimée.

– Enfin des mots bienveillants.

– Si tu portes ton dévolu sur un chauve, lunettes en écaille et capable de passer au rouge un feu au vert, ça me va !!!!

– Sors de ma vue Gabriel et tiens-toi prêt à récupérer le scanner.

– Dernière précision, il connaît ton métier ?

– Il s'en doute mais sans certitude.

– Alors avant vingt et une heure quarante-cinq tu quitteras ton romantique dîner, tu vas l'embrasser langoureusement et lui annoncer une urgence professionnelle. Avec un tel baiser, il te pardonnera tout lors de l'organisation de votre prochain rencart.

– Tu es maléfique Gabriel.

– Possible. Allez c'est parti.

Les consignes sont laissées au Chef de la Sécurité à qui je demande l'ouverture du parking pour sortir avec une DUACTI. La Capitaine elle, emprunte le couloir secret depuis le parking souterrain. À son retour, elle fera le chemin inverse.

20h05

Arrivé bien avant elle au SIR WINSTON, mon fief, j'y entre couvert d'une casquette irlandaise, chèche autour du cou et paire de lunettes de vue posée sur le nez. Isolé à une table au fond de la salle du RDC, je communique discrètement avec mon équipe en place étant à cinq cent mètres à peine de la place. Les messages retour s'enchaînent avec le même mot « R.A.S ». Si Wolfgang dit vrai, il y a forcément des membres de ses unités très bien dissimulés. Une analyse précise doit être appliquée, Hermès doit redoubler d'attention sur les écoutes électromagnétiques, les hommes déambulant dans le périmètre doivent vérifier chaque SDF, groupe, faux touristes prenant des photos, bref tout élément suspect.

La Capitaine rejoint son ami, très élégant et attentionné pour elle. Elle m'a repéré. Ce qu'elle ne comprend pas, c'est que ce soir j'ai besoin de me détendre, tout comme « Iron » finalement. Il ne déteint pas sur moi j'espère ! Alors mes petites provocations étaient un moyen de libérer la pression. Je tiens à elle c'est évident, comme une amie, confidente et proche collaboratrice. Nos tentatives passées de relation sont oubliées. Je lui souhaite que ce Monsieur, arrive à la charmer. Alors, je lui donne un coup de pouce. Le chef de salle répond à mon signe de la main. Il me connaît bien et pense que je suis chauffeur attitré à la Présidence de la République ce qui m'offre des avantages indéniables dans la rapidité de service.

– Vous voyez cette table avec la femme vêtue d'une robe noire ?

– Oui Monsieur.

– Vous allez apporter sur la table une bouteille de DOM RUINART, c'est son champagne favori. Mais attention, en la posant vous vous adressez au Monsieur en lui disant : « voici la bouteille que vous nous avez demandée. Très bon choix Monsieur ». S'il est au top, il n'osera pas vous contredire.

– Faites-moi confiance.

– Vous l'ajoutez sur ma note.

Le Roi du feu tricolore ne me déçoit pas ! Il fait mine d'avoir commandé le champagne lorsque le serveur lui tend ! Je vois les yeux d'Élodie, elle est sous le charme. Une bonne chose de faite, je passe aux choses sérieuses.

Détenant tous les numéros de tous les décideurs de la Sécurité publique, j'appelle ce haut fonctionnaire. Il saisit son appareil dans la poche intérieure de son blaser, puis je raccroche. Je répète l'opération quatre fois. Il finit enfin par le poser du la table. La Capitaine plonge sa main dans son sac laissé par terre délibérément, et à l'aide des bandes adhésives le plaque sous la table.

Ouf !

Quelques minutes plus tard, je viens au comptoir demander mon addition, signal d'alerte pour ma collaboratrice. Au même moment le serveur demande à l'homme s'il apprécie le champagne et s'il souhaite une bouteille d'eau. Déconcentré par la demande il bafouille en s'adressant à son invitée. Je lui déclenche un nouvel appel dans l'urgence. Il se lève par correction car je laisse sonner volontairement. Élodie peut récupérer le scanner le plus discrètement possible.

Se rasseyant, c'est elle qui s'excuse pour une interruption. Elle se dirige vers l'espace toilettes dans lequel je la rejoins.

– Sa Seigneurie est satisfaite ?

– Ose avouer que l'action te manque ?

– Laisse-moi encore quarante-cinq minutes profiter de ce moment pour une fois qu'un gentlemen m'offre de l'attention

– A tes ordres Capitaine. À tout à l'heure. Sois prudente en rentrant à l'agence.

20h55

Le scanner est décortiqué par le service informatique. Toutes les données inutiles sont enregistrées dans notre base de données.

Le dossier contenant ses codes secrets est verrouillé par un code. Mojo prend la main. Il fait défiler toutes les combinaisons avec l'aide d'un de ses logiciels pirates. « 120972 » est le code !

Il ouvre le dossier, fait défiler et arrive au sous-dossier « Lutèce ». C'est dans les entrailles de l'Île de la Cité, sous terre qu'est situé, entre la préfecture de police et le marché aux fleurs, le poste de contrôle d'exploitation du programme Lutèce. Ce logiciel maintient la plus grande fluidité de circulation de la capitale. L'avantage primordial pour nous ce soir, c'est sa capacité à être modifié pour un événement important, ou en fonction des heures à agir sur les passages piétons à l'heure du déjeuner.

Codes an main, Mojo se connecte en toute simplicité sur « Lutèce ».

Afin de maîtriser son pilotage, il tente quelques coups à l'Est de la capitale, très loin de notre champ d'action.

– Gabriel, parfait ! Je suis opérationnel.

– Prépare-toi pour deux heure cinquante-cinq surtout.

– Je suis là, je ne bouge pas ! J'ai annulé mes rendez-vous Tinder, enfin ceux provoqués de force !!!!!!

– De mieux en mieux Mojo ! Tu pirates même cette application pour obtenir des rencontres !

Les quelques minutes de calme m'incitent à rejoindre Cara dans notre chambre. Déçue de ne pas participer davantage, elle me confirme que RYBOLOVEV est aux abonnés absents.

Comprenant la situation mais quelque peu agacée d'être enfermée, je m'engage à ce que demain nous rentrions chez nous. Avant de la quitter, je la serre fort dans mes bras, respire son cou pour capter son odeur tout en espérant tenir la promesse de rentrer me coucher contre elle dans la nuit.

21h45

Retour de la Directrice adjointe passant au vestiaire femme se changer et revêtir une tenue plus adaptée aux pressions à venir.

Elle découvre dans la salle de commandement que Lutèce est projeté sur l'écran géant la diffusion en live des images du monument national par l'ensemble des caméras de la ville. Bref tout est prêt pour sa coordination.

00h00

Les informations sont régulièrement dispatchées par les équipes en planque. Fait étrange, ils ne cessent de scruter, écouter, observer, et toujours R.A.S !

– Ici « code 10 », « Codes 6 & 7 » avec vos viseurs thermiques longues portées sur vos PGM Hécate, vous ne détectez aucune présence sur les toits voisins ou plus bas dans des véhicules suspects ? Ou encore dans des appartements en vue ?

– Négatif « Code 10 »

– « Codes 6 & 7 », vous êtes bien recouvert d'un camouflage thermique ?

– Affirmatif « Code 10 ».

Les Russkoffs sont forcément proches, le contraire serait surprenant si on détient des qualités de fin tacticien militaire. Je commence à envisager avec attention une hypothèse sérieuse. Ils sont planqués à l'intérieur avec les deux agents et la toile.

En suivant, je demande que nous nous connections sur les caméras disponibles autour de l'ambassade de la Fédération de RUSSIE dans le 16ème afin d'observer si des va-et-vient existent. Malheureusement, rien à signaler mais ils gardent la diffusion des images en direct sur des écrans au cas où… L'état de sérénité ne m'habite pas, c'est le moins que je puisse dire.

– « Code 5 », ici « Code 10 ». Vous avez toujours un drone dans le fourgon ?

– Affirmatif « Code 10 »

– Faites-le décoller de manière qu'il survole L'Arc. Il subsiste une hypothèse, c'est que Wolfgang et ses unités soient enfermés à l'intérieur ou positionnés sur le toit.

– Vous donnez votre accord ?

– Vous avez entendu ma demande ?

– Oui « Code 10 » mais vous n'êtes pas sans ignorer que tout survol de la capitale est formellement interdit.

– Rappelez-moi un détail « Code 5 », vous êtes agents dans l'agence la plus confidentielle du pays ou agents de la SNCF à contrôler les billets des voyageurs ?

– Je vous présente mes excuses « Code 10 »

– Débranchez les diodes vertes et rouge de votre drone avant de le faire décoller et diffusez les images en direct. Prenez en compte la hauteur du monument qui trône à cinquante mètres. Faites-le survoler à cent mètres au-dessus.

– A vos ordres « Codes 10 ». Il est équipé d'une tourelle avec caméra haute définition, vision nocturne ce qui favorisa une restitution d'image parfaite.

Trois minutes plus tard apparaît la liaison avec le drone en stationnaire suffisamment haut pour ne pas être entendu ni repéré. Mis à part les projecteurs éclairant le toit avec un puissant halo lumineux, aucune présence humaine n'est détectée. La cellule de vision nocturne embarquée ne restitue aucune ombre thermique.

02h15

Les caméras à infrarouge thermiques en notre possession seraient-elles assez puissantes pour que dirigées vers le monument aux murs démesurément épais elles détectent la chaleur émise par des individus ?

Impossible de s'approcher du site compte tenu de l'heure tardive voyant un fort ralentissement de la circulation.

Depuis plus de deux heures, aucun signe n'est apparu ni alerte prononcée. Calme plat.

Nous recevons un message émis par Hermès :

– Ici « Code 5 », depuis deux minutes un brouilleur d'ondes est déclenché. On subit des coupures par intermittence.

– Ici « Code 10 », à tous les codes, déclenchement de la mission « Dark Night ». Vigilance absolue, maîtrisez vos couvertures, ne vous faîtes pas loger. Communication radio uniquement si nécessaire. Fin de la transmission.

À quarante-cinq minutes du début des hostilités, et compte tenu de l'utilisation d'un brouilleur d'ondes, Wolfgang est en approche ou, présent dans le monument, il va être rejoint par voie routière. Les images diffusées autour de l'ambassade révèlent du mouvement. Deux fourgons noirs quittent la résidence. Naturellement, les caméras suivantes placées à chaque angle de rue sont mises à l'écran par les informaticiens permettant le suivi. Ils se dirigent vers L'Arc.

2h30

Les deux fourgons suivis mètre après mètre se garent avenue Hoche presque à l'angle de la rue de Tilsitt. Le choix de cette rue est logique du fait d'être quasiment dans le champ de l'arche.

Soit ces fourgons sont vides et permettront d'extraire des personnes, soit au contraire sont à bord des commandos parés au combat.

L'iPhone se met à sonner. Je décroche :

– Lieutenant-colonel, dans trente minutes nous vous accueillerons pour procéder à l'échange. Soyez professionnel, n'offrez pas de spectacle inutile sous peine de conséquences désastreuses.

– Bien dommage que le DRUGSTORE soit fermé, nous aurions pu partager un verre au nom de l'amitié franco-russe.

– Soyez ponctuel. Deux minutes de retard vous offriront un cadavre par minute.

– Alors considère que ton ami se fera abattre en même temps.

Communication interrompue.

Élodie me regarde droit dans les yeux pendant que je m'harnache de mon gilet pare-balles, de l'attache sur chacune de mes cuisses de deux holsters ainsi qu'un troisième étui scratché sur le gilet. Trois « SMITH & WESSON 1911 » de calibre 45mm automatique, plus quelques chargeurs dans les poches arrière de mon jean. Mon oreillette est placée dans mon oreille gauche afin de vérifier la connexion bien active. Sa manière de me regarder durant cette phase de préparation me fait penser à un leader du 1er RPIMa amenant une unité de parachutistes sur une zone de combats. Il observe ses troupes avant de monter dans un Transall en s'assurant que le matériel est conforme. La perception est identique : l'une ne sait pas si son collaborateur va revenir, l'autre anticipe un pourcentage de perte à l'atterrissage.

Il me faut compléter mon artillerie embarquée en posant sur le siège passager un fusil d'assaut S&W calibre 5,56mm avec deux chargeurs. Un affrontement à l'arme lourde nécessitera de ma part une capacité de riposte à la hauteur.

Les déclencheurs électroniques sont déjà placés dans la boîte à gants centrale du 4x4 par Yoni.

La Capitaine Élodie B. tente de se rassurer quant à mon retour :

– Gabriel, on te suit à la trace.

– Tu as intérêt ! Que je puisse assister à ton mariage

– Avant cette étape, il lui faudrait faire sa demande à mon père !!!!

– A un feu rouge avenue Mac-Mahon, ça aurait de la gueule non ???

– Je ne sais pas comment Cara te supporte ! Soit c'est une sainte femme, soit elle est d'une patience légendaire.

– Allez, Madame la Directrice adjointe, c'est l'heure. Concentre-toi sur toutes les images diffusées sur les écrans, chaque détail remarqué te fera lancer une alerte auprès des intervenants. Tu connais mon approche, toujours protéger les siens avant d'atteindre l'objectif. J'ai confiance en toi.

Le 4x4 MERCEDES G-63 AMG reçoit son invité à l'arrière, menotté dans le dos, solidement attaché par la ceinture et recouvert d'une cagoule. Les cinq cents chevaux du V8 crachent un bruit sourd porté par la résonnance des murs bétonnés. Arrivé devant l'importante double porte en bois, je prends ma respiration, connecte mon iPhone personnel, sélectionne un morceau particulier :

« Sympathy for the Devil » la version 1968 enregistrée à LONDRES par les Stones. De la pure adrénaline qui fait se surpasser.

Les portes s'ouvrent, je la franchis au ralenti laissant les deux autres voitures prendre la ligne, puis je prends lentement le bateau du trottoir et accélère fort en direction de la Place de l'Étoile.

2h48

Mojo active Lutèce ce qui me permet de constater en bas de l'avenue Marceau que tous les feux sont au rouge. Baissant le volume, j'informe tous les codes de mon arrivée sur site. Les quelques centaines de mètres me séparant du monument me refont monter le volume pour les dernières secondes du morceau et me gonfler à bloc.

Je marque un stop en haut de l'avenue Marceau, angle rue de Presbourg. Je demande aux deux drivers de s'immobiliser l'un avenue de Friedland, l'autre avenue d'Iéna, prêts à débarquer sur la place. Leur stationnement leur permettra de soit procéder à une collecte soit m'escorter en cas de poursuite. Les consignes transmises, très lentement je rejoins les Champs-Élysées. Aucun mouvement de circulation, tout est parfait.

2h57

– « Code 1 », ici « Code 10 », extinction des feux au moment où apparaît Wolfgang avec les otages, pas avant.

– Bien reçu « Code 10 »

– « Code 10 », ici « code 5 », les deux fourgons font mouvement en direction du point rencontre. Vitesse lente.

– Bien reçu « Code 5 ».

À tous les codes, 3,2,1 top départ.

3h00

Poussant à fort régime les cinq cents chevaux du 4x4, j'enclenche un premier tour de la place dans le but d'observer les mouvements.

Revenant dans l'axe des Champs-Élysées, apparaît Wolfgang, mes deux agents tenants chacun d'un côté la fameuse toile comme s'ils l'exposaient à un parterre de photographes, le tout sous escorte de quatre hommes en tenues de combat noires, casques lourds, armés de fusils d'assaut. Mon œil aguerri remarque un point rouge sur leur torse, mauvais signe. Ils ont deux snipers isolés sur eux.

– « Codes 6-7 » avec votre lunettes thermiques, putain repérez-moi d'où viennent les faisceaux rouges pointés sur nos hommes.
– « Code 10 » on est actifs. On balaye la zone.
– Ne lâchez rien.
– « Code 10 » j'ai un signal thermique faible provenant du toit de l'ambassade du Kazakhstan. Deux fantômes agités.
– Ne vous faîtes pas logés.
– « Code 10 » ils ont retiré leurs couvertures de protection. Ils vont tirer ! Autorisation d'engager ?
– Autorisation.

Dix secondes après ma validation, on reçoit :
– « Code 10 », traités.
Les deux fourgons sont venus se garer sur le parvis avec un espacement d'une dizaine de mètres entre les deux.
– « Code 10 », extinction des feux ?
– Négatif, je répète négatif.

J'approche à faible allure tout en restant bien sur le rond-point. À dix mètres du parvis, je m'arrête, descends de la voiture, en reculant pour observer droit devant moi, j'ouvre la porte arrière, je fais descendre Andreï en prenant bien soin de lui coller le bout de mon automatique sur la tempe.
– Wolfgang, voilà ton homme.
– Enfin te voilà, depuis OMAN mon rêve se réalise. Retire-lui sa cagoule.
– Tu vois c'est bien lui.
– IL ne fallait pas t'amuser à amener un de tes agents.
– Maintenant, tu as demandé ma venue, je suis là.
– Tu es le meilleur Gabriel, la preuve plus aucune voiture ne circule ! J'ai convaincu tous mes hommes qu'il fallait se méfier du Lieutenant-colonel Saint Régent.

– Rien à voir, j'ai juste fait en sorte que nous puissions dealer sans être soumis à des interruptions permanentes. Tu vois je prends soin de toi. Je suis tout seul Wolfgang ! Regarde autour de toi !

Il penche sa tête vers son émetteur radio accroché sur son épaule gauche, parle en russe, insiste, n'échange pas et reprend la parole :

– Je vais te rendre ce qui t'appartient. Informe tes dirigeants, que si le contrat DASSAULT est maintenu, on abattra un par un tout agent localisé en FRANCE comme à l'étranger.

– Wolfgang, sois fair-play, en business les meilleurs remportent la mise.

– Ce que nous voulons. Mais vous les Français vous faîtes faire le sale travail à vos exécutants.

– Tu fais quoi toi ???

– Je ne suis plus Officier. J'agis pour des intérêts différents.

Les messages s'enchaînent dans mon oreillette. « Codes 6-7 » demande l'autorisation d'engager sur le commando, « Code 2 » attend son autorisation pour aussi taper les tangos. C'est encore trop tôt. Les armes braquées sur mes hommes sont collées sur leur visage.

– Allez Wolfgang, on règle notre deal entre professionnels. Je t'envoie ton ami, fais avancer les miens.

– Tu la joues trop facile Gabriel.

Là, il arme son automatique, le pointe sur le front de l'agent Patrice F. debout sur sa droite.

– « Code 1 », extinction des feux immédiate. Autorisation d'engager.

En 1/100ème de seconde, nous sommes plongés dans le noir absolu. Premier effet de surprise… Je plaque au sol Andreï qui hurle comme une jeune pucelle par le bruit des balles fusant de toutes parts. Je saisis les détonateurs et les déclenche tous dans l'urgence. Les explosions créent une confusion chez les Russes ne sachant plus vers qui diriger la pointe de leurs fusils. Second effet de surprise… Artisanal certes, mais efficace. Mes deux agents sont allongés sur le sol, aucune certitude s'ils sont toujours en vie.

Alors, je demande à « Code 3 & 4 » de me couvrir jusqu'à mon arrivée auprès d'eux. Leurs expériences au 13ème R.D.P durant des années d'entraînement et de missions clandestines sur le théâtre des opérations sont parfaitement utiles pour me couvrir le temps de l'approche.

J'avance avec un S&W dans chaque main et arrose tout uniforme noir voulant me stopper dans mon avancée. Ma précision au tir laisse à désirer par mon manque de visibilité des cibles. Je n'ai pas pris la peine de m'équiper de lunette à vision nocturne, les conséquences sont immédiates. Prise de risque maximale.

Mais leur effet de surprise à eux, vient de la descente en rappel de commandos par le toit du monument. Leur descente rapide ne les empêche pas de nous canarder à l'aide de leur Shak-12[53] à la détonation identifiable. La confusion commence à s'emparer sur le parvis. Deux mètres me séparent de mes hommes. Pascal B. me tend la main pour recevoir mon troisième automatique. Patrice F. reste allongé en position du mort de manière stratégique tant que je n'ai pas d'arme à lui fournir. Les hommes de Panther approchent livrant un échange de tirs rythmés. Une balle tirée vient se loger par chance dans mon gilet pare-balles. La violence de l'impact me fait tomber directement en arrière. Allongé et sonné je cherche à reprendre mon souffle. Un membre de l'unité de Basile me relève la tête tout en assurant ma protection. Reprenant mon souffle puis mes esprits, je repars au combat. L'entraînement physique sérieux doit être repris sans tarder car la chance ne se présentera pas à chaque fois.

Wolfgang a disparu. Je le cherche partout quand « Code 5 » me prévient que, par l'avenue Foch, deux véhicules de marque Audi avec plaques diplomatiques font marche arrière à très grande vitesse vers le monument. Étonnant que sa fuite se déroule sans la reprise de son compatriote et si motivé par son envie de m'abattre. Pourquoi n'est-il pas resté sur cette scène de guérilla urbaine ?

---

[53] Fusil d'assaut adopté par le F.S.B lors d'opérations antiterroristes.

– « Code 00 » besoin du renfort des deux drivers en planque. La cible s'échappe.

– Ordre distribué « Code 10 ». On maintient le blocage de la signalisation ?

– Je n'entends pas « Code00 », répète.

– On maintient le blocage de la signalisation ?

– Non ! Balancez ! La circulation nous aidera.

Je rejoins le 4x4 dont la carrosserie a des impacts de balles disséminés partout. Le carrossier risque ne rien pouvoir faire ! Les vitres sont encore intactes du fait du blindage. Je force à remonter la pleureuse sur le siège arrière car elle va me servir plus tard. Les deux C-63 se sont positionnées de chaque côté du 4x4, moteurs hurlants. Panther fait monter à leur bord deux de ses hommes du fait de la quasi-maîtrise en attaque de la part de nos assaillants.

3h18

L'engagement avenue Foch est virulent pour prendre en chasse les deux Audi déjà éloignées.

La Capitaine Élodie me fait un brief rapide à peine audible sur la situation. Elle a ordonné à Hermès de décrocher en laissant le Doc sur place. Nos deux agents sont touchés mais bien en vie, la toile est bien entre nos mains et placée en sécurité à l'intérieur de notre fourgon sous-marin. Lors de sa chute son encadrement a été partiellement abîmé d'après les images diffusées par nos hommes sur place. Le Capitaine Basile fait évacuer avec le Doc deux blessés légers parmi ses soldats. Le Lieutenant Maxime D. vient de recevoir l'ordre de procéder à la remise de l'électricité dans le quartier.

Le bilan est positif, tout du moins en apparence.

La place est en train d'être évacuée par nos services de « nettoyage », process anticipé par mon adjointe. C'était une de ses spécialités lorsqu'elle officiait au Service Action de l'agence.

La fuite de Wolfgang par l'avenue Foch transpire l'identification de son point de destination, à mon humble avis, son ambassade. Je maintiens une très haute vitesse dans le but de me rapprocher des fuyards, mais réalisant le point d'arrêt, je décide de ne pas porter d'attaque.

Deux minutes suffisent à nous retrouver devant le portail métallique se refermant après l'entrée des deux voitures au 40 boulevard Lannes.

Nos trois véhicules se garent en épis face au portail. Durant quelques longues secondes, je visualise en accéléré toutes les scènes vécues depuis la prise en main de cette mission hors du commun.

Seul je descends en restant debout face à l'ambassade éclairée de pleins feux.

Trois hommes sortent par la porte principale en se dirigeant vers la grille. L'homme encadré évidemment par deux agents des Services Secrets Russes, s'avance.

– Monsieur, je suis le Secrétaire de l'ambassade de la Fédération de RUSSIE en FRANCE. Veuillez décliner votre identité.

– Écoute l'ami, tu peux être le fils de Vladimir POUTINE, je n'ai pas à te la révéler

– D'après son Excellence, Monsieur l'ambassadeur, vous détenez un de nos compatriotes Monsieur Andreï DANILCHENKO pour des raisons obscures et non justifiées. Veuillez-nous le remettre dans les meilleures conditions dans le but d'éviter tout incident diplomatique entre nos deux puissances.

– Tu es un funambule de la troupe du BOLCHOÏ ?

– Soyez courtois Lieutenant-colonel Saint Régent.

– Quelle surprise ! Tu connais mon identité ! Prends ton téléphone et appelle son Excellence sans perdre une seconde de plus. Avec lui seul je m'entretiendrai.

L'homme recule, exécute ma demande en saisissant son portable. Je reçois un message par mon oreillette de la part de mon adjointe : « Gabriel, tu déchaînes les appels des deux ministres des Affaires Étrangères t'ordonnant de quitter immédiatement les lieux ». Je ne lui réponds pas. Par cette prise de décision, je me dois retirer mon moyen de communication de l'oreille.

Le Secrétaire de l'ambassade se rapproche à nouveau de la grille et me tend son téléphone portable. Au bout de la ligne, son Excellence Monsieur l'Ambassadeur de la Fédération de RUSSIE.

Un échange courtois s'installe. Il connaît ma fonction, donc prend soin d'être habile dans sa demande. Écartant toute responsabilité de l'ancien protégé de son Président dans la conséquence de ma présence devant son ambassade à cette heure tardive de la nuit, il négocie la remise de son compatriote. C'est étrange cette nouvelle grâce que reçoit Wolfgang ! Désavoué il y'a quelques mois, confirmer à ce jour. Le Tsar des temps modernes m'avait habitué à ne jamais revenir sur ses décisions.

En ligne simultanément avec son Président, il s'engage dans l'affirmation qu'aucune directive n'a été donnée en provenance du Kremlin compromettant l'avionneur français. Il n'y a pas plus roublard qu'un Russe… Prolongeant sa négociation, il s'engage à prouver leur bonne foi si je fais un geste en laissant entrer l'oligarque.

Voulant mettre fin à cette mascarade, d'un pas décidé je me dirige vers la portière arrière. L'oligarque descend, et sourit en découvrant les autorités de son pays à quelques mètres. Devant la grille, je coupe le serflex. Le portail s'ouvre. Les deux agents entourant le diplomate braquent leur automatique dans ma direction. Andreï prend dans ses bras le Secrétaire puis deux autres hommes viennent le chercher pour l'amener à l'intérieur. Toujours en ligne avec son Excellence, il me remercie pour mon geste, me certifie que d'ici quelques heures des têtes vont tomber. Au moment où la conversation s'arrête, une voix connue prend la parole en anglais :

– Lieutenant-colonel Gabriel Saint Régent, pensez-vous qu'un simple contrat avec l'INDE m'aurait fait prendre autant de risques sur la scène internationale et nous mettre en danger ? Non. Nous avons noué des relations dans le passé, je n'ai pas pour habitude de les renier.

– Bonjour Monsieur le Président.

– Entre vous et moi, vos politiques n'ont pas la capacité d'identifier qui sont les ennemis de votre pays. Je vais vous livrer une confidence :

cherchez en SUISSE, vous trouverez qui a imaginé la mascarade dans laquelle vous êtes mêlés malgré vous. La fortune dépensée par les helvètes a permis de vous attirer et faire sortir de l'ombre des hommes sans honneur. Sachez une chose, vous nous avez conduits sans le savoir là où ne pouvions entrer même discrètement. Le ménage a été fait. Je vous souhaite de l'identifier. Les spéculations dans le monde de l'art n'attirent pas forcément des honnêtes hommes. Je vous remercie d'avoir libéré mon compatriote et ami. En toute confidence, il a été attiré lui aussi dans ce piège par l'appât du gain.

La communication s'arrête à cet instant sans pouvoir prononcer une réponse. Le Secrétaire retourne vers la porte d'entrée de son ambassade, escorté par sa garde rapprochée. Je n'ai plus qu'à rentrer au B.S.I le cœur lourd.

La propagande est un art maîtrisé par les instances dirigeantes Russes. Plus tard, je prendrai en compte la piste diligentée en finesse.

La mission « SAC NOIR » vient d'être stoppée laissant planer un mélange de confusion totale associé à des zones d'ombre, à cet instant inexpliqué.

Plus de vingt années au service de mon pays, investi dans de nombreuses missions confiées ont toujours dévoilé les ennemis de la France. Aujourd'hui, il faut l'avouer, le jeu a été truqué.

Par qui ? Yvan DOUVIER voulant rebondir dans les affaires après avoir connu des déboires ? Le S.R.C voulant faire place nette dans ses ports francs ? Des investisseurs helvètes ne cherchant aucune visibilité ? Des banquiers ? Le koweitien ? La liste peut s'avérer longue...

La vague porteuse sur laquelle je surfais allégrement depuis tant d'années vient de s'échouer sur la plage.

Tout au long d'une vie existent des cycles qui s'enchaînent. Plus ou moins longs, plus ou moins porteurs, ces cycles s'amenuisent avec le temps. Notre capacité à nous en défaire pour nous jeter dans le futur demande beaucoup de sagesse couplée à une observation des nouveaux paramètres. Sans recul, aucune avancée ne sera révélatrice de nouveaux espoirs. Savoir enterrer le passé revient à vivre une renaissance assortie de pensées nouvelles et positives.

Des femmes et des hommes ont risqué leur vie pour protéger notre Sécurité Nationale pensant agir pour les valeurs de la République. Qui a tout organisé sans prendre en considération nos vies en étant certain de ne pas risquer la leur ? À cet instant, il m'est impossible de répondre. Le Colonel m'aurait été d'une grande aide sauf qu'il n'est plus de ce monde.

Chapitre 23
L'appel présidentiel

Vendredi – 12h00

La séance de débriefing obligatoire vient de s'achever avec un comité restreint du B.S.I. Énormément de déception se lit sur leurs visages malgré le fait de ma positivité habituelle. Face à mes équipes, il m'est interdit de laisser transpirer la déception m'habitant.

Par correction, je n'ai pas fait part de la conversation nocturne avec mon interlocuteur privilégié. Elle restera entre lui et moi jusqu'à ce que je prenne une décision.

L'ordre est donné à notre Directeur des Moyens Généraux d'expédier en toute confidentialité « trèfle 4 feuilles » aux P.F.E.G par un transport sécurisé et de faire livrer les quatre vraies fausses toiles une fois remises en état, à Bader AL TAAMOUDI. Elles seront livrées à l'adresse de sa résidence privée à KOWEÏT CITY. Si c'est un amateur avisé, il provoquera un appel dont dès à présent, je sais sur quel sujet l'amener.

Exceptionnellement, je demande à mes équipes opérationnelles de partir quelques jours en repos forcé. Peu importe les dossiers remis, même de niveau prioritaire, ils seront refusés sur mon ordre.

14h00

Une dernière réunion requiert ma présence auprès d'Hector CHEVALIER, notre interlocuteur dédié auprès des entreprises composant l'indice du C.A.C 40. Le sujet proposé est l'I.A[54], nouvelle tendance à prendre en compte face à la cybercriminalité dont sont victimes nos grandes entreprises.

Assis sans être véritablement concentré dans une salle de réunion à l'ambiance glaciale en plein cœur de la Défense, j'entends des ingénieurs informatiques exposer leur projet.

« Les nouveaux drones créés par des entreprises chinoises sont des reproductions de véritables volatiles. Des rapaces bioniques avec antennes GPS reliées aux salles de commandement du Renseignement ».

---

[54] Intelligence Artificielle.

Il va nous falloir attendre encore quelques mois pour s'en équiper sauf si une de nos entreprises françaises de haute technologie crée le nôtre.

Prenant la parole avant de quitter la salle au prétexte d'une urgence, je m'engage à porter un développement interne au B.S.I au sujet de l'Intelligence Artificielle profitant des communications par internet générant des algorithmes pouvant offrir des identifications capables de déclencher une frappe aérienne de la cible au degré près.

« Les drones peuvent faire le travail, indubitablement.

Malgré l'existence de toute une technologie de dernière génération utilisée en OPEX, le « Facteur X » influera toujours sur la réussite de la victoire finale étant donné le travail produit par des femmes et des hommes sur le terrain ».

Nullement besoin de mentir pour m'échapper de cette présentation passionnante, un appel sur mon TEOREM m'impose de prendre la communication en dehors de toute personne autour de moi.

Au bout de la ligne, le Président de la République française.

Son timbre de voix est flottant sans être affirmatif. Il remercie le B.S.I pour son implication dans la mission « SAC NOIR ». Bottant en touche devant mes questions, il m'affirme solennellement que nos actions ont permis de verrouiller notre « Sécurité Nationale » et qu'il a pu offrir des garanties sérieuses aux Indiens quant à l'honnêteté et la transparence des contrats en cours avec DASSAULT. Mais à aucune de mes questions il ne répond, détournant mon attention en renouvelant son invitation à ma présence lors des réunions d'avant Conseils des ministres du mercredi matin.

En revanche, il me prie de bien vouloir exécuter nos rodéos nocturnes en dehors de PARIS centre. Il ne tolère pas de m'être permis de mettre en danger la vie des Parisiens. Mon insolence légendaire ne peut être exercée devant la plus haute autorité de l'État. Le respect est de mise…

Les secrets d'État sont bien gardés, j'en ai parfaitement pris la mesure au cours de son quasi monologue !

Il est temps de décrocher à mon tour avant de commettre une erreur de comportement pouvant entraîner de lourdes conséquences.

Dimanche – Quelque part en Toscane - ITALIE

Au cœur des vignes du Maremma Toscana Baffonero, un grand domaine viticole propose une partie en chambres d'hôtes pour clients recommandés. Connaissant ses goûts et envies, j'ai réussi à obtenir une chambre exceptionnelle grâce à un contact local. En arrivant sur place après un périple de quelques heures, nous avons l'impression de plonger dans une toile Renaissance par ses vastes paysages aux horizons rosés. Le château, ou plutôt ce joyau se trouvant loin des villages est entouré de lavande laissant planer des odeurs exceptionnelles. Les papillons flottent au-dessus, les abeilles bourdonnent, voilà ce que sont paix et tranquillité.

À peine les bagages déposés dans la suite, nous enfilons nos maillots de bain pour aller se prélasser autour d'une des trois piscines.

Cara est allongée sur un transat seulement revêtue d'un bikini mettant en évidence sa silhouette athlétique inondée par les rayons du soleil faits de lumière dorée pointant au zénith. Les hauts cyprès permettent de profiter de zones d'ombre autour du bassin. À perte du vu de la terrasse de l'hôtel, un paysage ondulé par de nombreuse vignes plantées sur d'immenses buttes de terre.

L'anticipation a toujours été ma force.

Avec beaucoup d'émotion, je me relève puis je pose un genou à terre, je saisis sa main gauche, glisse une bague avec un diamant central autour de son annulaire en prononçant les mots d'une demande en bonne et due forme sans fioriture :

– Cara, je souhaiterai que tu sois la seule femme avec laquelle je termine ma vie. Acceptes-tu de m'épouser ?

– Ouiiiiiii mon chéri ! Sois l'homme que j'ai toujours espéré.

– Je te le promets Cara.

Les risques d'un refus me hantait depuis ma prise de décision. Jamais je ne me serai remis d'une hésitation, d'une demande de temps pour sa réflexion ou pire, un non catégorique.

Un long baiser s'ensuit nous entraînant vers notre chambre avec les vignes italiennes en décor naturel visibles par les fenêtres.

FIN

*Retrouvez en juin 2022 dans « **Facteur X** » la nouvelle mission confiée au Lieutenant-colonel SAINT-REGENT, Directeur Exécutif du Bureau Secret d'Intervention…*

Table des matières

À découvrir les trois premières missions dans la célèbre trilogie en novembre 2021 :

1er volet de la trilogie :

Témoignage Invisible

N° ISBN : 979-10-284-0943-2

2ème volet de la trilogie :

23ème // Nord

N° ISBN : 978-2-9576775-6-6

3ème volet de la trilogie :

As de Pique

N° ISBN : 9979-10-284-1211-1

Ainsi que le 1er opus de la saga :

Black Bank

N° ISBN : 978-2-9576775-0-4

Dépôt légal : septembre 2021
Achevé d'imprimer : septembre 2021
COPYMÉDIA
www.copy-media.net
IMPRIM'VERT
Imprifrance
Avenue de Guitayne - 33610 CANÉJAN
Imprimé sur papier Clairefontaine fabriqué dans les Vosges.